I0655960

LES

MILLE ET UNE NUITS,

CONTES ARABES;

TRADUITS EN FRANÇAIS PAR GALLAND;

NOUVELLE ÉDITION,

PRÉCÉDÉE D'UNE NOTICE SUR LA VIE ET LES
OUVRAGES DE GALLAND,

ET

ORNÉE DE HUIT JOLIES GRAVURES.

TOME SECOND.

À PARIS,

CHEZ SALMON, LIBRAIRE,
QUAI DES AUGUSTINS, N°. 19.
1825.

LES

MILLE ET UNE NUITS,

CONTES ARABES.

COULOMMIERS,

DE L'IMPRIMERIE DE BRODARD.

Le Serpent engloutit un de nos deux camarades, malgré les cris et les efforts qu'il fit pour s'en débarasser.

LES

MILLE ET UNE NUITS

CONTES ARABES,

TRADUITS EN FRANÇAIS PAR GALLAND ;

NOUVELLE ÉDITION,

RÉCÉDÉE D'UNE NOTICE SUR LA VIE ET LES
OUVRAGES DE GALLAND,

ET

ORNÉE DE HUIT JOLIES GRAVURES.

TOME SECOND.

À PARIS,

CHEZ SALMON, LIBRAIRE,

QUAI DES AUGUSTINS, N° 9.

1825.

LES

MILLE ET UNE NUITS,

CONTES ARABES.

~~~~~~

LIV° NUIT.

« Au nom de Dieu, ma sœur, s'écria le lende
main Dinarzade, continuez, je vous en conjure, l'histoire du troisième Calender. » Ma
chère sœur, répondit Schcherazade, voici
comment ce prince la reprit :

« A la vue de ces degrés, dit-il (car il n'y
avait pas de terrain, ni à droite ni à gauche,
où l'on pût mettre le pied, et par conséquent
se sauver), je remerciai Dieu, et invoquai son
saint nom en commençant à monter. L'escalier était si étroit, si roide et si difficile, que
pour peu que le vent eût eu de violence, il

11.   1

m'aurait renversé et précipité dans la mer. Mais enfin j'arrivai jusqu'au bout sans accident : j'entrai sous le dôme, et me prosternant contre terre, je remerciai Dieu de la grâce qu'il m'avait faite.

« Je passai la nuit sous le dôme. Pendant que je dormais, un vénérable vieillard m'apparut, et me dit : « Ecoute, Agib, lorsque tu » seras éveillé, creuse la terre sous tes pieds. » Tu y trouveras un arc de bronze et trois » flèches de plomb, fabriquées sous certaines » constellations, pour délivrer le genre humain » de tant de maux qui le menacent. Tire les » trois flèches contre la statue, le cavalier » tombera dans la mer, et le cheval de ton » côté, que tu enterreras au même endroit d'où » tu auras tiré l'arc et les flèches. Cela étant » fait, la mer s'enflera et montera jusqu'au » pied du dôme, à la hauteur de la montagne. » Lorsqu'elle y sera montée, tu verras aborder une chaloupe, où il n'y aura qu'un seul » homme avec une rame à chaque main. Cet » homme sera de bronze mais différent de ce-

»lui que tu auras renversé. Embarque-toi avec
» lui sans prononcer le nom de Dieu, et te
» laisse conduire. Il te conduira en dix jours
» dans une autre mer, où tu trouveras le
» moyen de retourner chez toi sain et sauf,
» pourvu que, comme je te l'ai déjà dit, tu ne
» prononces pas le nom de Dieu pendant tout
» le voyage. »

« Tel fut le discours du vieillard. D'abord
que je fus éveillé, je me levai extrêmement
consolé de cette vision, et je ne manquai pas
de faire ce que le vieillard m'avait commandé.
Je déterrai l'arc et les flèches, et les tirai contre le cavalier. A la troisième flèche, je le
renversai dans la mer, et le cheval tomba de
mon côté. Je l'enterrai à la place de l'arc et
des flèches, et dans cet intervalle, la mer s'en-
fla et s'éleva peu à peu. Lorsqu'elle fut arrivée au pied du dôme, à la hauteur de la montagne, je vis de loin sur la mer une chaloupe
qui venait à moi. Je bénis Dieu, voyant que
les choses succédaient conformément au songe
que j'avais eu.

« Enfin la chaloupe aborda, et j'y vis l'homme de bronze tel qu'il m'avait été dépeint. Je m'embarquai, et me gardai bien de prononcer le nom de Dieu ; je ne dis pas même un seul autre mot. Je m'assis ; et l'homme de bronze recommença de ramer en s'éloignant de la montagne. Il vogua sans discontinuer jusqu'au neuvième jour que je vis des îles, qui me firent espérer que je serais bientôt hors du danger que j'avais à craindre. L'excès de ma joie me fit oublier la défense qui m'avait été faite : « Dieu « soit béni ! dis-je alors ; Dieu soit loué ! »

« Je n'eus pas achevé ces paroles, que la chaloupe s'enfonça dans la mer avec l'homme de bronze. Je demeurai sur l'eau, et je nageai le reste du jour du côté de la terre qui me parut la plus voisine. Une nuit fort obscure succéda ; et comme je ne savais plus où j'étais, je nageais à l'aventure. Mes forces s'épuisèrent à la fin, et je commençais à désespérer de me sauver, lorsque le vent venant à se fortifier, une vague plus grosse qu'une montagne, me jeta sur une plage, où elle me laissa en se retirant. Je me hâtai aussitôt de prendre terre, de crainte qu'une autre vague ne me reprît; et la première chose que je fis, fut de me dépouiller, d'exprimer l'eau de mon habit, et de l'étendre pour le faire sécher sur le sable qui était encore échauffé de la chaleur du jour.

« Le lendemain, le soleil eut bientôt achevé de sécher mon habit. Je le repris, et m'avançai pour reconnaître où j'étais. Je n'eus pas marché long-temps, que je connus que j'étais dans une petite île déserte, fort agréable, où il y avait plusieurs sortes d'arbres fruitiers et sauvages. Mais je remarquai qu'elle était considérablement éloignée de terre, ce qui diminua fort la joie que j'avais d'être échappé de la mer. Néanmoins je me remettais à Dieu du soin de disposer de mon sort selon sa volonté, quand j'aperçus un petit bâtiment qui venait de terre ferme à pleines voiles, et avait la proue sur l'île où j'étais.

« Comme je ne doutais pas qu'il n'y vînt mouiller, et que j'ignorais si les gens qui étaient dessus seraient amis ou ennemis, je crus ne de-

voir pas me montrer d'abord. Je montai sur
un arbre fort touffu, d'où je pouvais impunément examiner leur contenance. Le bâtiment
vînt se ranger dans une petite anse, où débarquèrent dix esclaves qui portaient une pelle et
d'autres instrumens propres à remuer la terre.
Ils marchèrent vers le milieu de l'île, où je les
vis s'arrêter et remuer la terre quelque temps,
et à leur action, il me parut qu'ils levaient une
trappe. Ils retournèrent ensuite au bâtiment,
débarquèrent plusieurs sortes de provisions et
de meubles, et en firent chacun une charge,
qu'ils portèrent à l'endroit où ils avaient re-
mué la terre; ils y descendirent; ce qui me fit
comprendre qu'il y avait là un lieu souterrain.
Je les vis encore une fois aller au vaisseau, et
en ressortir peu de temps après avec un vieillard qui menait avec lui un jeune homme de
quatorze ou quinze ans, très-bien fait. Ils descendirent tous où la trappe avait été levée; et
lorsqu'ils furent remontés, qu'ils eurent abaissé
la trappe, qu'ils l'eurent recouverte de terre,
et qu'ils reprirent le chemin de l'anse où était

le navire, je remarquai que le jeune homme n'était pas avec eux; d'où je conclus qu'il était resté dans le lieu souterrain : circonstance qui me causa un extrême étonnement.

« Le vieillard et les esclaves se rembarquèrent; et le bâtiment ayant remis à la voile, reprit la route de la terre ferme. Quand je le vis si éloigné, que je ne pouvais être aperçu de l'équipage, je descendis de l'arbre, et me rendis promptement à l'endroit où j'avais vu remuer la terre. Je la remuai à mon tour, jusqu'à ce que trouvant une pierre de deux ou trois pieds en carré, je la levai, et je vis qu'elle couvrait l'entrée d'un escalier aussi de pierre. Je le descendis, et me trouvai au bas dans une grande chambre où il y avait un tapis de pied et un sofa garni d'un autre tapis et de coussins d'une riche étoffe, où le jeune homme était assis avec un éventail à la main. Je distinguai toutes ces choses à la clarté de deux bougies, aussi bien que des fruits et des pots de fleurs qu'il avait près de lui. Le jeune homme fut effrayé de me voir; mais pour le rassurer, je

lui dis en entrant : « Qui que vous soyez, seigneur, ne craignez rien : un roi et fils de roi,
tel que je le suis, n'est pas capable de vous
faire la moindre injure. C'est au contraire votre bonne destinée qui a voulu apparemment
que je me trouvasse ici pour vous tirer de ce
tombeau , où il semble qu'on vous ait enterré
tout vivant pour des raisons que j'ignore. Mais
ce qui m'embarrasse , et ce que je ne puis con-
cevoir (car je vous dirai que j'ai été témoin de
tout ce qui s'est passé depuis que vous êtes
arrivé dans cette île) , c'est qu'il m'a paru que
vous vous êtes laissé ensevelir dans ce lieu sans
résistance... »

Scheherazade se tut en cet endroit ; et le sultan se leva , très-impatient d'apprendre pourquoi ce jeune homme avait été ainsi abandonné
dans une île déserte ; ce qu'il se promit d'entendre la nuit suivante.

~~~~~~

LVe NUIT.

DINARZADE , lorsqu'il en fut temps , appela la sultane; et Scheherazade, sans se faire prier, poursuivit de cette sorte l'histoire du troisième Calender :

« Le jeune homme , continua le troisième Calender , se rassura à ces paroles , et me pria d'un air riant , de m'asseoir auprès de lui. Dès que je fus assis : « Prince , me dit-il, je vais vous apprendre une chose qui vous surprendra par sa singularité. Mon père est un marchand joaillier qui a acquis de grands biens par son travail et par son habileté dans sa profession. Il a un grand nombre d'esclaves et de commissionnaires, qui font des voyages par mer sur des vaisseaux qui lui appartiennent , afin d'entretenir les correspondances qu'il a dans plusieurs cours , où il fournit les pierreries dont on a besoin. Il y avait long-temps qu'il était marié sans avoir eu d'enfans, lorsqu'il apprit qu'il aurait un fils, dont la vie, néanmoins, ne serait pas de longue durée ; ce qui lui donna beaucoup de chagrin à son réveil. Quelques jours après, ma mère lui annonça qu'elle était grosse, et le temps qu'elle croyait avoir conçu s'accordait fort avec le jour du songe de mon père. Elle accoucha de moi dans le terme des neuf mois, et ce fut une grande joie dans la famille. Mon père, qui avait exactement observé le moment de ma naissance, consulta les astrologues, qui lui dirent : « Votre fils vivra sans » nul accident jusqu'à l'âge de quinze ans. » Mais alors il courra risque de perdre la vie, » et il sera difficile qu'il en échappe. Si néan- » moins son bonheur veut qu'il ne périsse pas ; » sa vie sera de longue durée. C'est qu'en ce » temps-là, ajoutèrent-ils, la statue équestre le » bronze qui est au haut de la montagne d'ai- » mant, aura été renversée dans la mer par le » prince Agib, fils du roi Cassib, et que les » astres marquent que, cinquante jours après, » votre fils doit être tué par ce prince. » Comme cette prédiction s'accordait avec le songe de mon père, il en fut vivement frappé et affligé. Il ne laissa pas pourtant de prendre beaucoup de soin de mon éducation jusqu'à cette présente année, qui est la quinzième de mon âge. Il apprit hier que, depuis dix jours, le cavalier de bronze avait été jeté dans la mer par le prince que je viens de vous nommer. Cette nouvelle lui a coûté tant de pleurs, et causé tant d'alarmes, qu'il n'est pas raisonnable dans l'état où il est. Sur la prédiction des astrologues, il a cherché les moyens de tromper mon horoscope, et de me conserver la vie. Il y a long-temps qu'il a pris la précaution de faire bâtir cette demeure; pour m'y tenir caché durant cinquante jours, dès qu'il apprendrait que la statue aurait été renversée. C'est pourquoi, comme il a su qu'elle l'était depuis dix jours, il est venu promptement me cacher ici, et il a promis que dans quarante il viendrait me reprendre. Pour moi, ajouta-t-il, j'ai bonne espérance; et je ne crois pas que le prince Agib vienne me chercher sous terre, au milieu d'une île déserte. Voilà, seigneur, ce que j'avais à vous dire. »

« Pendant que le fils du joaillier me racontait son histoire, je me moquais en moi-même des astrologues qui avaient prédit que je lui ôterais la vie; et je me sentais si éloigné de vérifier la prédiction, qu'à peine eut-il achevé de parler, je lui dis avec transport : « Mon cher seigneur, ayez de la confiance en la bonté de Dieu, et ne craignez rien. Comptez que c'était une dette que vous aviez à payer, et que vous en êtes quitte dès à présent. Je suis ravi, après avoir fait naufrage, de me trouver heureusement ici pour vous défendre contre ceux qui voudraient attenter à votre vie. Je ne vous abandonnerai pas durant ces quarante jours que les vaines conjectures des astrologues vous font appréhender. Je vous rendrai, pendant ce temps-là, tous les services qui dépendront de moi. Après cela, je profiterai de l'occasion de gagner la terre ferme, en m'embarquant avec vous sur votre bâtiment, avec la permission de votre père et la vôtre, et quand je se-

rai de retour en mon royaume, je n'oublierai
point l'obligation que je vous aurai, et je tâ-
cherai de vous en témoigner ma reconnaissance
de la manière que je le devrai. »

« Je rassurai, par ce discours, le fils du joaillier, et m'attirai sa confiance. Je me gardai
bien, de peur de l'épouvanter, de lui dire que
j'étais cet Agib qu'il craignait, et je pris grand
soin de ne lui en donner aucun soupçon. Nous
nous entretînmes de plusieurs choses jusqu'à la
nuit, et je connus que le jeune homme avait
beaucoup d'esprit. Nous mangeâmes ensemble
de ses provisions. Il en avait une si grande
quantité, qu'il en aurait eu de reste au bout de
quarante jours, quand il aurait eu d'autres hôtes que moi. Après le souper, nous continuâmes
à nous entretenir quelque temps, et ensuite nous
nous couchâmes.

« Le lendemain, à son lever, je lui présentai le bassin et l'eau : il se lava. Je préparai
le dîner, et le servis quand il fut temps. Après
le repas, j'inventai un jeu pour nous désen-
nuyer, non-seulement ce jour-là, mais encore

les suivans. Je préparai le souper de la même
manière que j'avais apprêté le dîner. Nous sou-
pâmes et nous nous couchâmes comme le jour
précédent. Nous eûmes le temps de contracter
amitié ensemble. Je m'aperçus qu'il avait de
l'inclination pour moi ; et, de mon côté, j'en
avais conçu une si forte pour lui, que je me
disais souvent à moi-même que les astrologues,
qui avaient prédit au père que son fils serait
tué par mes mains, étaient des imposteurs,
et qu'il n'était pas possible que je pusse commettre une si méchante action. Enfin, madame,
nous passâmes trente-neuf jours le plus agréablement du monde dans ce lieu souterrain.

« Le quarantième arriva. Le matin, le jeune
homme, en s'éveillant, me dit avec un transport de joie dont il ne fut pas le maître :
« Prince, me voilà aujourd'hui au quarantième jour, et je ne suis pas mort, grâces à
Dieu et à votre bonne compagnie. Mon père
ne manquera pas tantôt de vous en marquer
sa reconnaissance, et de vous fournir tous les
moyens et toutes les commodités nécessaires

pour vous en retourner dans votre royaume. Mais en attendant, ajouta-t-il, je vous supplie de vouloir bien faire chauffer de l'eau pour me laver tout le corps dans le bain portatif; je veux me décrasser et changer d'habit, pour mieux recevoir mon père. » Je mis de l'eau sur le feu; et lorsqu'elle fut tiède, j'en remplis le bain portatif. Le jeune homme se mit dedans; je le lavai et le frottai moi-même. Il en sortit ensuite, se coucha dans son lit que j'avais préparé, et je le couvris de sa couverture. Après qu'il se fut reposé, et qu'il eut dormi quelque temps : « Mon prince, me dit-il, obligez-moi de m'apporter un melon et du sucre, que j'en mange pour me rafraîchir. »

« De plusieurs melons qui nous restaient, je choisis le meilleur, et le mis dans un plat; et comme je ne trouvais pas de couteau pour le couper, je demandai au jeune homme s'il ne savait pas où il y en avait. Il y en a un, me répondit-il, sur cette corniche au-dessus de ma tête. Effectivement, j'y en aperçus un; mais je me pressai si fort pour le prendre, et

dans le temps que je l'avais à la main, mon
pied s'embarrassa de sorte dans la couverture,
que je glissai, et je tombai si malheureuse-
ment sur le jeune homme, que je lui enfonçai
le couteau dans le cœur. Il expira dans le
moment.

« A ce spectacle, je poussai des cris épouvantables. Je me frappai la tête, le visage et
la poitrine. Je déchirai mon habit, et me jetai par terre avec une douleur et des regrets
inexprimables. « Hélas ! m'écriai-je, il ne lui
restait que quelques heures pour être hors du
danger contre lequel il avait cherché un asile;
et dans le temps que je compte moi-même que
le péril est passé, c'est alors que je deviens
son assassin, et que je rends la prédiction véritable ! Mais, Seigneur, ajoutai-je en levant la tête et les mains au ciel, je vous en
demande pardon; et si je suis coupable de
sa mort, ne me laissez pas vivre plus long-
temps.... »

Schcherazade, voyant paraître le jour en
cet endroit, fut obligée d'interrompre ce récit

funeste. Le sultan des Indes en fut ému ; et se sentant quelque inquiétude sur ce que deviendrait après cela le Calender , il se garda bien de faire mourir ce jour-là Scheherazade , qui seule pouvait le tirer de peine.

~~~~~~~~~~~~~~~~~~~~~~~~~~~~~~~~~~~~

LVIe NUIT.

La sultane, engagée par sa sœur à raconter ce qui se passa après la mort du jeune homme, prit la parole, et continua de cette sorte :

« Madame , poursuivit le troisième Calender en s'adressant à Zobéide , après le malheur qui venait de m'arriver, j'aurais reçu la mort sans frayeur, si elle s'était présentée à moi. Mais le mal , ainsi que le bien , ne nous arrive pas toujours lorsque nous le souhaitons. Néanmoins , faisant réflexion que mes larmes et ma douleur ne feraient pas revivre le jeune homme, et que les quarante jours finissant, je pouvais être surpris par son père ,

je sortis de cette demeure souterraine, et
montai au haut de l'escalier. J'abaissai la
grosse pierre sur l'entrée, et la couvris de
terre.

« J'eus à peine achevé, que, portant la vue
sur la mer du côté de la terre ferme, j'aperçus le bâtiment qui venait reprendre le jeune
homme. Alors, me consultant sur ce que j'a-
vais à faire, je dis en moi-même : « Si je me
fais voir, le vieillard ne manquera pas de me
faire arrêter et massacrer peut-être par ses esclaves, quand il aura vu son fils dans l'état
où je l'ai mis. Tout ce que je pourrai alléguer
pour me justifier, ne le persuadera point de
mon innocence; il vaut mieux, puisque j'en ai
le moyen, me soustraire à son ressentiment,
que de m'y exposer. » Il y avait près du lieu
souterrain un gros arbre, dont l'épais feuil-
lage me parut propre à me cacher. J'y montai,
et je ne me fus pas plutôt placé de manière
que je ne pouvais être aperçu, que je vis aborder le bâtiment au même endroit que la première fois.

« Le vieillard et les esclaves débarquèrent bientôt, et s'avancèrent vers la demeure souterraine, d'un air qui marquait qu'ils avaient quelque espérance; mais lorsqu'ils virent la terre nouvellement remuée, ils changèrent de visage, et particulièrement le vieillard. Ils levèrent la pierre, et descendirent. Ils appellent le jeune homme par son nom, il ne répond point : leur crainte redouble; ils le cherchent et le trouvent enfin étendu sur son lit, avec le couteau au milieu du cœur; car je n'avais pas eu le courage de l'ôter. A cette vue, ils poussèrent des cris de douleur, qui renouvelèrent la mienne : le vieillard tomba évanoui; ses esclaves, pour lui donner de l'air, l'apportèrent en haut entre leurs bras, et le posèrent au pied de l'arbre où j'étais. Mais, malgré tous leurs soins, ce malheureux père demeura long-temps en cet état, et leur fit plus d'une fois désespérer de sa vie.

« Il revint toutefois de ce long évanouissement. Alors les esclaves apportèrent le corps de son fils, revêtu de ses plus beaux habillemens, et dès que la fosse qu'on lui faisait, fut achevée, on l'y descendit. Le vieillard, soutenu par deux esclaves, et le visage baigné de larmes, lui jeta le premier un peu de terre, après quoi les esclaves en comblèrent la fosse.

« Cela étant fait, l'ameublement de la demeure souterraine fut enlevé et embarqué avec le reste des provisions. Ensuite le vieillard, accablé de douleur, ne pouvant se soutenir, fut mis sur une espèce de brancard, et transporté dans le vaisseau, qui remit à la voile. Il s'éloigna de l'île en peu de temps, et je le perdis de vue..... »

Le jour, qui éclairait déjà l'appartement du sultan des Indes, obligea Scheherazade à s'arrêter en cet endroit. Schahriar se leva à son ordinaire, et, par la même raison que le jour précédent, prolongea encore la vie de la sultane, qu'il laissa avec Dinarzade.

~~~~~~~~~~~~~~~~~~~~~~~~~~~~~~~~~~~~~~

LVIIe NUIT.

Le lendemain, Scheherazade, poursuivant les aventures du troisième Calender, dit : « Ma sœur, vous saurez que ce prince continua de les raconter ainsi à Zobéïde et à sa compagnie :

« Après le départ, dit-il, du vieillard, de ses esclaves et du navire, je restai seul dans l'île : je passais la nuit dans la demeure souterraine qui n'avait pas été rebouchée, et le jour je me promenais autour de l'île, et m'arrêtais dans les endroits les plus propres à prendre du repos, quand j'en avais besoin.

« Je menai cette vie ennuyeuse pendant un mois. Au bout de ce temps-là, je m'aperçus que la mer diminuait considérablement, et que l'île devenait plus grande ; il semblait que la terre ferme s'approchait. Effectivement, les eaux devinrent si basses, qu'il n'y avait

3.

plus qu'un petit trajet de mer entre moi et la terre ferme. Je le traversai, et n'eus de l'eau que jusqu'à mi-jambe. Je marchai si long-temps sur la plage et sur le sable que j'en fus très-fatigué. A la fin, je gagnai un terrain plus ferme ; et j'étais déjà assez éloigné de la mer, lorsque je vis fort loin devant moi comme un grand feu ; ce qui me donna quelque joie. « Je trouverai quelqu'un, disais-je, et il n'est pas possible que ce feu se soit allumé de lui-même. » Mais à mesure que je m'en approchais, mon erreur se dissipait, et je reconnus bientôt que ce que j'avais pris pour du feu, était un château de cuivre rouge, que les rayons du soleil faisaient paraître de loin comme enflammé.

« Je m'arrêtai près de ce château et m'assis, autant pour en considérer la structure admirable, que pour me remettre un peu de ma lassitude. Je n'avais pas encore donné à cette maison magnifique toute l'attention qu'elle méritait, quand j'aperçus dix jeunes hommes fort bien faits, qui paraissaient venir de la promenade. Mais ce qui me parut assez surprenant, ils étaient tous borgnes de l'œil droit. Ils accompagnaient un vieillard d'une taille haute et d'un air vénérable.

« J'étais étrangement étonné de rencontrer tant du borgnes à la fois, et tous privés du même œil. Dans le temps que je cherchais dans mon esprit par quelle aventure ils pouvaient être rassemblés, ils m'abordèrent et me témoignèrent de la joie de me voir. Après les premiers complimens, ils me demandèrent ce qui m'avait amené là. Je leur répondis que mon histoire était un peu longue, et que, s'ils voulaient prendre la peine de s'asseoir, je leur donnerais la satisfaction qu'ils souhaitaient. Ils s'assirent, et je leur racontai ce qui m'était arrivé depuis que j'étais sorti de mon royaume jusqu'alors; ce qui leur causa une grande surprise.

« Après que j'eus achevé mon discours, ces jeunes seigneurs me prièrent d'entrer avec eux dans le château. J'acceptai leur offre; nous traversâmes une enfilade de salles , d'anti-

chambres, de chambres et de cabinets fort
proprement meublés, et nous arrivâmes dans
un grand salon, où il y avait en rond dix petits sofas bleus et séparés, tant pour s'asseoir
et se reposer le jour, que pour dormir la nuit.
Au milieu de ce rond était un onzième sofa
moins élevé, et de la même couleur, sur lequel se plaça le vieillard dont on a parlé; et
les jeunes seigneurs s'assirent sur les dix
autres.

« Comme chaque sofa ne pouvait tenir
qu'une personne, un de ces jeunes gens me
dit : « Camarade, asseyez-vous sur le tapis
au milieu de la place, et ne vous informez de
quoi que ce soit qui nous regarde, non plus
que du sujet pour lequel nous sommes tous
borgnes de l'œil droit; contentez-vous de
voir, et ne portez pas plus loin votre curiosité. »

« Le vieillard ne demeura pas long-temps
assis; il se leva et sortit; mais il revint quelques momens après, apportant le souper des
dix seigneurs, auxquels il distribua à chacun

sa portion en particulier. Il me servit aussi la mienne, que je mangeai seul à l'exemple des autres ; et sur la fin du repas, le même vieillard nous présenta une tasse de vin à chacun.

« Mon histoire leur avait paru si extraordinaire, qu'ils me la firent répéter à l'issue du souper, et elle donna lieu à un entretien qui dura une grande partie de la nuit. Un des seigneurs, faisant réflexion qu'il était tard, dit au vieillard : « Vous voyez qu'il est temps de dormir, et vous ne nous apportez pas de quoi nous acquitter de notre devoir. » A ces mots, le vieillard se leva, et entra dans un cabinet, d'où il apporta sur sa tête dix bassins l'un après l'autre, tous couverts d'un étoffe bleue. Il en posa un avec un flambeau devant chaque seigneur.

« Ils découvrirent leurs bassins, dans lesquels il y avait de la cendre, du charbon en poudre, et du noir à noircir. Ils mêlèrent toutes ces choses ensemble, et commencèrent à s'en frotter et barbouiller le visage, de manière qu'ils étaient affreux à voir. Après s'être noircis de la sorte , ils se mirent à pleurer , à se lamenter et à se frapper la tête et la poitrine, en criant sans cesse : « Voilà le fruit de » notre oisiveté et de nos débauches! »

« Ils passèrent presque toute la nuit dans cette étrange occupation. Ils la cessèrent enfin; après quoi le vieillard leur apporta de l'eau , dont ils se lavèrent le visage et les mains ; ils quittèrent aussi leurs habits , qui étaient gâtés, et en prirent d'autres ; de sorte qu'il ne paraissait pas qu'ils eussent rien fait des choses étonnantes dont je venais d'être spectateur.

« Jugez, madame , de la contrainte où j'avais été durant tout ce temps-là. J'avais été mille fois tenté de rompre le silence que ces seigneurs m'avaient imposé, pour leur faire des questions , et il me fut impossible de dormir le reste de la nuit.

« Le jour suivant, d'abord que nous fûmes levés , nous sortîmes pour prendre l'air , et alors je leur dis : « Seigneurs, je vous déclare que je renonce à la loi que vous me prescrivîtes hier au soir; je ne puis l'observer. Vous êtes des gens sages, et vous avez tous de l'esprit infiniment, vous me l'avez fait assez connaître ; néanmoins je vous ai vus faire des actions dont toutes autres personnes que des insensés ne peuvent être capables. Quelque malheur qui puisse m'arriver, je ne saurais m'empêcher de vous demander pourquoi vous vous êtes barbouillé le visage de cendre, de charbon et de noir à noircir, et enfin pourquoi vous n'avez tous qu'un œil ; il faut que quelque chose de singulier en soit la cause ; c'est pourquoi je vous conjure de satisfaire ma curiosité. » A des instances si pressantes, ils ne répondirent rien, sinon que les demandes que je leur faisais ne me regardaient pas ; et que je n'y avais pas le moindre intérêt, et que je demeurasse en repos.

« Nous passâmes la journée à nous entretenir de choses indifférentes ; et quand la nuit fut venue, après avoir tous soupé séparément, le vieillard apporta encore les bassins bleus ; les jeunes seigneurs se barbouillèrent ; ils pleu-

rèrent, se frappèrent et crièrent : « Voilà le
» fruit de notre oisiveté et de nos débauches. »
Ils firent le lendemain et les nuits suivantes la
même action.

« A la fin je ne pus résister à ma curiosité,
et je les priai très-sérieusement de la contenter, ou de m'enseigner par quel chemin je
pourrais retourner dans mon royaume, car je
leur dis qu'il ne m'etait pas possible de demeurer plus long-temps avec eux, et d'avoir
toutes les nuits un spectacle si extraordinaire, sans qu'il me fût permis d'en savoir les
motifs.

« Un des seigneurs me répondit pour tous
les autres : « Ne vous étonnez pas de notre
conduite à votre égard; si jusqu'à présent
nous n'avons pas cédé à vos prières, ce n'a
été que par une pure amitié pour vous, et que
pour vous épargner le chagrin d'être réduit au
même état où vous nous voyez. Si vous voulez
bien éprouver notre malheureuse destinée,
vous n'avez qu'à parler, nous allons vous donner la satisfaction que vous nous demandez. »

Je leur dis que j'étais résolu à tout événement.

« Encore une fois, reprit le même seigneur, nous vous conseillons de modérer votre curiosité; il y va de la perte de votre œil droit. »

« Il n'importe, repartis-je; je vous déclare que si ce malheur m'arrive, je ne vous en tiendrai pas coupables, et que je ne l'imputerai qu'à moi-même. » Il me représenta encore que quand j'aurais perdu un œil, je ne devais point espérer de demeurer avec eux, supposé que j'eusse cette pensée, parce que leur nombre était complet, et qu'il ne pouvait pas être augmenté. Je leur dis que je me ferais un plaisir de ne me séparer jamais d'aussi honnêtes gens qu'eux; mais que, si c'était une nécessité, j'étais prêt encore à m'y soumettre, puisqu'à quelque prix que ce fût, je souhaitais qu'ils m'accordassent ce que je leur demandais.

« Les dix seigneurs, voyant que j'étais inébranlable dans ma résolution, prirent un mouton qu'ils égorgèrent, et après lui avoir ôté la peau, ils me présentèrent le couteau dont ils s'étaient servis, et me dirent : « Pre-

nez ce couteau , il vous servira dans l'occasion
que nous vous dirons bientôt. Nous allons vous
coudre dans cette peau, dont il faut que vous
vous enveloppiez; ensuite nous vous laisserons
sur la place, et nous nous retirerons. Alors un
oiseau d'une grosseur énorme, qu'on appelle
Roc*, paraîtra dans l'air, et, vous prenant
pour un mouton, il fondra sur vous, et vous
enlèvera jusqu'aux nues; mais que cela ne vous
épouvante pas. Il reprendra son vol vers la
terre, et vous posera sur la cime d'une montagne. D'abord que vous vous sentirez à terre,
fendez la peau avec le couteau, et développez-
vous. Le Roc ne vous aura pas plus tôt vu,
qu'il s'envolera de peur, et vous laissera libre.
Ne vous arrêtez point ; marchez jusqu'à ce
que vous arriviez à un château d'une grandeur
prodigieuse, tout couvert de plaques d'or, de
grosses émeraudes et d'autres pierreries fines.

---

* Ou Ruch : oiseau fabuleux qui joue un grand
rôle dans les Contes arabes,

Présentez-vous à la porte, qui est toujours ouverte, et entrez. Nous avons été dans ce château tous tant que nous sommes ici. Nous ne vous disons rien de ce que nous y avons vu, ni de ce qui nous est arrivé; vous l'apprendrez par vous-même. Ce que nous pouvons vous dire, c'est qu'il nous en coûte à chacun notre œil droit; et la pénitence dont vous avez été témoin, est une chose que nous sommes obligés de faire pour y avoir été. L'histoire de chacun de nous en particulier est remplie d'aventures extraordinaires, et on en ferait un gros livre; mais nous ne pouvons vous en dire davantage.... »

En achevant ces mots, Scheherazade interrompit son conte, et dit au sultan des Indes : « Sire, comme ma sœur m'a réveillée aujourd'hui un peu plus tôt que de coutume, je commençais à craindre d'ennuyer votre majesté; mais voilà le jour qui paraît à propos, et m'impose silence. » La curiosité de Schahriar l'emporta encore sur le serment cruel qu'il avait fait.

LVIIIe NUIT.

DINARZADE ne fut pas si matineuse cette nuit que la précédente ; elle ne laissa pas néanmoins d'appeler la sultane avant le jour, et de prier sa sœur de continuer l'histoire du troisième Calender. Scheherazade la poursuivit ainsi, en faisant toujours parler le Calender à Zobéïde :

« Madame, un des dix seigneurs borgnes m'ayant tenu le discours que je viens de vous rapporter, je m'enveloppai dans la peau de mouton, muni du couteau qui m'avait été donné ; et après que les jeunes seigneurs eurent pris la peine de me coudre dedans, ils me laissèrent sur la place, et se retirèrent dans le salon. Le Roc dont ils m'avaient parlé ne fut pas long-temps à se faire voir ; il fondit sur moi, me prit entre ses griffes, comme un mouton, et me transporta au haut d'une montagne.

« Lorsque je me sentis à terre, je ne manquai pas de me servir du couteau ; je fendis la peau, me développai, et parus devant le Roc, qui s'envola dès qu'il m'aperçut. Ce Roc est un oiseau blanc, d'une grandeur et d'une grosseur monstrueuses. Pour sa force, elle est telle qu'il enlève les éléphans dans les plaines, et les porte sur le sommet des montagnes, où il en fait sa pâture.

« Dans l'impatience que j'avais d'arriver au château, je ne perdis point de temps, et je pressai si bien le pas, qu'en moins d'une demi-journée je m'y rendis ; et je puis dire que je le trouvai encore plus beau qu'on ne me l'avait dépeint. La porte était ouverte. J'entrai dans une cour carrée et si vaste, qu'il y avait autour quatre-vingt-dix-neuf portes de bois de sandal et d'aloès, et une d'or, sans compter celle de plusieurs escaliers magnifiques qui conduisaient aux appartemens d'en haut, et d'autres encore que je ne voyais pas. Les cent que je dis, donnaient entrée dans des jardins ou des magasins remplis de richesses, ou enfin dans des lieux qui renfermaient des choses surprenantes à voir.

« Je vis en face une porte ouverte, par où j'entrai dans un grand salon, où étaient assises quarante jeunes dames d'une beauté si parfaite, que l'imagination même ne saurait aller au-delà. Elles étaient habillées très-magnifiquement. Elles se levèrent toutes ensemble sitôt qu'elles m'aperçurent; et, sans attendre mon compliment, elles me dirent, avec de grandes démonstrations de joie : « Brave seigneur, soyez le bien-venu, soyez le bienvenu; » et une d'entre elles prenant la parole pour les autres : « Il y a long-temps, dit-elle, que nous attendions un cavalier comme vous. Votre air nous marque assez que vous avez toutes les bonnes qualités que nous pouvons souhaiter, et nous espérons que vous ne trouverez pas notre compagnie désagréable et indigne de vous. »

« Après beaucoup de résistance de ma part, elles me forcèrent de m'asseoir dans une place un peu élevée au-dessus des leurs. Comme je

témoignais que cela me faisait de la peine :
« C'est votre place, me dirent-elles ; vous êtes
de ce moment notre seigneur, notre maître et
notre juge, et nous sommes vos esclaves,
prêtes à recevoir vos commandemens. »

« Rien au monde, madame, ne m'étonna
tant que l'ardeur et l'empressement de ces
belles filles à me rendre tous les services imaginables. L'une apporta de l'eau chaude, et me
lava les pieds ; une autre me versa de l'eau de
senteur sur les mains ; celles-ci apportèrent
tout ce qui était nécessaire pour me faire changer d'habillement ; celles-là servirent une collation magnifique ; et d'autres enfin se présentèrent le verre à la main, prêtes à me verser
d'un vin délicieux : et tout cela s'exécutait sans
confusion, avec un ordre, une union admirables et des manières dont j'étais charmé. Je
bus et mangeai. Après quoi toutes les dames
s'étant placées autour de moi, me demandèrent
une relation de mon voyage. Je leur fis le récit
de mes aventures, qui dura jusqu'à l'entrée de
la nuit........ »

Scheherazade s'étant arrêtée en cet endroit, sa sœur lui en demanda la raison. « Ne voyez-vous pas bien qu'il est jour ? répondit la sultane ; pourquoi ne m'avez-vous pas plus tôt éveillée ? » Le sultan, à qui l'arrivée du Calender au palais des quarante belles dames promettait d'agréables choses, ne voulant pas se priver du plaisir de les entendre, différa encore la mort de la sultane.

LIXᵉ NUIT.

DINARZADE ne fut pas plus diligente cette nuit que la dernière ; et il était presque jour lorsqu'elle engagea la sultane à lui apprendre ce qui se passa dans le beau château. « Je vais vous le dire, répondit Scheherazade ; » et, s'adressant au sultan : Sire, poursuivit-elle, ce prince Calender reprit sa narration dans ces termes :

« Lorsque j'eus achevé de raconter mon histoire aux quarante dames, quelques-unes

de celles qui étaient assises le plus près de moi
demeurèrent pour m'entretenir, pendant que
d'autres, voyant qu'il était nuit, se levèrent
pour aller chercher des bougies. Elles en apportèrent une prodigieuse quantité, qui sup-
pléa merveilleusement à la clarté du jour ;
mais elles les disposèrent avec tant de symétrie, qu'il s'emblait qu'on n'en pouvait moins
souhaiter.

« D'autres dames servirent une table de
fruits secs, de confitures et d'autre mets propres à boire, et garnirent un buffet de plusieurs sortes de vins et de liqueurs ; et d'autres
enfin parurent avec des instrumens de musi-
que. Quand tout fut prêt, elles m'invitèrent à
me mettre à table. Les dames s'y assirent avec
moi, et nous y demeurâmes assez long-temps.
Celles qui devaient jouer des instrumens et les
accompagner de leurs voix, se levèrent et firent un concert charmant. Les autres commencèrent une espèce de bal, et dansèrent
deux à deux, les unes après les autres, de la
meilleure grâce du monde.

« Il était plus de minuit lorsque tous ces divertissemens finirent. Alors une. des dames prenant la parole, me dit : « Vous êtes fatigué du chemin que vous avez fait aujourd'hui, il est temps que vous vous reposiez. Votre appartement est préparé ; mais avant de vous y retirer, choisissez, de nous toutes, celle qui vous plaira davantage, et menez-la coucher avec vous. » Je répondis que je me garderais bien de faire le choix qu'elles me proposaient, qu'elles étaient toutes également belles, spirituelles, dignes de mes respects et de mes services, et que je ne commettrais pas l'incivilité d'en préférer une aux autres.

« La même dame qui m'avait parlé reprit : « Nous sommes très-persuadées de votre honnêteté, et nous voyons bien que la crainte de faire naître de la jalousie entre nous vous retient ; mais que cette discrétion ne vous arrête pas ; nous vous avertissons que le bonheur de celle que vous choisirez ne fera point de jalouses ; car nous sommes convenues que tous les jours nous aurons, l'une après l'autre, le même honneur, et qu'au bout de quarante jours ce sera à recommencer. Choisissez donc librement, et ne perdez pas un temps que vous devez donner au repos dont vous avez besoin. »

« Il fallut céder à leurs instances ; je présentai la main à la dame qui portait la parole pour les autres. Elle me donna la sienne et on nous conduisit à un appartement magnifique. On nous y laissa seuls, et les autres dames se retirèrent dans les leurs.... »

« Mais il est jour, sire, dit Schehrazade au sultan, et votre majesté voudra bien me permettre de laisser le prince Calender avec sa dame. » Schahriar ne répondit rien ; mais il dit en lui-même, en se levant : « Il faut avouer que le conte est parfaitement beau ; j'aurais le plus grand tort du monde de ne me pas donner le loisir de l'entendre jusqu'à la fin. »

Au lieu de me répondre précisément : « Plût à Dieu, dirent-elles, que nous ne vous eussions jamais vu ni connu ! Plusieurs cavaliers, avant vous, nous ont fait l'honneur de nous visiter ; mais pas un n'avait cette grâce, cette douceur, cet enjouement et ce mérite que vous avez. Nous ne savons comment nous pourrons vivre sans vous. » En achevant ces paroles, elles recommencèrent à pleurer amèrement. « Mes aimables dames, repris-je, de grâce, ne me faites pas languir davantage ; dites-moi la cause de votre douleur : » « Hélas, répondirent-elles, quel autre sujet serait capable de nous affliger, que la nécessité de nous séparer de vous ? Peut-être ne nous reverrons-nous jamais ! Si pourtant vous le voulez bien, et si vous aviez assez de pouvoir sur vous pour cela, il ne serait pas impossible de nous rejoindre. » « Mesdames, repartis-je, je ne comprends rien à ce que vous dites ; je vous prie de me parler plus clairement. » « Hé bien, dit une d'elles, pour vous satisfaire, nous vous dirons que nous sommes toutes princesses, filles de rois. Nous vi-

vons ici ensemble avec l'agrément que vous avez
vu, mais au bout de chaque année , nous sommes obligées de nous absenter pendant quarante jours pour des devoirs indispensables ,
qu'il ne nous est pas permis de révéler ; après
quoi nous revenons dans ce château. L'année
est finie d'hier, il faut que nous vous quittions
aujourd'hui : c'est ce qui fait le sujet de notre
affliction. Avant de [partir nous vous laisserons les clefs de toutes choses , particulièrement
celles des cent portes, où vous trouverez de
quoi contenter votre curiosité, et adoucir votre solitude pendant notre absence. Mais pour
votre bien et pour notre intérêt particulier ,
nous vous recommandons de vous abstenir
d'ouvrir la porte d'or. Si vous l'ouvrez , nous
ne vous reverrons jamais , et la crainte que
nous en avons augmente notre douleur. Nous
espérons que vous profiterez de l'avis que nous
vous donnons. Il y va de votre repos et du
bonheur de votre vie : prenez-y garde. Si vous
cédiez à votre indiscrète curiosité , vous vous
feriez un tort considérable. Nous vous conju-

rons donc de ne pas commettre cette faute , et
de nous donner la consolation de vous retrouver ici dans quarante jours. Nous emporterions
bien la clef de la porte d'or avec nous ; mais
ce serait faire une offense à un prince tel que
vous , que de douter de sa discrétion et de sa
retenue... »

Scheherazade voulait continuer, mais elle
vit paraître le jour. Le sultan, curieux de savoir ce que ferait le Calender seul dans le château après le départ des quarante dames, remit au jour suivant à s'en éclaircir.

LXIe NUIT.

L'officieuse Dinarzade s'étant reveillée
assez long-temps avant le jour, appela la sultane , en lui disant : « Songez , ma sœur, qu'il
est temps de raconter au sultan, notre seigneur,
la suite de l'histoire que vous avez commen-
cée. » Scheherazade alors s'adressant à Schah-

riar , lui dit : Sire , votre majesté saura que le Calender poursuivit ainsi son histoire :

« Madame , dit-il , le discours de ces belles princesses me causa une véritable douleur. Je ne manquai pas de leur témoigner que leur absence me causerait beaucoup de peine , et je les remerciai des bons avis qu'elles me donnaient. Je leur assurai que j'en profiterais , et que je ferais des choses encore plus difficiles pour me procurer le bonheur de passer le reste de mes jours avec des dames d'un si rare mérite. Nos adieux furent des plus tendres ; je les embrassai toutes l'une après l'autre ; elles partirent ensuite , et je restai seul dans le château.

« L'agrément de la compagnie , la bonne chère , les concerts , les plaisirs m'avaient tellement occupé durant l'année , que je n'avais pas eu le temps ni la moindre envie de voir les merveilles qui pouvaient être dans ce palais enchanté. Je n'avais pas même fait attention à mille objets admirables que j'avais tous les jours devant les yeux, tant j'avais été charmé de la beauté des dames , et du plaisir de

les voir uniquement occupées du soin de me
plaire. Je fus, sensiblement affligé de leur départ ; et quoique leur absence ne pût être que
de quarante jours , il me parut que j'allais passer un siècle sans elles.

« Je me promettais bien de ne pas oublier
l'avis important qu'elles m'avaient donné , de
ne pas ouvrir la porte d'or ; mais, comme à
cela près , il m'était permis de satisfaire ma
curiosité, je pris la première des clefs des autres portes qui étaient rangées par ordre.

« J'ouvris la première porte, et j'entrai
dans un jardin fruitier, auquel je crois que ,
dans l'univers , il n'y en a point qui soit com-
parable. Je ne pense pas même que celui
que notre religion nous promet après la
mort, puisse le surpasser. La symétrie, la
propreté, la disposition admirable des arbres, l'abondance et la diversité des fruits de
mille espèces inconnues leur fraîcheur, leur
beauté, tout ravissait ma vue. Je ne dois pas
négliger, madame , de vous faire remarquer
que ce jardin délicieux était arrosé d'une ma-

nière fort singulière : des rigoles creusées avec art et proportion, portaient de l'eau abondamment à la racine des arbres qui en avaient besoin pour pousser leurs premières feuilles et leurs fleurs; d'autres en portaient moins à ceux dont les fruits étaient déjà noués; d'autres encore moins à ceux où ils grossissaient; d'autres n'en portaient que ce qu'il en fallait précisément à ceux dont le fruit avait acquis une grosseur convenable, et n'attendait plus que la maturité; mais cette grosseur surpassait de beaucoup celle des fruits ordinaires de nos jardins. Les autres rigoles enfin, qui aboutissaient aux arbres dont le fruit était mûr, n'avaient d'humidité que ce qui était nécessaire pour le conserver dans le même état sans le corrompre. Je ne pouvais me lasser d'examiner et d'admirer un si beau lieu; et je n'en serais jamais sorti, si je n'eusse pas conçu dès-lors une plus grande idée des autres choses que je n'avais point vues. J'en sortis l'esprit rempli de ces merveilles; je fermai la porte, et j'ouvris celle qui suivait.

« Au lieu d'un jardin de fruits, j'en trouvai un de fleurs qui n'était pas moins singulier dans son genre. Il renfermait un parterre spacieux, arrosé non pas avec la même profusion que le précédent, mais avec un plus grand ménagement, pour ne pas fournir plus d'eau que chaque fleur n'en avait besoin. La rose, le jasmin, la violette, le narcisse, l'hyacinthe, l'anémone, la tulipe, la renoncule, l'œillet, les lis et une infinité d'autres fleurs qui ne fleurissaient ailleurs qu'en différens temps, se trouvaient là fleuries toutes à la fois; et rien n'était plus doux que l'air qu'on respirait dans ce jardin.

« J'ouvris la troisième porte; je trouvai une volière très-vaste. Elle était pavée de marbre de plusieurs sortes de couleurs, du plus fin, du moins commun. La cage était de sandal et de bois d'aloès; elle renfermait une infinité de rossignols, de chardonnerets, de serins, d'alouettes, et d'autres oiseaux encore plus harmonieux dont je n'avais entendu parler de ma vie. Les vases où étaient leur grain

t leur eau étaient du jaspe ou d'agate la plus
précieuse. D'ailleurs, cette volière était d'une
grande propreté : à voir son étendue, je jugeais
qu'il ne fallait pas moins de cent personnes
pour la tenir aussi nette qu'elle était, personne
toutefois n'y paraissait, non plus que dans les
jardins où j'avais été, dans lesquels je n'avais
pas remarqué une mauvaise herbe, ni la
moindre superfluité qui m'eût blessé la vue.
Le soleil était déjà couché, et je me retirai
charmé du ramage de cette multitude d'oiseaux
qui cherchaient alors à se percher dans l'endroit le plus commode, pour jouir du repos
de la nuit. Je me rendis à mon appartement,
résolu d'ouvrir les autres portes les jours sui-
ans, à l'exception de la centième.

« Le lendemain, je ne manquai pas d'aller
ouvrir la quatrième porte. Si ce que j'avais vu
le jour précédent avait été capable de me causer de la surprise, ce que je vis alors me ravit
en extase. Je mis le pied dans une grande cour
environnée d'un bâtiment d'une architecture
merveilleuse, dont je ne vous ferai point la

description, pour éviter la prolixité. Ce bâti
ment avait quarante portes toutes ouvertes
dont chacune donnait entrée dans un trésor
et de ces trésors, il y en avait plusieurs qu
valaient mieux que les plus grands royaume
Le premier contenait des monceaux de perles
et ce qui passe toute croyance, les plus pré
cieuses, qui étaient grosses comme des œu
de pigeon, surpassaient en nombre les mé
diocres. Dans le second trésor, il y avait d
diamans, des escarboucles et des rubis ; dai
le troisième, des émeraudes ; dans le qua
trième, de l'or en lingots ; dans le cinquième
de l'or monnoyé ; dans le sixième, de l'arger
en lingots ; dans les deux suivans de l'arger
monnoyé. Les autres contenaient des améthi
tes, des chrysolithes, des topazes, des opa
les, des turquoises, des hyacinthes, et tout
les autres pierres fines que nous connaissons
sans parler de l'agate, du jaspe, de la corn
line. Ce même trésor contenait un magas
rempli, non-seulement de branches, ma
même d'arbres entiers de corail.

« Rempli de surprise et d'admiration, je m'écriai, après avoir vu toutes ces richesses : « Non, quand tous les trésors de tous les rois de l'univers seraient assemblés en un même lieu, ils n'approcheraient pas de ceux-ci. Quel est mon bonheur de posséder tous ces biens avec tant d'aimables princesses !

« Je ne m'arrêterai point, madame, à vous faire le détail de toutes les autres choses rares et précieuses que je vis les jours suivans. Je vous dirai seulement qu'il ne me fallut pas moins de trente-neuf jours pour ouvrir les quatre-vingt-dix-neuf portes, et d'admirer tout ce qui s'offrit à ma vue. Il ne restait plus que la centième porte, dont l'ouverture m'était défendue... »

Le jour, qui vint éclairer l'appartement du sultan des Indes, imposa silence à Schehera-zade en cet endroit. Mais cette histoire faisait trop de plaisir à Schahriar, pour qu'il n'en voulût pas entendre la suite le lendemain. Ce prince se leva dans cette résolution.

~~~~~~

LXIIe NUIT.

Dinarzade, qui ne souhaitait pas moins ardemment que Schahriar d'apprendre quelles merveilles pouvaient être renfermées sous la clef de la centième porte, appela la sultane de très-bonne heure, en la sollicitant d'achever la surprenante histoire du troisième Calender. Il la continua de cette sorte, dit Scheherazade :

« J'étais au quarantième jour depuis le départ des charmantes princesses. Si j'avais pu ce jour-là conserver sur moi le pouvoir que je devais avoir, je serais aujourd'hui le plus heureux de tous les hommes, au lieu que j'en suis le plus malheureux. Elles devaient arriver le lendemain, et le plaisir de les revoir devait servir de frein à ma curiosité; mais par une faiblesse dont je ne cesserai jamais de me repentir, je succombai à la tentation du démon,

qui ne me donna point de repos que je ne
me fusse livré moi-même à la peine que j'ai
éprouvée.

« J'ouvris la porte fatale que j'avais promis de ne pas ouvrir. Je n'eus pas avancé le
pied pour entrer, qu'une odeur assez agréable,
mais contraire à mon tempérament, me fit
tomber évanoui. Néanmoins je revins à moi;
et au lieu de profiter de cet avertissement, de
refermer la porte et de perdre pour jamais
l'envie de satisfaire ma curiosité, j'entrai.
Après avoir attendu quelque temps que le
grand air eût modéré cette odeur, je n'en fus
plus incommodé.

« Je trouvai un lieu vaste, bien voûté, et
dont le pavé était parsemé de safran.

« Plusieurs flambeaux d'or massif, avec
des bougies allumées qui rendaient l'odeur d'a-
loès et d'ambre gris, y servaient de lumière; et
cette illumination était encore augmentée par
des lampes d'or et d'argent, remplies d'une
huile composée de diverses sortes d'odeurs.
Parmi un assez grand nombres d'objets qui

attirèrent mon attention , j'aperçus un cheval
noir , le plus beau et le mieux fait qu'on puisse
voir au monde. Je m'approchai de lui pour le
considérer de près ; je trouvai qu'il avait une
selle et une bride d'or massif , d'un ouvrage
excellent ; que son auge , d'un côté , était remplie d'orge mondé et de sesame *, et de l'autre ,
d'eau de rose. Je le pris par la bride, et le tirai
dehors pour le voir au jour. Je le montai et
voulus le faire avancer ; mais comme il ne
branlait pas , je le frappai d'une houssine que
j'avais ramassée dans son écurie magnifique.
A peine eut-il senti le coup , qu'il se mit à
hennir avec un bruit horrible ; puis , étendant
des ailes dont je ne m'étais point aperçu , il
s'éleva dans l'air à perte de vue. Je ne songeai
plus qu'à me tenir ferme ; et , malgré la
frayeur dont j'étais saisi, je ne me tenais point

---

* Plante dont la tige ressemble à celle du millet.
On mange ces semences cuites dans du lait ; on les
mange aussi grillées au four ou en galettes pétries
avec du beurre ou de l'huile.

mal. Il reprit ensuite son vol vers la terre, et se posa sur le toit en terrasse d'un château, où sans me donner le temps de mettre pied à terre, il me secoua si violemment, qu'il me fit tomber en arrière ; et du bout de sa queue il me creva l'œil droit.

« Voilà de quelle manière je devins borgne. Je me souvins bien alors de ce que m'avaient prédit les dix jeunes seigneurs. Le cheval reprit son vol et disparut. Je me relevai, fort affligé du malheur que j'avais cherché moi-même. Je marchai sur la terrasse, la main sur mon œil, qui me faisait beaucoup de douleur. Je descendis, et me trouvai dans un salon qui me fit connaître par dix sofas disposés en rond, et un autre moins élevé au milieu, que ce château était celui d'où j'avais été enlevé par le Roc.

« Les dix jeunes seigneurs borgnes n'étaient pas dans le salon. Je les y attendis, et ils arrivèrent peu de temps après avec le vieillard. Ils ne parurent pas étonnés de me revoir, ni de la perte de mon œil. « Nous sommes bien fâchés, me dirent-ils, de ne pouvoir vous féli-

citer sur votre retour de la manière que nous
le souhaiterions ; mais nous ne sommes pas
la cause de votre malheur. » « J'aurais tort de
vous en accuser, leur répondis-je ; je me le
suis attiré moi-même et je m'en impute toute
la faute. » « Si la consolation des malheureux,
reprirent-ils, est d'avoir des semblables, notre
exemple peut vous en fournir un sujet. Tout
ce qui vous est arrivé, nous est arrivé aussi.
Nous avons goûté toutes sortes de plaisirs
pendant une année entière; et nous aurions
continué de jouir du même bonheur, si nous
n'eussions pas ouvert la porte d'or pendant
l'absence des princesses. Vous n'avez pas été
plus sage que nous, et vous avez éprouvé la
même punition. Nous voudrions bien vous recevoir parmi nous pour faire la pénitence que
nous faisons, et dont nous ne savons pas de
combien sera la durée; mais nous vous avons
déjà déclaré les raisons qui nous en empêchent.
C'est pourquoi retirez-vous ; allez à la cour de
Bagdad, vous y trouverez celui qui doit déci-
der de votre destinée.

« Ils m'enseignèrent la route que je devais tenir, et je me séparai d'eux. Je me fis raser en chemin la barbe et les sourcils, et pris l'habit de Calender. Il y a long-temps que je marche. Enfin, je suis arrivé aujourd'hui dans cette ville à l'entré de la nuit. J'ai rencontré à la porte ces Calenders, mes confrères, tous étrangers comme moi. Nous avons été tous trois fort surpris de nous voir borgnes du même œil; mais nous n'avons pas eu le temps de nous entretenir de cette disgrâce qui nous est commune. Nous n'avons eu, madame, que celui de venir implorer le secours que vous nous avez généreusement accordé. »

Le troisième Calender ayant achevé de raconter son histoire, Zobéïde prit la parole, et s'adressant à lui, et à ses confrères : « Allez, leur dit-elle, vous êtes libres tous trois, retirez-vous où il vous plaira. » Mais l'un d'entre eux lui répondit : « Madame, nous vous supplions de nous pardonner notre curiosité, et de nous permettre d'entendre l'histoire de ces seigneurs qui n'ont pas encore parlé. Alors la

6.

dame se tournant du côté du calife, du visir
Giafar, et de Mesrour, qu'elle ne connaissait
pas pour ce qu'ils étaient, leur dit : « C'est à
vous à me raconter votre histoire, parlez. »

Le grand-visir Giafar, qui avait toujours
porté la parole, répondit encore à Zobéïde :
« Madame, pour vous obéir, nous n'avons qu'à
répéter ce que nous avons déjà dit avant que
d'entrer chez vous. Nous sommes, poursuivit-
il, des marchands de Moussoul, et nous venons à Bagdad négocier nos marchandises qui
sont en magasin dans un khan où nous sommes
logés. Nous avons dîné aujourd'hui avec plusieurs autres personnes de notre profession,
chez un marchand de cette ville ; lequel, après
nous avoir régalés de mets délicats et de vins
exquis, a fait venir des danseurs et des danseuses, avec des chanteurs et des joueurs d'instrumens. Le grand bruit que nous faisions tous ensemble a attiré la garde, qui a arrêté une partie
des gens de l'assemblée. Pour nous, par bonheur, nous nous sommes sauvés ; mais comme
il était déjà tard, et que la porte de notre khan

était fermée; nous ne savions où nous retirer.
Le hasard a voulu que nous ayons passé par
votre rue, et que nous ayons entendu qu'on
se réjouissait chez vous; cela nous a détermi-
nés à frapper à votre porte. Voilà, madame,
le compte que nous avons à vous rendre pour
obéir à vos ordres. »

Zobéïde, après avoir écouté ce discours,
semblait hésiter sur ce qu'elle devait dire. De
quoi les Calenders s'apercevant, la supplièrent
d'avoir pour les trois marchands de Moussoul
la même bonté qu'elle avait eue pour eux. « Hé
bien, leur dit-elle, j'y consens; je veux que
vous m'ayez tous la même obligation. Je vous
fais grâce; mais c'est à condition que vous sor-
tirez tous de ce logis présentement, et que vous
vous retirerez où il vous plaira. » Zobéïde
ayant donné cet ordre d'un ton qui marquait
qu'elle voulait être obéie, le calife, le visir,
Mesrour, les trois Calenders et le porteur
sortirent sans répliquer; car la présence des
sept esclaves armés les tenait en respect. Lorsqu'ils furent hors de la maison, et que la porte

fut fermée, le calife dit aux Calenders, sans
leur faire connaître qui il était : « Et vous ,
seigneurs, qui êtes étrangers, et nouvellement
arrivés en cette ville, de quel côté allez-vous
présentement qu'il n'est pas jour encore ? »
« Seigneur, lui répondirent-ils, c'est là ce qui
nous embarrasse. » « Suivez-nous, reprit le
calife, nous allons vous tirer d'embarras. »
Après avoir achevé ces paroles, il parla bas
au visir, et lui dit : « Conduisez-les chez vous ;
et demain matin vous me les amenerez. Je
veux faire écrire leurs histoires ; elles méritent
bien d'avoir place dans les annales de mon règne. »

Le visir Giafar emmena avec lui les trois Calenders ; le porteur se retira dans sa maison ,
et le calife, accompagné de Mesrour, se rendit
à son palais. Il se coucha ; mais il ne put fermer l'œil, tant il avait l'esprit agité de toutes
les choses extraordinaires qu'il avait vues et entendues. Il était surtout fort en peine de savoir
qui était Zobéide, quel sujet elle pouvait avoir
de maltraiter les deux chiennes noires, et pour-

quoi Amine avait le sein meurtri. Le jour parut, qu'il était encore occupé de ces pensées. Il
se leva, et se rendit dans la chambre où il tenait son conseil et donnait audience ; il s'assit
sur son trône.

Le grand-visir arriva peu de temps après, et
lui rendit ses respects à son ordinaire. « Visir,
lui dit le calife, les affaires que nous aurions à
régler présentement ne sont pas fort pressantes ;
celles des trois dames et des deux chiennes
noires l'est davantage. Je n'aurai pas l'esprit en
repos que je ne sois pleinement instruit de tant
de choses qui m'ont surpris. Allez, faites venir ces dames, et amenez en même temps les
Calenders. Partez, et souvenez-vous que j'at
tends impatiemment votre retour. »

Le visir qui connaissait l'humeur vive et
bouillante de son maître, se hâta de lui obéir.
Il arriva chez les dames, et leur exposa d'une
manière très-honnête l'ordre qu'il avait de les
conduire au calife, sans toutefois leur parler
de ce qui s'était passé la nuit chez elles. Les dames se couvrirent de leur voile, et partirent

avec le visir, qui prit en passant chez lui les
trois Calenders, qui avaient eu le temps d'apprendre qu'ils avaient vu le calife, et qu'ils
lui avaient parlé sans le connaître. Le visir les
mena au palais, et s'acquitta de sa commission
avec tant de diligence, que le calife en fut fort
satisfait. Ce prince, pour garder la bienséance
devant tous les officiers de sa maison qui étaient
présens, fit placer les trois dames derrière la
portière de la salle qui conduisait à son appartement, et retint près de lui les trois Calenders, qui firent assez connaître par leurs respects, qu'ils n'ignoraient pas devant qui ils
avaient l'honneur de paraître.

Lorsque les dames furent placées, le calife
se tourna de leur côté, et leur dit : « Mesdames, en vous apprenant que je me suis introduit chez vous cette nuit, deguisé en marchand,
je vais, sans doute, vous alarmer ; vous crain-
drez de m'avoir offensé, et vous croirez peut-
être que je ne vous ai fait venir ici que pour
vous donner des marques de mon ressentiment ; mais rassurez-vous : soyez persuadées

que j'ai oublié le passé et que je suis même très-content de votre conduite. Je souhaiterais que toutes les dames de Bagdad eussent autant de sagesse que vous m'en avez fait voir. Je me souviendrai toujours de la modération que vous eûtes après l'incivilité que nous avons commise. J'étais, alors marchand de Moussoul; mais je suis à présent Haroun-al-Raschid, le cinquième calife de la glorieuse maison d'Abbas, qui tient la place de notre grand prophête. Je vous ai mandées seulement pour savoir de vous qui vous êtes, et vous demander pour quel sujet l'une de vous après avoir maltraité les deux chiennes noires, a pleuré avec elles. Je ne suis pas moins curieux d'apprendre pourquoi une autre a le sein tout couvert de cicatrices.

Quoique le calife eût prononcé ces paroles très-distinctement, et que les trois dames les eussent entendues, le visir Giafar, par un air de cérémonie, ne laissa pas de les leur répéter... »

« Mais, sire, dit Scheherazade, il est jour.

Si votre majesté veut que je lui raconte la suite, il faut qu'elle ait la bonté de prolonger encore ma vie jusqu'à demain. » Le sultan y consentit, jugeant bien que Scheherazade lui conterait l'histoire de Zobéïde, qu'il n'avait pas peu d'envie d'entendre.

LXIIIᵉ NUIT.

« MA chère sœur, s'écria Dinarzade sur la fin de la nuit, dites-nous, je vous en conjure, l'histoire de Zobéïde; car cette dame la raconta sans doute au calife. » « Elle n'y manqua pas, répondit Scheherazade. » Dès que le prince l'eut rassurée par le discours qu'il venait de faire, elle lui donna de cette sorte la satisfaction qu'il lui demandait :

HISTOIRE

DE ZOBÉIDE.

« COMMANDEUR des croyans, dit-elle, l'histoire que j'ai à raconter à votre majesté est une des plus surprenantes dont on ait jamais ouï parler. Les deux chiennes noires et moi sommes trois sœurs nées d'une même mère et d'un même père ; et je vous dirai par quel accident étrange elles ont été changées en chiennes. Les deux dames qui demeurent avec moi, et qui sont ici présentes, sont aussi mes sœurs de même père, mais d'une autre mère. Celle qui a le sein couvert de cicatrices, se nomme Amine; l'autre s'appelle Safie, et moi Zobéïde.

« Après la mort de notre père, le bien qu'il nous avait laissé fut partagé entre nous également; et lorsque mes deux dernières sœurs eurent reçu leur portion, elles se séparèrent et allèrent demeurer en particulier avec leur mère. Mes deux autres sœurs et moi restâmes avec la nôtre, qui vivait encore, et qui, depuis,

en mourant nous laissa à chacune mille sequins.

« Lorsque nous cûmes touché ce qui nous
appartenait, mes deux aînées, car je suis la
cadette, se marièrent, suivirent leurs maris,
et me laissèrent seule. Peu de temps après leur
mariage, le mari de la première vendit tout ce
qu'il avait de biens et de meubles, et avec l'argent qu'il en put faire, et celui de ma sœur,
ils passèrent tous deux en Afrique. Là, le mari
dépensa en bonne chère et en débauche tout
son bien et celui que ma sœur lui avait apporté.
Ensuite, se voyant réduit à la dernière misère,
il trouva un prétexte pour la répudier, et la
chassa.

« Elle revint à Bagdad, non sans avoir souffert des maux incroyables dans un si long
voyage. Elle revint se réfugier chez moi, dans
un état si digne de pitié, qu'elle en aurait ins-
piré aux cœurs les plus durs. Je la reçus avec
toute l'affection qu'elle pouvait attendre de
moi. Je lui demandai pourquoi je la voyais dans
une si malheureuse situation ; elle m'apprit en

pleurant la mauvaise conduite de son mari,
et l'indigne traitement qu'il lui avait fait. Je fus
touchée de son malheur, et j'en pleurai avec
elle. Je la fis ensuite entrer au bain, je lui donnai de mes propres habits, je lui dis : « Ma
sœur, vous êtes mon aînée, et je vous regarde
comme ma mère. Pendant votre absence, Dieu
a béni le peu de bien qui m'est tombé en partage, et l'emploi que j'en fais à nourrir et à élever des vers à soie. Comptez que je n'ai rien
qui ne soit à vous, et dont vous ne puissiez
disposer comme moi-même. »

« Nous demeurâmes toutes deux et vécûmes
ensemble pendant plusieurs mois en bonne intelligence. Comme nous nous entretenions souvent de notre troisième sœur, et que nous étions
surprises de ne pas apprendre de ses nouvelles, elle arriva en aussi mauvais état que notre
aînée. Son mari l'avait traitée de la même sorte;
je la reçus avec la même amitié.

« Quelque temps après, mes deux sœurs,
sous prétexte qu'elles m'étaient à charge, me
dirent qu'elles étaient dans le dessein de se re-

marier. Je leur répondis , que, si elles n'a-
vaient pas d'autres raisons que celle de m'être
à charge, elles pouvaient continuer de demeurer avec moi en toute sûreté ; que mon bien
suffisait pour nous entretenir toutes trois d'une
manière conforme à notre condition. « Mais ,
ajoutai-je , je crains plutôt que vous n'ayez véritablement envie de vous remarier. Si cela
était, je vous avoue que j'en serais fort étonnée. Après l'expérience que vous avez eue du
peu de satisfaction qu'on a dans le mariage , y
pouvez-vous penser une seconde fois ? Vous
savez combien il est rare de trouver un mari
parfaitement honnête homme. Croyez-moi ,
continuons de vivre ensemble le plus agréablement qu'il nous sera possible. »

« Tout ce que je leur dis fut inutile. Elles
avaient pris la résolution de se remarier; elles
l'exécutèrent. Mais elles revinrent me trouver
au bout de quelques mois , et me firent mille excuses do n'avoir pas suivi mon conseil. Vous
êtes notre cadette, me dirent-elles , mais vous
êtes plus sage que nous. Si vous voulez bien

nous recevoir encore dans votre maison, et nous regarder comme vos esclaves, il ne nous arrivera plus de faire une si grande faute. »

« Mes chères sœurs, leur répondis-je, je n'ai point changé à votre égard depuis notre dernière séparation, revenez et jouissez avec moi de ce que j'ai. » Je les embrassai, et nous demeurâmes ensemble comme auparavant.

« Il y avait un an que nous vivions dans une union parfaite ; et voyant que Dieu avait béni mon petit fonds, je formai le dessein de faire un voyage par mer et de hasarder quelque chose dans le commerce. Pour cet effet, je me rendis avec mes deux sœurs à Balsora, où j'achetai un vaisseau tout équipé, que je chargeai de marchandises que j'avais fait venir de Bagdad. Nous mîmes à la voile avec un vent favorable, et nous sortîmes bientôt du golfe Persique. Quand nous fûmes en pleine mer, nous prîmes la route des Indes ; et après vingt jours de navigation, nous vîmes terre. C'était une montagne fort haute, au pied de laquelle nous aperçûmes une ville de grande apparence.

Comme nous avions le vent frais, nous arrivâmes de bonne heure au port, et nous y jetâmes l'ancre.

« Je n'eus pas la patience d'attendre que mes sœurs fussent en état de m'accompagner; je me fis débarquer seule, et j'allai droit à la porte de la ville. J'y vis une garde nombreuse de gens assis, et d'autres qui étaient debout avec un bâton à la main. Mais ils avaient tous l'air si hideux, que j'en fus effrayée. Remarquant toutefois qu'ils étaient immobiles, et qu'ils ne remuaient pas même les yeux, je me rassurai; et m'étant approchée d'eux, je reconnus qu'ils étaient pétrifiés.

« J'entrai dans la ville et passai par plusieurs rues où il y avait des hommes, d'espace en espace, dans toutes sortes d'attitudes; mais ils étaient tous sans mouvement et pétrifiés. Au quartier des marchands, je trouvai la plupart des boutiques fermées, et j'aperçus dans celles qui étaient ouvertes, des personnes aussi pétrifiées. Je jetai la vue sur les cheminées, et n'en voyant pas sortir de fumée, cela me fit juger que tout ce qui était dans les maisons, de même que ce qui était dehors, était changé en pierres.

«Etant arrivée dans une vaste place, au milieu de la ville, je découvris une grande porte couverte de plaques d'or, et dont les deux battans étaient ouverts. Une portière d'étoffe de soie paraissait tirée devant, et l'on voyait une lampe suspendue au-dessus de la porte. Après avoir considéré le bâtiment, je ne doutai pas que ce ne fût le palais du prince qui regnait en ce pays-là. Mais fort étonnée de n'avoir rencontré aucun être vivant, j'allai jusque-là, dans l'espérance d'en trouver quelqu'un. Je levai la portière, et, ce qui augmenta ma surprise, je ne vis sous le vestibule que quelques portiers ou gardes pétrifiés, les uns debout et les autres assis, ou à demi-couchés.

« Je traversai une grande cour, où il y avait beaucoup de monde : les uns semblaient aller, et les autres venir, et néanmoins ils ne bougeaient pas de leur place, parce qu'ils étaient pétrifiés comme ceux que j'avais déjà vus. Je passai dans une seconde cour, et de celle-là dans une troisième; mais ce n'était partout qu'une solitude , et il y régnait un silence affreux.

« M'étant avancée dans une quatrième cour, je vis en face un très-beau bâtiment dont les fenêtres étaient fermées d'un treillis d'or massif. Je jugeai que c'était l'appartement de la reine. J'y entrai. Il y avait dans une grande salle plusieurs eunuques noirs pétrifiés. Je passai ensuite dans une chambre très-richement meublée , où j'aperçus une dame aussi changée en pierre. Je reconnus que c'était la reine à une couronne d'or qu'elle avait sur la tête, et à un collier de perles très-rondes et plus grosses que des noisettes. Je les examinai de près , et il me parut qu'on ne pouvait rien voir de plus beau.

« J'admirai quelque temps les richesses et la magnificence de cette chambre , et surtout le tapis de pied , les coussins et le sofa garnis d'une étoffe des Indes à fond d'or , avec des figures d'hommes et d'animaux en argent trait d'un travail admirable.... »

Scheherazade aurait continué de parler ; mais la clarté du jour vint mettre fin à sa narration. Le sultan fut charmé de ce récit. « Il faut, dit-il en se levant, que je sache à quoi aboutira cette étonnante pétrification d'hommes. »

LXIVᵉ NUIT.

DINARZADE, qui avait pris beaucoup de plaisir au commencement de l'histoire de Zobéïde, ne manqua pas d'appeler la sultane avant le jour, en la suppliant de lui apprendre ce que fit encore Zobéïde dans ce palais singulier où elle était entrée. Voici, répondit Scheherazade, comment cette dame continua de raconter son histoire au calife :

« Sire, dit-elle, de la chambre de la reine pétrifiée, je passai dans plusieurs autres appartemens et cabinets propres et magnifiques, qui me conduisirent dans une chambre d'une

grandeur extraordinaire, où il y avait un trône
d'or massif , élevé de quelques degrés , et en-
richi de grosses émeraudes enchâssées, et sur
le trône , un lit d'une riche étoffe, sur laquelle
éclatait une broderie de perles. Ce qui me surprit plus que tout le reste , ce fut une lumière
brillante qui partait de dessus ce lit. Curieuse
de savoir ce qui la rendait, je montai ; et avançant la tête, je vis sur un petit tabouret un
diamant gros comme un œuf d'autruche , et si
parfait , que je n'y remarquai nul défaut. Il
brillait tellement, que je ne pouvais en soutenir
l'éclat en le regardant au jour.

« Il y avait au chevet du lit, de l'un et de
l'autre côté, un flambeau allumé dont je ne compris pas l'usage. Cette circonstance néanmoins
me fit juger qu'il y avait quelqu'un de vivant
dans ce superbe palais; car je ne pouvais
croire que ces flambeaux pussent s'entretenir
allumés d'eux-mêmes. Plusieurs autres singu-
larités m'arrêtèrent dans cette chambre, que le
seul diamant dont je viens de parler rendait
inestimable.

« Comme toutes les portes étaient ouvertes
ou poussées seulement, je parcourus encore
d'autres appartemens aussi beaux que ceux que
j'avais déjà vus. J'allai jusqu'aux offices et aux
garde-meubles qui étaient remplis de richesses
infinies, et je m'occupai si fort de toutes ces
merveilles, que je m'oubliai moi-même. Je ne
pensais plus ni à mon vaisseau, ni à mes
sœurs ; je ne songeais qu'à satisfaire ma curiosité. Cependant la nuit s'approchait, et son
approche m'avertissant qu'il était temps de me
retirer, je voulus reprendre le chemin des
cours par où j'étais venue ; mais il ne me fut
pas aisé de le retrouver. Je m'égarai dans les
appartemens ; et me trouvant dans la grande
chambre où étaient le trône, le lit, le gros diamant et les flambeaux allumés, je résolus d'y
passer la nuit, et de remettre au lendemain de
grand matin à regagner mon vaisseau. Je me
jetai sur le lit, non sans quelque frayeur de
me voir seule dans un lieu si désert, et ce
fut sans doute cette crainte qui m'empêcha de
dormir.

« Il était environ minuit, lorsque j'entendis la voix comme d'un homme qui lisait l'Alcoran de la même manière et du ton que nous avons coutume de le lire dans nos temples. Cela me donna beaucoup de joie. Je me levai aussitôt, et, prenant un flambeau pour me conduire, j'allai de chambre en chambre du côté où j'entendais la voix. Je m'arrêtai à la porte d'un cabinet d'où je ne pouvais douter qu'elle ne partît. Je posai le flambeau à terre, et regardant par une fente, il me parut que c'était un oratoire. En effet, il y avait, comme dans nos temples, une niche qui marquait où il fallait se tourner pour faire la prière, des lampes suspendues et allumées, et deux chandeliers avec de gros cierges de cire blanche, allumés de même.

« Je vis aussi un petit tapis étendu, de la forme de ceux qu'on étend chez nous pour se poser dessus et faire sa prière. Un jeune homme de bonne mine, assis sur ce tapis, récitait avec grande attention l'Alcoran qui était posé devant lui sur un petit pupître. A cette vue,

ravie d'admiration, je cherchais en mon esprit
comment il se pouvait faire qu'il fût le seul vivant dans une ville où tout le monde était pé-
trifié, et je ne doutais pas qu'il n'y eût en cela
quelque chose de très-merveilleux.

« Comme la porte n'était que poussée, je
l'ouvris; j'entrai, et, me tenant de bout devant la niche, je fis cette prière à haute voix :
« Louange à Dieu qui nous a accordé une
» heureuse navigation ! Qu'il nous fasse la
» grâce de nous protéger de même jusqu'à
» notre arrivée en notre pays. Ecoutez-moi,
» seigneur, et exaucez ma prière. »

« Le jeune homme jeta les yeux sur moi, et
me dit : « Ma bonne dame, je vous prie de me
dire qui vous êtes, et ce qui vous a amenée
en cette ville désolée. En récompense, je vous
apprendrai qui je suis, ce qui m'est arrivé,
pour quel sujet les habitans de cette ville sont
réduits en l'état où vous les avez vus, et pourquoi moi seul je suis sain et sauf dans un dé-
sastre si épouvantable.

« Je lui racontai en peu de mots d'où je venais, ce qui m'avait engagée à faire ce voyage, et de quelle manière j'avais heureusement pris port après une navigation de vingt jours. En achevant, je le suppliai de s'acquitter à son tour de la promesse qu'il m'avait faite, et je lui témoignai combien j'étais frappée de la désolation affreuse que j'avais remarquée dans tous les endroits où j'avais passé.

« Ma chère dame, dit alors le jeune homme, donnez-vous un moment de patience. » A Ces mots, il ferma l'Alcoran, le mit dans un étui précieux, et le posa dans la niche. Je pris ce temps-là pour le considérer attentivement, et je lui trouvai tant de grâce et de beauté, que je sentis des mouvemens que je n'avais jamais sentis jusqu'alors. Il me fit asseoir auprès de lui, et avant qu'il commençât son discours, je ne pus m'empêcher de lui dire d'un air qui lui fit connaître les sentimens qu'il m'avait inspirés : « Aimable seigneur, cher objet de mon âme, on ne peut attendre avec plus d'impatience que je l'attends, l'éclaircissement de tant de choses surprenantes qui ont frappé ma vue depuis le premier pas que j'ai fait pour entrer en cette ville ; et ma curiosité ne saurait être assez tôt satisfaite. Parlez, je vous en conjure ; apprenez-moi par quel miracle vous êtes seul en vie parmi tant de personnes mortes d'une manière inouie. »

Scheherazade s'interrompit en cet endroit, et dit à Schahriar : « Sire, votre majesté ne s'aperçoit peut-être pas qu'il est jour. Si je continuais de parler, j'abuserais de votre attention. » Le sultan se leva, résolu d'entendre, la nuit suivante, la suite de cette merveilleuse histoire.

LXVᵉ NUIT.

DINARZADE pria sa sœur, le lendemain avant le jour, de reprendre l'histoire de Zobéïde ; et de raconter ce qui se passa entre elle et le jeune homme vivant qu'elle rencontra dans ce palais dont elle avait fait une si belle description.

« Je vais vous satisfaire, répondit la sultane. »
Zobéïde poursuivit son histoire dans ces
termes :

« Madame, me dit le jeune homme, vous
m'avez fait assez voir que vous avez la connaissance du vrai Dieu, par la prière que vous
venez de lui adresser. Vous allez entendre un
effet très-remarquable de sa grandeur et de sa
puissance. Je vous dirai que cette ville était la
capitale d'un royaume, dont le roi mon père
portait le nom. Ce prince, toute sa cour, les
habitans de la ville, et tout ses autres sujets étaient mages, adorateurs du feu, et de
Nardoun, ancien roi des géans rebelles à
Dieu.

« Quoique né d'un père et d'une mère ido-
lâtres, j'ai eu le bonheur d'avoir dans mon
enfance pour gouvernante une bonne dame
musulmane, qui savait l'Alcoran par cœur,
et l'expliquait parfaitement bien. « Mon prince,
me disait-elle souvent, il n'y a qu'un vrai Dieu.
Prenez garde d'en reconnaître et d'en adorer
d'autres. » Elle m'apprit à lire en arabe ; et le

livre qu'elle me donna pour m'exercer, fut l'Alcoran. Dès que j'eus atteint l'âge de la raison, elle m'expliqua tous les points de cet excellent livre, et elle m'en inspirait tout l'esprit à l'insu de mon père et de tout le monde. Elle mourut; mais ce fut après m'avoir fait toutes les instructions dont j'avais besoin pour être pleinement convaincu des vérités de la religion musulmane. Depuis sa mort, j'ai persisté constamment dans les sentimens qu'elle m'a fait prendre, et j'ai en horreur le faux dieu Nardoun et l'adoration du feu.

« Il y a trois ans et quelques mois qu'une voix bruyante se fit tout-à-coup entendre par toute la ville si distinctement, que personne ne perdit une de ces paroles qu'elle dit :

« *Habitans, abandonnez le culte de Nar-*
» *doun, et du feu ; adorez le Dieu unique*
» *qui fait miséricorde.* »

« La même voix se fit ouïr trois années de suite ; mais personne ne s'étant converti, le

8.

dernier jour de la troisième, à trois ou quatre
heures du matin, tous les habitans générale-
ment furent changés en pierres en un instant,
chacun dans l'état et la posture où il se trouva.
Le roi mon père éprouva le même sort : il fut
métamorphosé en une pierre noire, tel qu'on
le voit dans un endroit de ce palais, et la reine
ma mère eut une pareille destinée.

« Je suis le seul sur qui Dieu n'ait pas fait
tomber ce châtiment terrible. Depuis ce temps
là, je continue de le servir avec plus de fer-
veur que jamais ; et je suis persuadé, ma belle
dame, qu'il vous envoie pour ma consolation :
je lui en rends des grâces infinies ; car je vous
avoue que cette solitude m'est bien ennuyeuse. »

« Tout ce récit et particulièrement ces derniers mots, achevèrent de m'enflammer pour
lui. « Prince, lui dis-je, il n'en faut pas douter, c'est la providence qui m'a attirée dans
votre port, pour vous présenter l'occasion de
vous éloigner d'un lieu si funeste. Le vaisseau
sur lequel je suis venue peut vous persuader
que je suis en quelque considération à Bagdad,

où j'ai laissé d'autres biens assez considérables.
J'ose vous offrir une retraite jusqu'à ce que le
puissant Commandeur des croyans, le vicaire
du grand prophète que vous reconnaissez, vous
ait rendu tous les honneurs que vous méritez.
Ce célèbre prince demeure à Bagdad ; et il ne
sera pas plus tôt informé de votre arrivée en
sa capitale, qu'il vous fera connaître qu'on
n'implore pas en vain son appui. Il n'est pas
possible que vous demeuriez davantage dans
une ville où tous les objets doivent vous être
insupportables. Mon vaisseau est à votre service, et vous en pouvez disposer absolument.
Il accepta l'offre, et nous passâmes le reste de
la nuit à nous entretenir de notre embarquement.

« Dès que le jour parut, nous sortîmes du
palais, et nous nous rendîmes au port où nous
trouvâmes mes sœurs, le capitaine et mes esclaves fort en peine de moi. Après avoir présenté mes sœurs au prince, je leur racontai ce
qui m'avait empêchée de revenir au vaisseau
le jour précédent, la rencontre du jeune prince,

son histoire, et le sujet de la désolation d'une
si belle ville.

« Les matelots employèrent plusieurs jours
à débarquer les marchandises que j'avais apportées, et à embarquer à leur place tout ce
qu'il y avait de plus précieux dans le palais
en pierreries, en or et en argent. Nous laissâ-
mes les meubles et une infinité de pièces d'or-
févrerie, parce que nous ne pouvions les emporter. Il nous aurait fallu plusieurs vaisseaux
pour transporter à Bagdad toutes les richesses
que nous avions devant les yeux.

« Après que nous eûmes chargé le vaisseau
des choses que nous y voulûmes mettre, nous
prîmes les provisions et l'eau dont nous jugeâmes avoir besoin pour notre voyage. A l'égard
des provisions, il nous en restait encore beaucoup de celles que nous avions embarquées à
Balsora. Enfin nous mîmes à la voile avec
un vent tel que nous pouvions le souhaiter.... »

En achevant ces paroles, Scheherazade vit
qu'il était jour. Elle cessa de parler, et le sultan se leva sans rien dire; mais il se proposa

d'entendre jusqu'à la fin l'histoire de Zobéïde et de ce jeune prince, conservé si miraculeusement.

~~~~~~~~~~~~~~~~~~~~~~~~~~~~~~~~

LXVIe NUIT.

Sur la fin de la nuit suivante, Dinarzade, impatiente de savoir quel serait le succès de la navigation de Zobéïde, appela la sultane. « Ma chère sœur, lui dit-elle, poursuivez, de grâce, l'histoire d'hier; dites-nous si le jeune prince et Zobéïde arrivèrent heureusement à Bagdad. »

« Vous l'allez apprendre, répondit Scheherazade. » Zobéïde reprit ainsi son histoire, en s'adressant toujours au calife :

« Sire, dit-elle, le jeune prince, mes sœurs et moi nous nous entretenions tous les jours agréablement ensemble; mais, hélas ! notre union ne dura pas long-temps! Mes sœurs devinrent jalouses de l'intelligence qu'elles remarquèrent entre le jeune prince et moi, et

me demandèrent un jour malicieusement ce que
nous ferions de lui, lorsque nous serions arri-
vées à Bagdad. Je m'aperçus bien qu'elles ne
me faisaient cette question que pour découvrir
mes sentimens. C'est pourquoi, faisant sem-
blant de tourner la chose en plaisanterie, je
leur répondis que je le prendrais pour mon
époux; ensuite, me tournant vers le prince, je
lui dis : « Mon prince, je vous supplie d'y consentir. D'abord que nous serons à Bagdad,
mon dessein est de vous offrir ma personne
pour être votre très-humble esclave, pour vous
rendre mes services, et vous reconnaître pour
le maître absolu de mes volontés. »

« Madame, répondit le prince, je ne sais si
vous plaisantez; mais pour moi, je vous déclare fort sérieusement devant mesdames vos
sœurs, que dès ce moment j'accepte de bon
cœur l'offre que vous me faites, non pas pour
vous regarder comme une esclave, mais comme une dame et ma maîtresse, et je ne prétends
avoir aucun empire sur vos actions. » Mes
sœurs changèrent de couleur à ce discours, et

əje remarquai depuis ce temps-là qu'elles n'a-
waient plus pour moi les mêmes sentimens
qu'auparavant.

« Nous étions dans le golfe Persique, et
mous approchions de Balsora, où, avec le bon
vvent que nous avions toujours, j'espérais que
mous arriverions le lendemain. Mais la nuit,
pendant que je dormais, mes sœurs prirent
leur temps, et me jetèrent à la mer; elles traitè-
rent de la même sorte le prince, qui fut noyé.
Je me soutins quelques momens sur l'eau; et
par bonheur, ou plutôt par miracle, je trouvai
fond. Je m'avançai vers une noirceur qui me
paraissait la terre, autant que l'obscurité me
permettait de la distinguer. Effectivement je
gagnai une plage; et le jour me fit connaître
que j'étais dans une petite île déserte, située
environ à vingt milles de Balsora. J'eus bientôt
fait sécher mes habits au soleil; et en marchant
je remarquai plusieurs sortes de fruits et même
de l'eau douce; ce qui me donna quelque espérance que je pourrais conserver ma vie.

« Je me reposais à l'ombre, lorsque je vis un

serpent ailé, fort gros et fort long, qui s'avançait vers moi en se démenant à droite et à gauche, et tirant la langue ; cela me fit juger que
quelque mal le pressait. Je me levai ; et m'a-
percevant qu'il était suivi d'un autre serpent
plus gros, qui le tenait par la queue, et faisait
ses efforts pour le dévorer, j'en eus pitié. Au
lieu de fuir, j'eus la hardiesse et le courage de
prendre une pierre qui se trouva par hasard
auprès de moi ; je la jetai de toute ma force,
contre le plus gros serpent ; je le frappai à la
tête, et l'écrasai. L'autre, se sentant en liberté,
ouvrit aussitôt ses ailes, et s'envola ; je le regardai long-temps en l'air comme une chose extraordinaire ; mais l'ayant perdu de vue, je
me rassis à l'ombre dans un autre endroit, et
je m'endormis.

« A mon réveil, imaginez-vous quelle fut
ma surprise de voir près de moi une femme
noire, qui avait des traits vifs et agréables, et
qui tenait à l'attache deux chiennes de la même
couleur. Je me mis sur mon séant, et lui demandai qui elle était ? « Je suis, me répondit-

dit-elle, le serpent que vous avez délivré de son cruel ennemi, il n'y a pas long-temps. J'ai cru ne pouvoir mieux reconnaître le service important que vous m'avez rendu, qu'en faisant l'action que je viens de faire. J'ai su la trahison de vos sœurs ; et pour vous en venger, d'abord que j'ai été libre, par votre généreux secours, j'ai appelé plusieurs de mes compagnes, qui sont fées comme moi ; nous avons transporté toute la charge de votre vaisseau dans vos magasins de Bagdad, après quoi nous l'avons submergé. Ces deux chiennes noires sont vos deux sœurs, à qui j'ai donné cette forme. Ce châtiment ne suffit pas, et je veux que vous les traitiez encore de la manière que je vous dirai. »

« A ces mots, la fée m'embrassa étroitement d'un de ses bras, et les deux chiennes de l'autre, et nous transporta chez moi à Bagdad, où je vis dans mon magasin toutes les richesses dont mon vaisseau avait été chargé. Avant de me quitter, elle me livra les deux chiennes, et me dit : « Sous peine d'être changée comme

» elles en chienne, je vous ordonne, de la part
» de celui qui confond les mers, de donner
» toutes les nuits cent coups de fouet à chacune
» de vos sœurs, pour les punir du crime qu'el-
» les ont commis contre votre personne et con-
» tre le jeune prince qu'elles ont noyé. » Je fus
obligée de lui promettre que j'exécuterais son
ordre.

« Depuis ce temps-là, je les ai traitées chaque nuit, à regret, de la même manière dont
votre majesté a été témoin. Je leur témoi-
gne par mes pleurs avec combien de douleurs
et de répugnance je m'acquitte d'un si cruel devoir, et vous voyez bien qu'en cela je suis plus
à plaindre qu'à blâmer. S'il y a quelque chose
qui me regarde, dont vous puissiez souhaiter
d'être informé, ma sœur Amine vous en donnera l'éclaircissement par le récit de son histoire. »

Après avoir écouté Zobéide avec admiration, le calife fit prier, par son grand-visir,
l'agréable Amine de vouloir bien lui expliquer
pourquoi elle était marquée de cicatrices.. »

« Mais, sire, dit Scheherazade en cet endroit, il est jour, et je ne dois pas arrêter davantage votre majesté. Schahriar, persuadé que l'histoire que Scheherazade avait à raconter, serait le dénouement des précédentes, dit en lui-même : « Il faut que je me donne le plaisir tout entier. » Il se leva, et résolut de laisser vivre encore la sultane ce jour-là.

LXVIIe NUIT.

DINARZADE souhaitait passionnément d'entendre l'histoire d'Amine ; c'est pourquoi s'étant réveillée de très-bonne heure, elle conjura la sultane de lui apprendre pourquoi l'aimable Amine avait tout le sein couvert de cicatrices. « J'y consens, répondit Scheherazade ; » et pour ne pas perdre de temps, vous saurez qu'Amine, s'adressant au calife, commença son histoire dans ces termes :

HISTOIRE

D'AMINE.

« COMMANDEUR des croyans, dit-elle, pour
ne pas répéter les choses dont votre majesté a
déjà été instruite par l'histoire de ma sœur, je
vous dirai que ma mère ayant pris une maison
pour passer son veuvage en particulier, me
donna en mariage, avec le bien que mon père
m'avait laissé, à un des plus riches héritiers de
cette ville.

« La première année de notre mariage n'é-
tait pas écoulée que je demeurai veuve et en
possession de tout le bien de mon mari, qui
montait à quatre-vingt-dix mille sequins. Le
revenu seul de cette somme suffisait de reste
pour me faire passer ma vie fort honnêtement.
Cependant, dès que les premiers six mois de
mon deuil furent passés, je me fis faire dix
habits différens, d'une si grande magnificence,
qu'ils revenaient à mille sequins chacun, et je
commençai au bout de l'année à les porter.

« Un jour que j'étais seule occupée à mes affaires domestiques, on me vint dire qu'une dame demandait à me parler. J'ordonnai qu'on la fît entrer. C'était une personne fort avancée en âge. Elle me salua en baisant la terre, et me dit, en demeurant sur ses genoux : « Ma bonne dame, je vous supplie d'excuser la liberté que je prends de vous venir importuner : la confiance que j'ai en votre charité me donne cette hardiesse. Je vous dirai, mon honorable dame, que j'ai une fille orpheline qui doit se marier aujourd'hui, qu'elle et moi sommes étrangères, et que nous n'avons pas la moindre connaissance en cette ville. Cela nous donne de la confusion ; car nous voudrions faire connaître à la famille nombreuse avec laquelle nous allons faire alliance, que nous ne sommes pas des inconnues ; et que nous avons quelque crédit. C'est pourquoi, ma charitable dame, si vous avez pour agréable d'honorer ces noces de votre présence, nous vous aurons d'autant plus d'obligation, que les dames de notre pays connaîtront que nous ne sommes pas re-

9.

gardées ici comme des misérables, quand elles apprendront qu'une personne de votre rang n'aura pas dédaigné de nous faire un si grand honneur. Mais, hélas ! si vous rejetez ma prière, quelle mortification pour nous ! Nous ne savons à qui nous adresser. »

« Ce discours, que la pauvre dame entremêla de larmes, me toucha de compassion. « Ma bonne mère, lui dis-je, ne vous affligez pas, je veux bien vous faire le plaisir que vous me demandez : dites-moi où il faut que j'aille ; je ne veux que le temps de m'habiller un peu proprement. « La vieille dame, transportée de joie à cette réponse, fut plus prompte à me baiser les pieds, que je ne le fus à l'en empêcher. « Ma charitable dame, reprit-elle en se relevant, Dieu vous récompensera de la bonté que vous avez pour vos servantes, et comblera votre cœur de satisfaction, de même que vous en comblez le nôtre. Il n'est pas encore besoin que vous preniez cette peine ; il suffira que vous veniez avec moi sur le soir, à l'heure où je viendrai vous prendre. Adieu, madame ajouta-t-elle, jusqu'à l'honneur de vous voir. »

« Aussitôt qu'elle m'eut quittée, le pris celui de mes habits qui me plaisait davantage, avec un collier de grosses perles, des bracelets, des bagues et des pendans d'oreilles de diamans les plus fins et les plus brillans. J'eus un pressentiment de ce qui me devait arriver.

« La nuit commençait à paraître, lorsque la vieille dame arriva chez moi, d'un air qui marquait beaucoup de joie. Elle me baisa la main, et me dit : « Ma chère dame, les parentes de mon gendre, qui sont les premières dames de la ville, sont assemblées. Vous viendrez quand il vous plaira, me voilà prête à vous servir de guide.» Nous partîmes aussitôt; elle marcha devant moi, et je la suivis avec un grand nombre de mes femmes esclaves proprement habillées. Nous nous arrêtâmes dans une rue fort large, nouvellement balayée et arrosée, à une grande porte éclairée par un fanal, dont la lumière me fit lire cette inscription qui était au-dessus de la porte en lettres d'or : « *C'est ici la demeure éternelle des plaisirs et de la joie.*» La vieille dame frappa, et l'on ouvrit à l'instant.

« On me conduisit au fond de la cour, dans une grande salle, où je fus reçue par une jeune dame d'une beauté sans pareille. Elle vint au-devant de moi; et après m'avoir embrassée et fait asseoir auprès d'elle dans un sofa, où il y avait un trône d'un bois précieux, rehaussé de diamans: « Madame, me dit-elle, on vous a fait venir ici pour assister à des noces; mais j'espère que ces noces seront autres que celles que vous vous imaginez. J'ai un frère, qui est le mieux fait et le plus accompli de tous les hommes; il est si charmé du portrait qu'il a entendu faire de votre beauté, que son sort dépend de vous, et qu'il sera très-malheureux, si vous n'avez pitié de lui. Il sait le rang que vous tenez dans le monde; et je puis vous assurer que le sien n'est pas indigne de votre ailliance. Si mes prières, madame, peuvent quelque chose sur vous, je les joins aux siennes, et vous supplie de ne pas rejeter l'offre qu'il vous fait de vous recevoir pour femme. »

« Depuis la mort de mon mari, je n'avais

pas encore eu la pensée de me remarier, mais je n'eus pas la force de refuser une si belle personne. D'abord que j'eus consenti à la chose par un silence accompagné d'une rougeur qui parut sur mon visage, la jeune dame frappa des mains : un cabinet s'ouvrit aussitôt, et il en sortit un jeune homme d'un air si majestueux, et qui avait tant de grâce, que je m'estimai heureuse d'avoir fait une si belle conquête. Il prit place auprès de moi; et je connus, par l'entretien que nous eûmes, que son mérite était encore au-dessus de ce que sa sœur m'en avait dit :

« Lorsqu'elle vit que nous étions contens l'un de l'autre, elle frappa des mains une seconde fois, et un cadi * entra, qui dressa notre contrat de mariage, le signa, et le fit signer aussi par quatre témoins qu'il avait amenés

---

* Ce mot vient du mot arabe *Kadi*, juge. C'est le nom qu'on donne aux juges des causes civiles, dans presque tout l'Orient. Ils font aussi les fonctions de notaire.

avec lui. La seule chose que mon nouvel époux
exigea de moi, fut que je ne me ferais point
voir, ni ne parlerais à aucun homme qu'à lui;
et il me jura qu'à cette condition j'aurais tout
sujet d'être contente de lui. Notre mariage fut
conclu et achevé de cette manière ; ainsi je fus
la principale actrice des noces auxquelles j'a-
vais été invitée seulement.

« Un mois après notre mariage, ayant besoin de quelqu'étoffe, je demandai à mon mari
la permission de sortir pour aller faire cette
emplette. Il me l'accorda, et je pris pour m'accompagner la vieille dame dont j'ai déjà parlé,
qui était de la maison et deux de mes femmes
esclaves. Quand nous fûmes dans la rue des
marchands, la vieille dame me dit : « Ma
bonne maîtresse, puisque vous cherchez une
étoffe de soie, il faut que je vous mène chez
un jeune marchand que je connais ici; il en a
de toutes sortes; et sans vous fatiguer à courir
de boutique en boutique, je puis vous assurer
que vous trouverez chez lui ce que vous ne
trouveriez pas ailleurs. » Je me laissai con-

b duire , et nous entrâmes dans la boutique d'un
jeune marchand assez bien fait. Je m'assis , et
lui fis dire par la vieille dame de me montrer
les plus belles étoffes de soie qu'il eût. La vieille
voulait que je lui fisse la demande moi-même ;
mais je lui dis qu'une des·conditions de mon
mariage était de ne parler à aucun homme
qu'à mon mari , et que je ne devais pas y con-
trevenir.

« Le marchand me montra plusieurs étoffes,
dont l'une m'ayant agréé plus que les autres ,
je lui fis demander combien il l'estimait. Il répondit à la vieille : « Je ne la lui vendrai ni
pour or , ni pour argent; mais je lui en ferai
un présent, si elle veut bien me permettre de
la baiser à la joue. » J'ordonnai à la vieille de
lui dire qu'il était bien hardi de me faire cette
proposition. Mais au lieu de m'obéir, elle me
représenta que ce que le marchand demandait,
n'était pas une chose fort importante; qu'il ne
s'agissait point de parler , mais seulement de
présenter la joue, et que ce serait une affaire
bientôt faite. J'avais tant d'envie d'avoir l'é-

toffe, que je fus assez simple pour suivre ce conseil. La vieille dame et mes femmes se mirent devant, afin qu'on ne me vît pas, et je me dévoilai ; mais au lieu de me baiser, le marchand me mordit jusqu'au sang. La douleur et la surprise furent telles, que j'en tombai évanouie, et je demeurai assez long-temps en cet état, pour donner au marchand celui de fermer sa boutique et de prendre la fuite. Lorsque je fus revenue à moi, je me sentis la joue tout ensanglantée. La vieille dame et mes femmes avaient eu soin de la couvrir d'abord de mon voile, afin que le monde qui accourut ne s'aperçût de rien, et crût que ce n'était qu'une faiblesse qui m'avait prise..... »

Scheherazade, en achevant ces dernières paroles aperçut le jour, et se tut. Le sultan trouva ce qu'il venait d'entendre assez extraordinaire, et se leva, fort curieux d'en apprendre la suite.

LXVIIIᵉ NUIT.

Scheherazade, adressant dès le matin la parole à Dinarzade : Voici, ma sœur, lui dit-elle, comment Amine reprit son histoire :

« La vieille qui m'accompagnait, poursuivit-elle, extrêmement mortifiée de l'accident qui m'était arrivé, tâcha de me rassurer. « Ma bonne maîtresse, me dit-elle, je vous demande pardon, je suis cause de ce malheur. Je vous ai amenée chez ce marchand; parce qu'il est de mon pays, et je ne l'aurais jamais cru capable d'une si grande méchanceté; mais ne vous affligez pas : ne perdons point de temps, retournons au logis : je vous donnerai un remède qui vous guérira en trois jours si parfaitement, qu'il n'y paraîtra pas la moindre marque. » Mon évanouissement m'avait rendue si faible, qu'à peine pouvais-je marcher. J'arrivai néanmoins au logis; mais je tombai une seconde

fois en faiblesse en entrant dans ma chambre.
Cependant la vieille m'appliqua son remède ;
je revins à moi et me mis au lit.

« La nuit venue , mon mari arriva ; il s'a-
perçut que j'avais la tête enveloppée ; il me demanda ce que j'avais. Je répondis que c'était un
mal de tête ; et j'espérais qu'il en demeurerait-
là ; mais il prit une bougie, et voyant que j'é-
tais blessée à la joue : « D'où vient cette blessure ? me dit-il. » Quoique je ne fusse pas fort
criminelle, je ne pouvais pas me résoudre à lui
avouer la chose : faire cet aveu à un mari, me
paraissait choquer la bienséance. Je lui dis que,
comme j'allais acheter une étoffe de soie, avec
la permission qu'il m'en avait donnée, un porteur , chargé de bois, avait passé si près de
moi, dans une rue fort étroite , qu'un bâton
m'avait fait une égratignure au visage, mais
que c'était peu de chose.

« Cette raison mit mon mari en colère.
« Cette action, me dit-il, ne demeurera pas
impunie. Je donnerai demain ordre au lieute-
nant de police d'arrêter tous ces brutaux de

qporteurs , et de les faire tous pendre. » Dans
la crainte que j'eus d'être cause de la mort de
tant d'innocens, je lui dis : « Seigneur, je serais fâchée qu'on fît une grande injustice ; gardez-vous bien de la commettre : je me croirais
indigne de pardon, si j'avais causé ce malheur.»
» « Dites-moi donc sincèrement, reprit-il, ce que
je dois penser de votre blessure. »

« Je lui repartis qu'elle m'avait été faite par
l'inadvertance d'un vendeur de balais monté
sur son âne; qu'il venait derrière moi, la tête
tournée d'un autre côté ; que son âne m'avait
poussée si rudement, que j'étais tombée, et que
j'avais donné de la joue contre du verre. « Cela
étant , dit alors mon mari , le soleil ne se le-
vera pas demain , que le grand visir Giafar ne
soit averti de cette insolence. Il fera mourir tous
ces marchands de balais. » « Au nom de Dieu,
seigneur , interrompis-je, je vous supplie de
leur pardonner, ils ne sont pas coupables. »
« Comment donc , madame ! dit-il ; que faut-
il que je croie ? Parlez , je veux absolument
apprendre de votre bouche la vérité. » « Sei-

gneur, lui répondis-je, il m'a pris un étourdis-
sement, et je suis tombée ; voilà le fait. »

« A ces dernières paroles, mon époux perdit patience. « Ah! s'écria-t-il, c'est trop long-
temps écouter des mensonges! » En disant cela, il frappa des mains, et trois esclaves entrèrent. « Tirez-la hors du lit, leur dit-il,
étendez-la au milieu de la chambre. » Les esclaves exécutèrent son ordre ; et comme l'un
me tenait par la tête, et l'autre par les pieds,
il commanda au troisième d'aller prendre un
sabre ; et quand il l'eut apporté : « Frappe,
lui dit-il, coupe-lui le corps en deux, et va le
jeter dans le Tigre ; qu'il serve de pâture aux
poissons : c'est la peine que je fais subir aux
personnes à qui j'ai donné mon cœur, et qui
me manquent de foi. » Comme il vit que l'esclave ne se hâtait pas d'obéir : « Frappe donc,
continua-t-il ; qui t'arrête ? Qu'attends-tu ? »
« Madame, me dit alors l'esclave ; vous tou-
chez au dernier moment de votre vie, voyez
s'il a quelque chose dont vous vouliez disposer
avant votre mort. »

« Je demandai la liberté de dire un mot. Elle me fut accordée. Je soulevai la tête, et regardant mon époux bien tendrement : « Hélas ! il lui dis-je, en quel état me voilà réduite ! Il faut donc que je meure dans mes plus beaux jours ! » Je voulais poursuivre , mais mes larmes et mes soupirs m'en empêchèrent. Cela ne toucha pas mon époux : au contraire , il me fit des reproches auxquels il eut été inutile de repartir. J'eus recours aux prières ; mais il ne les écouta pas, et il ordonna à l'esclave de faire son devoir. En ce moment, la vieille dame qui avait été nourrice de mon époux , entra ; et se jetant à ses pieds pour tâcher de l'apaiser : « Mon fils , lui dit-elle, pour prix de vous avoir nourri et élevé , je vous conjure de m'accorder sa grâce. Considérez que l'on tue celui qui tue, et que vous allez flétrir votre réputation , et perdre l'estime des hommes. Que ne diront-ils point d'une colère si sanglante ? » Elle prononça ces paroles d'un air si touchant , et elle les accompagna de tant de larmes, qu'elles firent une forte impression sur mon époux. Hé bien, dit-il à sa nourrice , pour l'amour de vous , je lui donne la vie ; mais je veux qu'elle porte des marques qui la fassent ressouvenir de son crime. »

« A ces mots, un esclave , par son ordre , me donna , de toute sa force, sur les côtes et sur la poitrine, tant de coups d'une petite canne pliante qui enlevait la peau et la chair, que j'en perdis connaissance. Après cela , il me fit porter par les mêmes esclaves ministres de sa fureur, dans une maison où la vieille eut grand soin de moi. Je gardai le lit quatre mois. Enfin je guéris ; mais les cicatrices que vous vîtes hier, contre mon intention , me sont restées depuis. Dès que je fus en état de marcher et de sortir , je voulus retourner à la maison que j'avais eue de mon premier mari ; mais je n'y trouvai que la place. Mon second époux, dans l'excès de sa colère , ne s'était pas contenté de la faire abattre, il avait fait même raser toute la rue où elle était située. Cette violence était sans doute inouie; mais contre qui aurais-je fait ma plainte ? L'auteur avait pris des mesu-

res pour se cacher, et je n'ai pu le connaître :
d'ailleurs, quand je l'aurais connu, ne voyais
je pas bien que le traitement qu'on me faisait,
partait d'un pouvoir absolu ? Aurais-je osé m'en
plaindre ?

« Désolée, dépourvue de toutes choses, j'eus
recours à ma chère sœur Zobéïde, qui vient
de raconter son histoire à votre majesté, et je
lui fis le récit de ma disgrâce. Elle me reçut
avec sa bonté ordinaire, et m'exhorta à la sup-
porter patiemment. « Voilà quel est le monde,
dit-elle, il nous ôte ordinairement nos biens,
ou nos amis, ou nos amans, et souvent le tout
ensemble. » En même temps, pour me prou-
ver ce qu'elle me disait, elle me raconta la perte
du jeune prince, causée par la jalousie de ses
deux sœurs. Elle m'apprit ensuite de quelle
manière elles avaient été changées en chiennes.
Enfin, après m'avoir donné mille marques d'a-
mitié, elle me présenta ma cadette, qui s'était
retirée chez elle après la mort de notre mère.

« Ainsi, remerciant Dieu de nous avoir
toutes trois rassemblées, nous résolûmes de

vivre libres, sans nous séparer jamais. Il y a
long-temps que nous menons cette vie tranquille ; et comme je suis chargée de la dépense
de la maison, je me fais un plaisir d'aller moi-
même faire les provisions dont nous avons
besoins. J'en allai acheter hier et les fis apporter par un porteur, homme d'esprit et d'humeur agréable, que nous retînmes pour nous
divertir. Trois Calenders survinrent au commencement de la nuit, et nous prièrent de leur
donner retraite jusqu'à ce matin. Nous les re-
çumes à une condition qu'ils acceptèrent; et
après les avoir fait asseoir à notre table, ils
nous régalaient d'un concert à leur mode,
lorsque nous entendîmes frapper à notre porte.
C'était trois marchands de Moussoul, de fort
bonne mine, qui nous demandèrent la même
grâce que les Calenders; nous la leur accordâmes
à la même condition. Mais ils ne l'observèrent
ni les uns ni les autres ; néanmoins, quoique
nous fussions en état aussi bien qu'en droit de
les punir, nous nous contentâmes d'exiger d'eux
le récit de leur histoire ; et nous bornâmes notre

v vengeance à les renvoyer ensuite , et à les pri-
v ver de la retraite qu'ils nous avaient demandée. »

Le calife Haroun-al-Raschild fut très-con-
1 tent d'avoir appris ce qu'il voulait savoir, et
1 témoigna publiquement l'admiration que lui
5 causait tout ce qu'il venait d'entendre.... »

« Mais sire , dit en cet endroit Schehera-
s zade , le jour qui commence à paraître , ne me
1 permet pas de raconter à votre majesté ce que fit
1 le calife pour mettre fin à l'enchantement des
5 deux chiennes noires. » Schahriar , jugeant
1 que la sultane acheverait la nuit suivante l'his-
1 toire des cinq dames et des trois Calenders , se
1 leva, et lui laissa encore la vie jusqu'au len-
1 demain.

LXIXᵉ NUIT.

« Au nom de Dieu , ma sœur , s'écria Dinarzade avant le jour , je vous prie de nous raconter comment les deux chiennes noires re-

prirent leur première forme, et ce que devinrent les trois Calenders. » « Je vais satisfaire
votre curiosité, répondit Scheherazade. » Alors
adressant son discours à Schahriar, elle poursuivit dans ces termes :

« Sire, le calife ayant satisfait sa curiosité,
voulut donner des marques de sa grandeur et
de sa générosité aux Calenders princes, et faire
sentir aussi aux trois dames des effets de sa
bonté. Sans se servir du ministère de son grand-
visir, il dit lui-même à Zobéïde : « Madame,
cette fée qui se fit voir d'abord à vous en serpent, et qui vous a imposé une si rigoureuse
loi, cette fée ne vous a-t-elle point parlé de
sa demeure, où plutôt ne vous promit-elle pas
de vous revoir et de rétablir les deux chiennes
en leur premier état ? »

« Commandeur des croyans, répondit Zobéïde, j'ai oublié de dire à votre majesté que la
fée me mit entre les mains un petit paquet de
cheveux, en me disant qu'un jour j'aurais besoin de sa présence, et qu'alors, si je voulais
seulement brûler deux brins de ces cheveux,

» elle serait à moi dans le moment, quand elle se-
» rait au-delà du mont Caucase. » « Madame,
» reprit le calife, où est ce paquet de cheveux ? »
» Elle repartit que, depuis ce temps-là, elle avait
» eu grand soin de le porter toujours avec elle.
» En effet, elle le tira ; et ouvrant un peu la por-
» tière qui la cachait, elle le lui montra. « Hé
» bien, répliqua le calife, faisons venir la fée ;
» vous ne sauriez l'appeler plus à propos, puis-
» que je le souhaite. »

« Zobéïde y ayant consenti, on apporta du
» feu, et Zobéïde mit dessus tout le paquet de
» cheveux. A l'instant même le palais s'ébranla,
» et la fée parut devant le calife, sous la figure
» d'une dame habillée très - magnifiquement.
» « Commandeur des croyans, dit-elle à ce prin-
» ce, vous me voyez prête à recevoir vos com-
» mandemens. La dame qui vient de m'appeler par
» votre ordre, m'a rendu un service important.
» Pour lui en marquer ma reconnaissance, je l'ai
» vengée de la perfidie de ses sœurs, en les chan-
» geant en chiennes; mais, si votre majesté le dé-
» sire, je vais leur rendre leur figure naturelle.

« Belle fée , lui répondit le calife, vous ne pouvez me faire un plus grand plaisir : faites-leur cette grâce; après cela , je chercherai les moyens de les consoler d'une si rude péni-tence; mais auparavant, j'ai encore une prière à vous faire en faveur de la dame qui a été si cruellement maltraitée par un mari inconnu. Comme vous savez une infinité de choses , il est à croire que vous n'ignorez pas celle-ci : obligez-moi de me nommer le barbare qui ne s'est pas contenté d'exercer sur elle une si grande cruauté , mais qui lui a même enlevé très-injustement tout le bien qui lui apparte-nait. Je m'étonne qu'une action si injuste , si inhumaine , et qui fait tort à mon autorité, ne soit pas venue jusqu'à moi.

« Pour faire plaisir à votre majesté , répli-qua la fée , je remettrai les deux chiennes en leur premier état; je guérirai la dame de ses ci-catrices , de sorte qu'il ne paraîtra pas que ja-mais elle ait été frappée ; et ensuite je vous nommerai celui qui l'a fait maltraiter ainsi. »

« Le calife envoya prendre les deux chiennes

chez Zobéide; et lorsqu'on les eut amenées, on présenta une tasse pleine d'eau à la fée, qui l'avait demandée. Elle prononça dessus des paroles que personne n'entendit, et elle en jeta sur Amine et sur les deux chiennes. Elles furent changées en deux dames d'une beauté surprenante, et les cicatrices d'Amine disparurent. Alors la fée dit au calife : « Commandeur des croyans ; il faut vous découvrir présentement qui est l'époux inconnu que vous cherchez. Il vous appartient de fort près, puisque c'est le prince Amin, votre fils aîné, frère du prince Mamoun, son cadet. Etant devenu passionnément amoureux de cette dame, sur le récit qu'on lui avait fait de sa beauté, il trouva un prétexte pour l'attirer chez lui, où il l'épousa. A l'égard des coups qu'il lui a fait donner, il est excusable en quelque façon. La dame son épouse avait eu un peu trop de facilité ; et les excuses qu'elle lui avait apportées, étaient capables de faire croire qu'elle avait fait plus de mal qu'il n'y en avait. C'est tout ce que je puis dire pour satisfaire votre curiosité. » En achevant ces paroles, elle salua le calife, et disparut.

« Ce prince, rempli d'admiration, et content des changemens qui venaient d'arriver par son moyen, fit des actions dont il sera parlé éternellement. Il fit premièrement appler le prince Amin, son fils, lui dit qu'il savait son mariage secret, et lui apprit la cause de la blessure d'Amine. Le prince n'attendit pas que son père lui parlât de la reprendre il la reprit à l'heure même.

« Le calife déclara ensuite qu'il donnait son cœur et sa main à Zobéide, et proposa les trois autres sœurs aux trois Calenders, fils de rois, qui les acceptèrent pour femmes avec beaucoup de reconnaissance. Le calife leur assigna à chacun un palais magnifique dans la ville de Bagdad; il les éleva aux premières charges de son empire, et les admit dans ses conseils. Le premier cadi de Bagdad, appelé avec des témoins, dressa les contrats de mariage; et le fameux calife Haroun-al-Raschid, en faisant le bonheur de tant de personnes qui avaient éprouvé des disgrâces incroyables, s'attira mille bénédictions.

Il n'était pas jour encore lorsque Scheheraszade acheva cette histoire , qui avait été tant de fois interrompue et continuée. Cela lui donna lieu d'en commencer une autre. Ainsi , s'adressant la parole au sultan , elle lui dit :

HISTOIRE

DE SINDBAD LE MARIN.

Sire , sous le règne de ce même calife Haroun-al-Raschid , dont je viens de parler, il y avait à Bagdad un pauvre porteur qui se nommait Hindbad. Un jour qu'il faisait une chaleur excessive , il portait une charge très-pesante d'une extrémité de la ville à une autre. Comme il était fort fatigué du chemin qu'il avait déjà fait et qu'il lui en restait encore beaucoup à faire, il arriva dans une rue où régnait un doux zéphir, et dont le pavé était arrosé d'eau de rose. Ne pouvant désirer un vent plus favorable pour se reposer et reprendre de nouvelles forces , il posa sa charge à terre et s'assit dessus , près d'une grande maison.

Il se sut bientôt très-bon gré de s'être arrêté en cet endroit ; car son odorat fut agréablement frappé d'un parfum exquis de bois d'aloès et de pastilles, qui sortait par les fenêtres de cet hôtel, et qui, se mêlant avec l'odeur de l'eau de rose, achevait d'embaumer l'air. Outre cela, il ouït en dedans un concert de divers instrumens, accompagnés du ramage harmonieux d'un grand nombre de rossignols et d'autres oiseaux particuliers au climat de Bagdad. Cette gracieuse mélodie et la fumée de plusieurs sortes de viandes qui se faisaient sentir, lui firent juger qu'il y avait là quelque festin, et qu'on s'y réjouissait. Il voulut savoir qui demeurait en cette maison, qu'il ne connaissait pas bien, parce qu'il n'avait pas eu occasion de passer souvent par cette rue. Pour satisfaire sa curiosité, il s'approcha de quelques domestiques qu'il vit à la porte, magnifiquement habillés, et demanda à l'un d'entre eux comment s'appelait le maître de cet hôtel. « Hé quoi, lui répondit le domestique, vous demeurez à Bagdad, et vous ignorez que c'est ici la demeure du seigneur Sindbad le marin, de ce fameux voyageur qui a parcouru toutes les mers que le soleil éclaire ? « Le porteur, qui avait ouï parler des richesses de Sindbad, ne put s'empêcher de porter envie à un homme dont la condition lui paraissait aussi heureuse qu'il trouvait la sienne déplorable. L'esprit aigri par ses réflexions, il leva les yeux au ciel, et dit, assez haut pour être entendu : « Puissant créateur de toutes choses, considérez la différence qu'il y a entre Sindbad et moi ; je souffre tous les jours mille fatigues et mille maux; et j'ai bien de la peine à me nourrir, moi et ma famille, de mauvais pain d'orge, pendant que l'heureux Sindbad dépense avec profusion d'immenses richesses, et mène une vie pleine de délices. Qu'a-t-il fait pour obtenir de vous une destinée si agréable? Qu'ai-je fait pour en mériter une si rigoureuse ? » En achevant ces paroles, il frappa du pied contre terre, comme un homme entièrement possédé de sa douleur et de son désespoir.

Il était encore occupé de ses tristes pensées,

lorsqu'il vit sortir de l'hôtel un valet qui vint à lui, et qui, le prenant par le bras, lui dit : « Venez, suivez-moi, le seigneur Sindbad, mon maître, veut vous parler. »

Le jour, qui parut en cet endroit, empêcha Scheherazade de continuer cette histoire; mais elle la reprit ainsi le lendemain.

LXXe NUIT. *

Sire, votre majesté peut aisément s'imagi-

---

* Le lecteur ne trouvera plus à chaque nuit : *Ma chère sœur, si vous ne dormez pas*, etc. Comme cette répétition a choqué plusieurs personnes d'esprit, on l'a retranchée pour s'accommoder à leur délicatesse. Le traducteur espère que les savans lui pardonneront l'infidélité qu'il fait en cela à son original, puisqu'il a d'ailleurs si religieusement conservé le caractère de ces contes, et qu'il a rendu par-là son ouvrage digne de leurs bibliothèques.

ner qu'Hindbad ne fut pas peu surpris du compliment qu'on lui faisait. Après le discours
qu'il venait de tenir, il avait sujet de craindre
que Sindbad ne l'envoyât chercher pour lui
faire quelque mauvais traitement ; c'est pourquoi il voulut s'excuser sur ce qu'il ne pouvait
abandonner sa charge au milieu de la rue; mais
le valet de Sindbad l'assura qu'on y prendrait
garde, et le pressa tellement sur l'ordre dont
il était chargé, que le porteur fut obligé de se
rendre à ses instances.

Le valet l'introduisit dans une grande sâlle,
où il y avait un bon nombre de personnes autour d'une table couverte de toutes sortes de
mets délicats. On voyait à la place d'honneur
un personnage grave, bien fait et vénérable
par une longue barbe blanche; et derrière lui,
étaient debout une foule d'officiers et de domestiques fort empressés à le servir. Ce personnage était Sindbad. Le porteur, dont le trouble
s'augmenta à la vue de tant de monde et d'un
festin si superbe, salua la compagnie en tremblant. Sindbad lui dit de s'approcher ; et après

l'avoir fait asseoir à sa droite, il lui servit à manger lui-même, et lui fit donner à boire d'un excellent vin, dont le buffet était abondamment garni.

Sur la fin du repas, Sindbad, remarquant que ses convives ne mangeaient plus, prit la parole; et, s'adressant à Hindbad, qu'il traita de frère, selon la coutume des Arabes lorsqu'ils se parlent familièrement, lui demanda comment il se nommait, et qu'elle était sa profession. « Seigneur, lui répondit-il, je m'appelle Hindbad. » « Je suis bien aise de vous voir, reprit Sindbad, et je vous réponds que la compagnie vous voit aussi avec plaisir; mais je souhaiterais d'apprendre de vous-même ce que vous disiez tantôt dans la rue. » Sindbad, avant que de se mettre à table, avait entendu tout son discours par la fenêtre; et c'était ce qui l'avait engagé à le faire appeler.

A cette demande, Hindbad, plein de confusion, baissa la tête, et repartit : « Seigneur, je vous avoue que ma lassitude m'avait mis en mauvaise humeur, et il m'est échappé quel-

pques paroles indiscrètes que je vous supplie de
ame pardonner. » « Oh! ne croyez pas , reprit
2Sindbad, que je sois assez injuste pour en con-
2server du ressentiment. J'entre dans votre si-
ttuation; au lieu de vous reprocher vos murmu-
tres, je vous plains ; mais il faut que je vous
ttire d'une erreur où vous me paraissez être à
amon égard. Vous vous imaginez, sans doute ,
pque j'ai acquis sans peine et sans travail toutes
Îles commodités et le repos dont vous voyez que
ije jouis; désabusez-vous. Je ne suis parvenu à
àun état si heureux, qu'après avoir souffert ,
bdurant plusieurs années, tous les travaux du
ocorps et de l'esprit que l'imagination peut con-
ocevoir. Oui, seigneurs, ajouta-t-il en s'adres-
2sant à toute la compagnie, je puis vous assurer
pque ces travaux sont si extraordinaires, qu'ils
2sont capables d'ôter aux hommes les plus avi-
òdes de richesses l'envie fatale de traverser les
mers pour en acquérir. Vous n'avez peut-être
sentendu parler que confusément de mes étran-
3ges aventures, et des dangers que j'ai courus
2sur mer dans les sept voyages que j'ai faits ; et

puisque l'occasion s'en présente , je vais vous
en faire un rapport fidèle : je crois que vous ne
serez pas fâchés de l'entendre. »

Comme Sindbad voulait raconter son histoire , particulièrement à cause du porteur ,
avant de commencer, il ordonna qu'on fît porter la charge qu'il avait laissée dans la rue , au
lieu où Hindbad marqua qu'il souhaitait qu'elle
fût portée. Après cela , il parla dans ces termes :

PREMIER VOYAGE

DE SINDBAD LE MARIN.

« J'AVAIS hérité de ma famille des biens
considérables : j'en dissipai la meilleure partie
dans les débauches de ma jeunesse ; mais je revins de mon aveuglement, et, rentrant en moi-
même , je reconnus que les richesses étaient
périssables, et qu'on en voyait bientôt la fin
quand on les ménageait aussi mal que je faisais.
Je pensais de plus que je consumais malheu-
reusement dans une vie déréglée, le temps ,

qui est la chose du monde la plus précieuse. Je considérai encore que c'était la dernière et la plus déplorable de toutes les misères, que d'être pauvre dans la vieillesse. Je me souvins de ces paroles du grand Salomon, que j'avais autrefois ouï dire à mon père: « Il est moins » fâcheux d'être dans le tombeau que dans la » pauvreté. »

« Frappé de toutes ces réflexions, je ramassai les débris de mon patrimoine. Je vendis à l'encan, en plein marché, tout ce que j'avais de meubles. Je me liai ensuite avec quelques marchands qui négociaient par mer. Je consultai ceux qui me parurent capables de me donner de bons conseils. Enfin, je résolus de faire profiter le peu d'argent qui me restait; et dès que j'eus pris cette résolution, je ne tardai guère à l'exécuter. Je me rendis à Balsora *, où je m'embarquai avec plusieurs marchands

* Ou Bassora, grande ville d'Asie, au-dessous du confluent du Tigre et de l'Euphrate, dans l'Irac arabique.

sur un vaisseau que nous avions équipé à frais communs.

« Nous mîmes à la voile, et prîmes la route des Indes orientales par le golfe Persique, qui est formé par les côtes de l'Arabie heureuse à la droite, et par celles de Perse à la gauche, et dont la plus grande largeur est de soixante-dix lieues, selon la commune opinion. Hors de ce golfe, la mer du Levant, la même que celle des Indes, est très-spacieuse : elle a, d'un côté, pour bornes les côtes d'Abyssinie, et quatre mille cinq cents lieues de longueur jusqu'aux îles de Vakvak *. Je fus d'abord incommodé de ce qu'on appelle le mal de mer ; mais ma santé se rétablit bientôt, et depuis ce temps-là, je n'ai point été sujet à cette maladie.

« Dans le cours de notre navigation, nous abordâmes à plusieurs îles, et nous y ven-

---

* Ces îles, selon les Arabes, sont au-delà de la Chine, et ainsi appelées d'un arbre qui porte un fruit de ce nom. Ce sont probablement des îles du Japon.

dîmes ou échangeâmes nos marchandises. Un jour que nous étions à la voile, le calme nous prit vis-à-vis une petite île presque à fleur d'eau qui ressemblait à une prairie par sa verdure. Le capitaine fit plier les voiles, et permit de prendre terre aux personnes de l'équipage qui voulurent y descendre. Je fus du nombre de ceux qui y débarquèrent. Mais dans le temps que nous nous divertissions à boire et à manger, et à nous délasser de la fatigue de la mer, l'île trembla tout à coup et nous donna une rude secousse..... »

A ces mots, Scheherazade s'arrêta, parce que le jour commençait à paraître. Elle reprit ainsi son discours sur la fin de la nuit suivante :

LXXIᵉ NUIT.

Sire, Sindbad, poursuivant son histoire : « On s'aperçut, dit-il, du tremblement de l'île dans le vaisseau, d'où l'on nous cria de nous rembarquer promptement; que nous allions tous périr; que ce que nous prenions pour une île, était le dos d'une baleine. Les plus diligens se sauvèrent dans la chaloupe; d'autres se jetèrent à la nage. Pour moi, j'étais encore sur l'île, ou plutôt sur la baleine, lorsqu'elle se plongea dans la mer, et je n'eus que le temps de me prendre à une pièce de bois qu'on avait apportée du vaisseau pour faire du feu. Cependant le capitaine, après avoir reçu sur son bord les gens qui étaient dans la chaloupe, et recueilli quelques-uns de ceux qui nageaient, voulut profiter d'un vent frais et favorable qui s'était élevé; il fit hisser les voiles, et m'ôta par-là l'espérance de gagner le vaisseau.

« Je demeurai donc à la merci des flots, poussé tantôt d'un côté, et tantôt d'un autre; je disputai contre eux ma vie tout le reste du jour et de la nuit suivante. Je n'avais plus de force le lendemain, et je désespérais d'éviter la mort, lorsqu'une vague me jeta heureusement contre une île. Le rivage en était haut et escarpé; et j'aurais eu beaucoup de peine à y monter, si quelques racines d'arbres que la fortune semblait avoir conservées en cet endroit pour mon salut, ne m'en eussent donné le moyen. Je m'étendis sur la terre, où je demeurai à demi-mort, jusqu'à ce qu'il fût grand jour et que le soleil parût.

« Alors, quoique je fusse très-faible, à cause du travail de la mer, et parce que je n'avais pris aucune nourriture depuis le jour précédent, je ne laissai pas de me traîner en cherchant des herbes bonnes à manger. J'en trouvai quelques-unes, et j'eus le bonheur de rencontrer une source d'eau excellente, qui ne contribua pas peu à me rétablir. Les forces m'étant revenues, je m'avançai dans l'île, marchant sans tenir de route assurée. J'entrai dans une belle plaine, où j'aperçus de loin un cheval qui paissait. Je portai mes pas de ce côté-là, flottant entre la crainte et la joie; car j'ignorais si je n'allais pas chercher ma perte plutôt qu'une occasion de mettre ma vie en sûreté. Je remarquai en approchant que c'était

une cavale attachée à un piquet. Sa beauté
attira mon attention; mais pendant que je la
regardais, j'entendis la voix d'un homme qui
parlait sous terre. Un moment après, cet
homme parut, vint à moi, et me demanda qui
j'étais. Je lui racontai mon aventure; après
quoi, me prenant par la main, il me fit entrer
dans une grotte où il y avait d'autres personnes qui ne furent pas moins étonnées de me
voir, que je l'étais de les trouver-là.

« Je mangeai de quelques mets qu'ils me
présentèrent; puis, leur ayant demandé ce
qu'ils faisaient dans un lieu qui me paraissait
si désert, ils répondirent qu'ils étaient palefreniers du roi Mihrage, souverain de cette
île; que chaque année, dans la même saison,
ils avaient coutume d'y amener les cavales du
roi, qu'ils attachaient de la manière que je
l'avais vu, pour les faire couvrir par un cheval marin, qui sortait de la mer; que le cheval
marin, après les avoir couvertes, se mettait
en état de les dévorer; mais qu'ils l'en empê-
chaient par leurs cris, et l'obligeaient à rentrer

» dans la mer; que, les cavales étant pleines,
» ils les ramenaient, et que les chevaux qui en
» naissaient, étaient destinés pour le roi, et ap-
» pelés chevaux marins. Ils ajoutèrent qu'ils de-
» vaient partir le lendemain, et que si je fusse
» arrivé un jour plus tard, j'aurais péri infailli-
» blement, parce que, les habitations étaient
» éloignées, et qu'il m'eût été impossible d'y
» arriver sans guide.

« Tandis qu'ils m'entretenaient ainsi, le
» cheval marin sortit de la mer; comme ils me
» l'avaient dit, il se jeta sur la cavale, la cou-
» vrit, et voulut ensuite la dévorer; mai au grand
» bruit que firent les palefreniers, il lâcha prise,
» et alla se replonger dans la mer.

« Le lendemain, ils reprirent le chemin de
» la capitale de l'île avec les cavales, et je les
» accompagnai. A notre arrivée, le roi Mihrage
» à qui je fus présenté, me demanda qui j'étais,
» et par quelle aventure je me trouvais dans ses
» états. Dès que j'eus pleinement satisfait sa cu-
» riosité, il me témoigna qu'il prenait beaucoup
» de part à mon malheur. En même temps il

12.

ordonna qu'on eût soin de moi, et que l'on me
fournît toutes les choses dont j'aurais besoin.
Cela fut exécuté de manière à n'avoir qu'à me
louer de sa générosité et de l'exactitude de ses
officiers.

« Comme j'étais marchand, je fréquentai
les gens de ma profession. Je recherchais particulièrement ceux qui étaient étrangers, tant
pour apprendre d'eux des nouvelles de Bagdad,
que pour en trouver quelqu'un avec qui je
pusse y retourner; car la capitale du roi,
Mihrage est située sur le bord de la mer, et a un
beau port, où il aborde tous les jours des vaisseaux de différens endroits du monde. Je cherchais aussi la compagnie des savans des Indes,
et je prenais plaisir à les entendre parler; mais
cela ne m'empêchait pas de faire ma cour au
roi très-régulièrement, ni de m'entretenir avec
des gouverneurs et des petits rois, ses tribu-
taires, qui étaient auprès de sa personne. Ils
me faisaient mille questions sur mon pays; et,
de mon côté, voulant m'instruire des mœurs
et des lois de leurs états, je leur demandais

tout ce qui me semblait mériter ma curiosité.

« Il y a sous la domination du roi Mihrage une île qui porte le nom de Cassel. On m'avait assuré qu'on y entendait toutes les nuits un son de timbales; ce qui a donné lieu à l'opinion qu'ont les matelots, que Degial y fait sa demeure *. Il me prit envie d'être témoin de cette merveille, et je vis dans mon voyage des poissons longs de cent et deux cents coudées, qui font plus de peur que de mal. Ils sont si timides, qu'on les fait fuir en frappant sur des ais. Je remarquai d'autres poissons qui n'étaient que d'une coudée, et qui ressemblaient par la tête à des hiboux.

« A mon retour, comme j'étais un jour sur le port, un navire y vint aborder. Dès qu'il fut à l'ancre, on commença à décharger les marchandises, et les marchands à qui elles appartenaient les faisaient transporter dans les magasins. En jetant les yeux sur quelques ballots et sur l'écriture qui marquait à qui ils

---

* Degial ou l'Ante-Christ.

étaient, je vis mon nom dessus. Après les avoir
attentivement examinés, je ne doutai pas que
ce ne fussent ceux que j'avais fait charger sur
le vaisseau où je m'étais embarqué à Balsora.
Je reconnus même le capitaine; mais comme
j'étais persuadé qu'il me croyait mort, je l'abor-
dai, et lui demandai à qui appartenaient les
ballots que je voyais. « J'avais sur mon bord,
me répondit-il, un marchand de Bagdad, qui
se nommait Sindbad. Un jour, que nous
étions près d'une île, à ce qu'il nous paraissait, il mit pied à terre avec plusieurs passagers, dans cette île prétendue, qui n'était autre
chose qu'une baleine d'une grosseur énorme,
qui s'était endormie à fleur d'eau. Elle ne se
sentit pas plus tôt échauffée par le feu qu'on
avait allumé sur son dos pour faire la cuisine,
qu'elle commença à se mouvoir et à s'enfoncer
dans la mer. La plupart des personnes qui
étaient dessus se noyèrent, et le malheureux
Sindbad fut de ce nombre. Ces ballots étaient
à lui, et j'ai résolu de les négocier, jusqu'à ce
que je rencontre quelqu'un de sa famille à qui

je puisse rendre le profit que j'aurai fait avec le principal. » « Capitaine, lui dis-je alors, je suis ce Sindbad que vous croyez mort, et qui ne l'est pas : ces ballots sont mon bien et ma marchandise..... »

Schéhérazade n'en dit pas davantage cette nuit; mais elle continua le lendemain de cette sorte :

LXXIIe NUIT.

Sindbad, poursuivant son histoire, dit à la compagnie :

« Quand le capitaine du vaisseau m'entendit parler ainsi : « Grand Dieu, s'écria-t-il, à qui se fier aujourd'hui ! Il n'y a plus de bonne foi parmi les hommes. J'ai vu de mes propres yeux périr Sindbad; les passagers qui étaient sur mon bord l'ont vu comme moi; et vous osez dire que vous êtes ce Sindbad ! Quelle audace ! A vous voir, il semble que vous soyez un homme de probité; cependant vous dites une horrible fausseté pour vous emparer d'un bien qui ne vous appartient pas. » « Donnez-vous patience, repartis-je au capitaine, et me faites la grâce d'écouter ce que j'ai à vous dire.» « Hé bien, reprit-il, que direz-vous? Parlez, je vous écoute. » Je lui racontai alors de quelle manière je m'étais sauvé, et par quelle aventure j'avais rencontré les palefreniers du roi Mihrage, qui m'avaient amené à sa cour.

« Il se sentit ébranlé de mon discours; mais il fut bientôt persuadé que je n'étais pas un imposteur; car il arriva des gens de son navire qui me reconnurent et me firent de grands complimens, en me témoignant la joie qu'ils avaient de me revoir. Enfin, il me reconnut aussi lui-même; et se jetant à mon cou: « Dieu soit loué, me dit-il, de ce que vous êtes heureusement échappé d'un si grand danger! je ne puis assez vous marquer le plaisir que j'en ressens. Voilà votre bien, prenez-le, il est à vous; faites-en ce qu'il vous plaira.» Je le remerciai, je louai sa probité, et pour

lla reconnaître, je le priai d'accepter quelques
marchandises que je lui présentai; mais il les
refusa.

« Je choisis ce qu'il y avait de plus précieux
dans mes ballots, et j'en fis présent au roi
Mihrage. Comme ce prince savait la disgrâce
qui m'était arrivée, il me demanda où j'avais
pris des choses si rares. Je lui contai par
quel hasard je venais de les recouvrer; il eut
la bonté de m'en témoigner de la joie; il accepta mon présent et m'en fit de beaucoup
plus considérables. Après cela, je pris congé
de lui, et me rembarquai sur le même vaisseau. Mais avant mon embarquement, j'échangeai les marchandises qui me restaient contre
d'autres du pays. J'emportai avec moi du bois
d'aloès, de sandal, du camphre, de la mus-
cade, du clou de girofle, du poivre et du
gingembre. Nous passâmes par plusieurs îles,
et nous abordâmes enfin à Balsora, d'où j'arrivai en cette ville avec la valeur d'environ
cent mille sequins. Ma famille me reçut, et je
la revis avec tous les transports que peut cau-

ser une amitié vive et sincère. J'achetai des
esclaves de l'un et l'autre sexe, de belles terres,
et je fis une grosse maison. Ce fut ainsi que je
m'établis, résolu d'oublier les maux que j'a-
vais soufferts, et de jouir des plaisirs de la
vie. »

Sindbad s'étant arrêté en cet endroit, ordonna aux joueurs d'instrumens de recommencer leurs concerts, qu'il avait interrompus
par le récit de son histoire. On continua jusqu'au soir de boire et de manger, et lorsqu'il
fut temps de se retirer, Sindbad se fit une apporter une bourse de cent sequins, et la donnant au porteur : « Prenez, Hindbad, lui dit-il,
retournez chez vous, et revenez demain entendre la suite de mes aventures.» Le porteur se
retira fort confus de l'honneur et du présent
qu'il venait de recevoir. Le récit qu'il en fit à
son logis, fut très-agréable à sa femme et à
ses enfans, qui ne manquèrent pas de remercier Dieu du bien que la Providence leur faisait par l'entremise de Sindbad.

Hindbad s'habilla le lendemain plus propre-

ment que le jour précédent, et retourna chez
le voyageur libéral, qui le reçut d'un air riant,
et lui fit mille caresses. D'abord que les conviés furent tous arrivés, on servit et l'on tint
table fort long-temps. Le repas fini, Sindbad
prit la parole, et s'adressant à la compagnie :
« Seigneurs, dit-il, je vous prie de me donner audience, et de vouloir bien écouter les
aventures de mon second voyage ; elles sont
plus dignes de votre attention que celles du
premier. » Tout le monde garda le silence, et
Sindbad parla en ces termes :

SECOND VOYAGE

DE SINDBAD LE MARIN.

« J'avais résolu, après mon premier voyage,
de passer tranquillement le reste de mes jours
à Bagdad, comme j'eus l'honneur de vous le
dire hier ; mais je ne fus pas long-temps sans
m'ennuyer d'une vie oisive ; l'envie de voyager et de négocier par mer me reprit ; j'achetai
des marchandises propres à faire le trafic que

je méditais, et je partis une seconde fois avec d'autres marchands dont la probité m'était connue. Nous nous embarquâmes sur un bon navire; et après nous être recommandés à Dieu, nous commençâmes notre navigation.

« Nous allions d'îles en îles, et nous y faisions des trocs fort avantageux. Un jour nous descendîmes dans une de ces îles, couverte de plusieurs sortes d'arbres fruitiers, mais si déserte, que nous n'y découvrîmes aucune habitation, ni même aucune personne. Nous allâmes prendre l'air dans les prairies et le long des ruisseaux qui les arrosaient.

« Pendant que les uns se divertissaient à cueillir des fleurs, et les autres des fruits, je pris mes provisions et du vin que j'avais apporté, et je m'assis près d'une eau coulant entre de grands arbres qui formaient un bel ombrage. Je fis un assez bon repas de ce que j'avais; après quoi le sommeil vint s'emparer de mes sens. Je ne vous dirai pas si je dormis long-temps, mais quand je me réveillai, je ne vis plus le navire à l'ancre......»

Là Scheherazade fut obligée d'interrompre son récit, parce qu'elle vit que le jour
paraissait; mais la nuit suivante elle continua de cette manière le second voyage de
Sindbad:

LXXIII.° NUIT.

» Je fus bien étonné, dit Sindbad, de ne plus
voir le vaisseau à l'ancre; je me levai, je regardai de toutes parts, et je ne vis pas un des
marchands qui étaient descendus dans l'île avec
moi. J'aperçus seulement le navire à la voile,
mais si éloigné, que je le perdis de vue peu de
temps après.

« Je vous laisse à imaginer les réflexions
que je fis dans un état si triste. Je pensai mourir de douleur. Je poussai des cris épouvantables; je me frappai la tête, et me jetai par
terre, où je demeurai long-temps abîmé dans
une confusion mortelle de pensées toutes plus

affligeantes les unes que les autres. Je me re-
prochai cent fois de ne m'être pas contenté de
mon premier voyage, qui devait m'avoir fait
perdre pour jamais l'envie d'en faire d'autres.
Mais tous mes regrets étaient inutiles, et mon
repentir hors de saison.

« A la fin, je me résignai à la volonté de
Dieu ; et sans savoir ce que je deviendrais, je
montai au haut d'un grand arbre, d'où je regardai de tous côtés pour voir si je ne décou-
vrirais rien qui pût me donner quelque espérance. En jetant les yeux sur la mer, je ne vis
que de l'eau et le ciel ; mais ayant aperçu du
côté de la terre quelque chose de blanc, je descendis de l'arbre ; et avec ce qui me restait de
vivres, je marchai vers cette blancheur, qui
était si éloignée, que je ne pouvais pas bien
distinguer ce que c'était.

« Lorsque j'en fus à une distance raisonnable, je remarquai que c'était une boule blanche, d'une hauteur et d'une grosseur prodi-
gieuses. Dès que j'en fus près, je la touchai et
la trouvai fort douce. Je tournai à l'entour,

pour voir s'il n'y avait point d'ouverture ; je
n'en pus découvrir aucune, et il me parut qu'il
était impossible de monter dessus, tant elle était
unie. Elle pouvait avoir cinquante pas en ron-
deur.

« Le soleil alors était prêt à se coucher. L'air
s'obscurcit tout-à-coup, comme s'il eût été
couvert d'un nuage épais. Mais si je fus étonné
de cette obscurité, je le fus bien davantage,
quand je m'aperçus que ce qui la causait, était
un oiseau d'une grandeur et d'une grosseur extraordinaires, qui s'avançait de mon côté en
volant. Je me souvins d'un oiseau appelé Roc,
dont j'avais souvent ouï parler aux matelots,
et je conçus que la grosse boule que j'avais tant
admirée, devait être un œuf de cet oiseau. En
effet, il s'abattit et se posa dessus, comme pour
le couver. En le voyant venir, je m'étais serré
fort près de l'œuf, de sorte que j'eus devant
moi un des pieds de l'oiseau ; et ce pied était
aussi gros qu'un gros tronc d'arbre. Je m'y attachai fortement avec la toile dont mon turban
était environné, dans l'espérance que le Roc,

lorsqu'il reprendrait son vol le lendemain, m'emporterait hors de cette île déserte. Effectivement, après avoir passé la nuit en cet état, d'abord qu'il fut jour, l'oiseau s'envola, et m'enleva si haut, que je ne voyais plus la terre; puis il descendit tout-à-coup avec tant de rapidité, que je ne me sentais pas. Lorsque le Roc fut posé, et que je me vis à terre, je déliai promptement le nœud qui me tenait attaché à son pied. J'avais à peine achevé de me détacher, qu'il donna du bec sur un serpent d'une longueur inouie. Il le prit, et s'envola aussitôt.

« Le lieu où il me laissa était une vallée très-profonde, environnée de toutes parts de montagnes si hautes qu'elles se perdaient dans la nue, et tellement escarpées, qu'il n'y avait aucun chemin par où l'on y pût monter. Ce fut un nouvel embarras pour moi; et comparant cet endroit à l'île déserte que je venais de quitter, je trouvai que je n'avais rien gagné au change.

« En marchant par cette vallée, je remar-

quai qu'elle était parsemée de diamans, dont
il y en avait d'une grosseur surprenante. Je
pris beaucoup de plaisir à les regarder ; mais
j'aperçus bientôt de loin des objets qui dimi-
nuèrent fort ce plaisir, et que je ne pus voir
sans effroi : c'était un grand nombre de serpens
si gros et si longs, qu'il n'y en avait pas un qui
n'eût englouti un éléphant. Ils se retiraient pendant le jour dans leurs antres, où ils se cachaient à cause du Roc leur ennemi, et ils n'en
sortaient que la nuit.

« Je passai la journée à me promener dans
la vallée, et à me reposer de temps en temps
dans les endroits les plus commodes. Cependant le soleil se coucha, et à l'entrée de la nuit,
je me retirai dans une grotte, où je jugeai que
je serais en sûreté. J'en bouchai l'entrée, qui
était basse et étroite, avec une pierre assez
grosse pour me garantir des serpens, mais
qui n'était pas assez juste pour empêcher qu'il
n'y entrât un peu de lumière. Je soupai d'une
partie de mes provisions, au bruit des serpens
qui commencèrent à paraître. Leurs affreux

sifflemens me causèrent une frayeur extrême ,
et ne me permirent pas , comme vous pouvez
penser , de passer la nuit fort tranquillement.
Le jour étant venu , les serpens se retirèrent.
Alors je sortis de ma grotte en tremblant , et
je puis dire que je marchai long-temps sur des
diamans sans en avoir la moindre envie. A la
fin , je m'assis ; et malgré l'inquiétude dont j'é-
tais agité , comme je n'avais pas fermé l'œil
de toute la nuit , je m'endormis après avoir
fait encore un repas de mes provisions ; mais
j'étais à peine assoupi , que quelque chose qui
tomba près de moi avec grand bruit me réveilla : c'était une grosse pièce de viande fraî-
che ; et dans le moment, j'en vis rouler plusieurs autres du haut des rochers en différens
endroits.

» J'avais toujours tenu pour un conte fait à
plaisir ce que j'avais ouï dire plusieurs fois à
des matelots et à d'autres personnes, touchant
la vallée des diamans , et l'adresse dont se servaient quelques marchands pour en tirer ces
pierres précieuses. Je connus bien qu'ils m'a-

vaient dit la vérité. En effet, ces marchands se rendent près de cette vallée dans le temps que les aigles ont des petits. Ils découpent de la viande et la jettent par grosses pièces dans la vallée; les diamans sur la pointe desquels elles tombent, s'y attachent. Les aigles, qui sont, en ce pays-là, plus forts qu'ailleurs, vont fondre sur ces pièces de viande, et les emportent dans leurs nids, au haut des rochers, pour servir de pâture à leurs aiglons. Alors les marchands courant aux nids, obligent, par leurs cris, les aigles à s'éloigner, et prennent les diamans qu'ils trouvent attachés aux pièces de viande. Ils se servent de cette ruse, parce qu'il n'y a pas d'autre moyen de tirer les diamans de cette vallée, qui est un précipice dans lequel on ne saurait descendre.

« J'avais cru jusque-là qu'il ne me serait pas possible de sortir de cet abîme, que je regardais comme mon tombeau; mais je changeai de sentiment; et ce que je venais de voir me donna lieu d'imaginer le moyen de conserver ma vie....... »

Le jour qui parut en cet endroit, imposa silence à Scheherazade; mais elle poursuivit cette histoire le lendemain.

~~~~~~

LXXIVe NUIT.

Sire, dit-elle, en s'adressant toujours au sultan des Indes, Sindbad continua de raconter les aventures de son second voyage à la compagnie qui l'écoutait : « Je commençai, dit-il, par amasser les plus gros diamans qui se présentèrent à mes yeux, et j'en remplis le sac de cuir * qui m'avait servi à mettre mes provisions de bouche. Je pris ensuite la pièce de viande qui me parut la plus longue ; je l'attachai fortement autour de moi avec la toile de mon turban, et en cet état je me couchai le ventre contre terre, la bourse de cuir attachée

---

* Les Orientaux qui voyagent mettent leurs provisions dans un sac de cuir.

ß à ma ceinture, de sorte qu'elle ne pouvait tom-
ßber.

« Je ne fus pas plus tôt en cette situation ,
pque les aigles vinrent chacun se saisir d'une
[pièce de viande qu'ils emportèrent ; et un des
[plus puissans m'ayant enlevé de même avec
ßle morceau de viande dont j'étais enveloppé ,
ßme porta au haut de la montagne jusque dans
ßson nid. Les marchands ne manquèrent point
ßalors de crier pour épouvanter les aigles ; et
ßlorsqu'ils les eurent obligés à quitter leur proie,
ßun d'entr'eux s'approcha de moi ; mais il fut
ßsaisi de crainte quand il m'aperçut. Il se ras-
ßsura pourtant ; et au lieu de s'informer par
ßquelle aventure je me trouvais-là , il commença
ßà me quereller , en me demandant pourquoi je
ßlui ravissais son bien. « Vous me parlerez, lui
ßdis-je , avec plus d'humanité , lorsque vous
ßm'aurez mieux connu. Consolez-vous, ajou-
ßtai-je , j'ai des diamans pour vous et pour
ßmoi plus que n'en peuvent avoir tous les autres
ßmarchands ensemble. S'ils en ont , ce n'est que
ßpar hasard ; mais j'ai choisi moi-même au

fond de la vallée ceux que j'apporte dans cette
bourse que vous voyez. » En disant cela, je
la lui montrai. Je n'avais pas achevé de parler, que les autres marchands qui m'aperçurent s'attroupèrent autour de moi, fort étonnés
de me voir, et j'augmentai leur surprise par le
récit de mon histoire. Ils n'admirèrent pas tant
le stratagème que j'avais imaginé pour me sauver, que ma hardiesse à le tenter.

« Ils m'emmenèrent au logement où ils demeuraient tous ensemble; et là, ayant ouvert
ma bourse en leur présence, la grosseur de
mes diamans les surprit, et ils m'avouèrent
que dans toutes les cours où ils avaient été, ils
n'en avaient pas vu un qui en approchât. Je
priai le marchand à qui appartenait le nid où
j'avais été transporté, car chaque marchand
avait le sien; je le priai, dis-je, d'en choisir
pour sa part autant qu'il en voudrait. Il se
contenta d'en prendre un seul, encore le prit-
il des moins gros; et comme je le pressais d'en
recevoir d'autres sans craindre de me faire
tort : « Non, me dit-il, je suis fort satisfait de

ȯ celui-ci , qui est assez précieux pour m'épar-
ᵹgner la peine de faire désormais d'autres voya-
ᵹges pour l'établissement de ma petite fortune. »

« Je passai la nuit avec ces marchands à qui
ᵹje racontai une seconde fois mon histoire pour
ıl la satisfaction de ceux qui ne l'avaient pas en-
ᵻ ttendue. Je ne pouvais modérer ma joie , quand
ᵹje faisais réflexion que j'étais hors des périls
ᵇdont je vous ai parlé. Il me semblait que l'é-
ᵻ tat où je me trouvais était un songe, et je ne
ᵺpouvais croire que je n'eusse plus rien à
ȯ craindre.

« Il y avait déjà plusieurs jours que les mar-
ȯchands jetaient des pièces de viande dans la
ᵥvallée; et comme chacun paraissait content
ᵇdes diamans qui lui étaient échus , nous par-
ᵻ tîmes le lendemain tous ensemble, et nous mar-
ȯ châmes par de hautes montagnes où il y avait
ᵇdes serpens d'une longueur prodigieuse, que
ᴨnous eûmes le bonheur d'éviter. Nous gagnâ-
ᵻmes le premier port, d'où nous passâmes à
ᵻl'île de Roha , où croît l'arbre dont on tire le
ȯ camphre, et qui est si gros et si touffu, que

I I. 14

cent hommes y peuvent être à l'ombre aisément. Le suc dont se forme le camphre, coule
par une ouverture que l'on fait au haut de
l'arbre, et se reçoit dans un vase où il prend
consistance, et devient ce qu'on appelle camphre. Le suc ainsi tiré, l'arbre se sèche et
meurt.

« Il y a dans la même île des rhinocéros,
qui sont des animaux plus petits que l'éléphant,
et plus grands que le bufle ; ils ont une corne
sur le nez, longue environ d'une coudée : cette
corne est solide et coupée par le milieu d'une
extrémité à l'autre. On voit dessus des traits
blancs qui représentent la figure d'un homme.
Le rhinocéros se bat avec l'éléphant, le perce
de sa corne par-dessous le ventre, l'enlève et le
porte sur sa tête ; mais comme le sang et la
graisse de l'éléphant lui coulent sur les yeux et
l'aveuglent, il tombe par terre ; et, ce qui va
vous étonner, le Roc vient, qui les enlève tous
deux entre ses griffes, et les emporte pour
nourrir ses petits.

« Je passe sous silence plusieurs autres partticularités de cette île, de peur de vous ennuyer. J'y échangeai quelques-uns de mes diamans contre de bonnes marchandises. De-là nous allâmes à d'autres îles ; et enfin, après avoir touché à plusieurs villes marchandes de terre ferme, nous abordâmes à Balsora, d'où je me rendis à Bagdad. J'y fis d'abord de grandes aumônes aux pauvres, et je jouis honorablement du reste de mes richesses immenses que j'avais apportées et gagnées avec tant de fatigues. »

Ce fut ainsi que Sindbad raconta son second voyage. Il fit donner encore cent sequins à Hindbad, qu'il invita à venir le lendemain entendre le récit du troisième. Les conviés retournèrent chez eux, et revinrent le jour suivant à la même heure, de même que le porteur, qui avait déjà presque oublié sa misère passée. On se mit à table; et, après le repas, Sindbad ayant demandé audience, fit de cette sorte le détail de son troisième voyage :

TROISIÈME VOYAGE

DE SINDBAD LE MARIN.

« J'eus bientôt perdu, dit-il, dans les douceurs de la vie que je menais, le souvenir des dangers que j'avais courus dans mes deux voyages ; mais comme j'étais à la fleur de mon âge, je m'ennuyai de vivre dans le repos ; et m'étourdissant sur les nouveaux périls que je voulais affronter, je partis de Bagdad avec de riches marchandises du pays, que je fis transporter à Balsora. Là je m'embarquai encore avec d'autres marchands. Nous fîmes une longue navigation, et nous abordâmes à plusieurs ports, où nous fîmes un commerce considérable.

« Un jour que nous étions en pleine mer, nous fûmes battus d'une tempête horrible qui nous fit perdre notre route. Elle continua plusieurs jours, et nous poussa devant le port d'une île où le capitaine aurait fort souhaité de se dispenser d'entrer ; mais nous fûmes bien obligés d'y aller mouiller. Lorsqu'on eut plié les voiles, le capitaine nous dit : « Cette île, et quelques autres voisines, sont habitées par des sauvages tout velus, qui vont venir nous assaillir. Quoique se soient des nains, notre malheur veut que nous ne fassions pas la moindre résistance, parce qu'ils sont en plus grand nombre que les sauterelles, et que, s'il nous arrivait d'en tuer quelqu'un, ils se jeteraient tous sur nous et nous assommeraient. »

Le jour, qui vint éclairer l'appartement de Schahriar, empêcha Scheherazade d'en dire davantage. La nuit suivante elle reprit la parole en ces termes :

LXXVe NUIT.

« LE discours du capitaine, dit Sindbad, mit tout l'équipage dans une grande consternation, et nous connûmes bientôt que ce qu'il

venait de nous dire, n'était que trop véritable.
Nous vîmes paraître une multitude innombra-
ble de sauvages hideux, couverts par tout le
corps d'un poil roux, et hauts seulement de
deux pieds. Ils se jetèrent à la nage et environnèrent en peu de temps notre vaisseau. Ils
nous parlaient en approchant, mais nous n'en-
tendions pas leur langage. Ils se prirent aux
bords et aux cordages du navire, et grimpè-
rent de tous côtés jusqu'au tillac avec une si
grande agilité, et avec tant de vitesse, qu'il
ne paraissait pas qu'ils posassent leurs pieds.

« Nous leur vîmes faire cette manœuvre
avec la frayeur que vous pouvez vous imaginer, sans oser nous mettre en défense, ni leur
dire un seul mot, pour tâcher de les détourner de leur dessein, que nous soupçonnions
d'être funeste. Effectivement, ils déplièrent les
voiles, coupèrent le câble de l'ancre, sans se
donner la peine de la retirer, et après avoir
fait approcher de terre le vaisseau, ils nous firent tous débarquer. Ils emmenèrent ensuite
le navire dans une autre île d'où ils étaient

venus. Tous les voyageurs évitaient avec soin celle où nous étions alors ; et il était très-dangereux de s'y arrêter pour la raison que vous allez entendre ; mais il fallut prendre notre mal en patience.

« Nous nous éloignâmes du rivage, et en nous avançant dans l'île, nous trouvâmes quelques fruits et des herbes dont nous mangeâmes, pour prolonger le dernier moment de notre vie le plus qu'il nous était possible ; car nous nous attendions tous à une mort certaine. En marchant, nous aperçumes assez loin de nous un grand édifice, vers lequel nous tournâmes nos pas. C'était un palais bien bâti et fort élevé, qui avait une porte d'ébène à deux battans, que nous ouvrîmes en la poussant. Nous entrâmes dans la cour, et nous vîmes en face un vaste appartement, avec un vestibule où il y avait, d'un côté, un monceau d'ossemens humains, et de l'autre, une infinité de broches à rôtir. Nous tremblâmes à ce spectacle ; et comme nous étions fatigués d'avoir marché, les jambes me manquèrent : nous tombâmes par terre, saisis d'une frayeur mortelle, et nous y demeurâmes très long-temps immobiles.

« Le soleil se couchait; et tandis que nous étions dans l'état pitoyable que je viens de vous dire, la porte de l'appartement s'ouvrit avec beaucoup de bruit, et aussitôt nous en vîmes sortir une horrible figure d'homme noir, de la hauteur d'un grand palmier. Il avait au milieu du front un seul œil rouge et ardent comme un charbon allumé; les dents de devant, qu'il avait fort longues et fort aiguës, lui sortaient de la bouche, qui n'était pas moins fendue que celle d'un cheval; et la lèvre inférieure lui descendait sur la poitrine. Ses oreilles ressemblaient à celles d'un éléphant, et lui couvraient les épaules. Il avait les ongles crochus et longs comme les griffes des plus grands oiseaux. A la vue d'un géant si effroyable, nous perdîmes tous connaissance, et demeurâmes comme morts.

« A la fin, nous revînmes à nous, et nous le vîmes assis sous le vestibule, qui nous exa-

minait de tout son œil. Quand il nous eut bien
considérés, il s'avança vers nous; et, s'étant
approché, il étendit la main sur moi, me prit
par la nuque du cou, et me tourna de tous
côtés, comme un boucher qui manie une tête
de mouton. Après m'avoir bien regardé,
voyant que j'étais si maigre, que je n'avais
que la peau et les os, il me lâcha. Il prit les
autres tour à tour, les examina de la même
manière; et comme le capitaine était le plus
gras de tout l'équipage, il le tint d'une main,
ainsi que j'aurais tenu un moineau, et lui passa
une broche au travers du corps; ayant ensuite
allumé un grand feu, il le fit rôtir et le mangea
à son souper dans l'appartement où il s'était
retiré. Ce repas achevé, il revint sous le vestibule, où il se coucha, et s'endormit en ron-
flant d'une manière plus bruyante que le ton-
nerre. Son sommeil dura jusqu'au lendemain
matin. Pour nous, il ne nous fut pas possible de goûter la douceur du repos, et nous
passâmes la nuit dans la plus cruelle inquiétude dont on puisse être agité. Le jour étant

venu, le géant se réveilla, se leva, sortit, et nous laissa dans le palais.

« Lorsque nous le crûmes éloigné, nous rompîmes le triste silence que nous avions gardé toute la nuit, et nous affligeant tous comme à l'envi l'un de l'autre, nous fîmes retentir le palais de plaintes et de gémissemens. Quoique nous fussions en assez grand nombre, et que nous n'eussions qu'un seul ennemi, nous n'eûmes pas d'abord la pensée de nous délivrer de lui par sa mort. Cette entreprise, bien que fort difficile à exécuter, était pourtant celle que nous devions naturellement former.

« Nous délibérâmes sur plusieurs autres partis, mais nous ne nous déterminâmes à aucun; et, nous soumettant à ce qu'il plairait à Dieu d'ordonner de notre sort, nous passâmes la journée à parcourir l'île, en nous nourrissant de fruits et de plantes comme le jour précédent. Sur le soir, nous cherchâmes quelqu'endroit à nous mettre à couvert; mais nous n'en trouvâmes point, et nous fûmes obligés malgré nous de retourner au palais.

Le géant ne manqua pas d'y revenir et de souper encore d'un de nos compagnons ; après quoi il s'endormit et ronfla jusqu'au jour, qu'il sortit, et nous laissa comme il avait déjà fait. Notre condition nous parut si affreuse, que plusieurs de nos camarades furent sur le point d'aller se précipiter dans la mer, plutôt que d'attendre une mort si étrange ; et ceux-là excitaient les autres à suivre leur conseil. Mais un de la compagnie prenant alors la parole : « Il nous est défendu, dit-il, de nous donner nous-mêmes la mort ; et quand cela serait permis, n'est-il pas plus raisonnable que nous songions au moyen de nous défaire du barbare qui nous destine un trépas si funeste ? »

« Comme il m'était venu dans l'esprit un projet sur cela, je le communiquai à mes camarades, qui l'approuvèrent. « Mes frères, leur dis-je alors, vous savez qu'il y a beaucoup de bois le long de la mer ; si vous m'en croyez, construisons plusieurs radeaux qui puissent nous porter ; et lorsqu'ils seront achevés, nous les laisserons sur la côte jusqu'à

ce que nous jugions à propos de nous en servir.
Cependant, nous exécuterons le dessein que je
vous ai proposé pour nous délivrer du géant ;
s'il réussit, nous pourrons attendre ici avec
patience qu'il passe quelque vaisseau qui nous
retire de cette île fatale; si, au contraire,
nous manquons notre coup, nous gagnerons
promptement nos radeaux, et nous mettrons
en mer. J'avoue qu'en nous exposant à la fureur des flots sur de si fragiles bâtimens, nous
courons risque de perdre la vie; mais quand
nous devrions périr, n'est-il pas plus doux de
nous laisser ensevelir dans la mer, que dans
les entrailles de ce monstre, qui a déjà dévoré
deux de nos compagnons? » Mon avis fut
goûté de tout le monde, et nous construisîmes
des radeaux capables de porter trois personnes.

« Nous retournâmes au palais vers la fin du
jour, et le géant y arriva peu de temps après
nous. Il fallut encore nous résoudre à voir
rôtir un de nos camarades. Mais enfin voici de
quelle manière nous nous vengeâmes de la
cruauté du géant. Après qu'il eut achevé son

détestable souper, il se coucha sur le dos et s'endormit. D'abord que nous l'entendîmes ronfler, selon sa coutume, neuf des plus hardis d'entre nous, et moi, nous prîmes chacun une broche, nous en mîmes la pointe dans le feu pour la faire rougir, et ensuite nous la lui enfonçâmes dans l'œil en même temps, et nous le lui crevâmes *.

« La douleur que sentit le géant, lui fit pousser un cri effroyable. Il se leva brusquement, et étendit les mains de tous côtés pour se saisir de quelqu'un de nous, afin de le sacrifier à sa rage; mais nous eûmes le temps de nous éloigner de lui, et de nous jeter contre terre dans des endroits où il ne pouvait nous rencontrer sous ses pieds. Après nous avoir cherchés vainement, il trouva la porte à tâtons,

---

* Dans l'Odyssée d'Homère, Ulysse se sert du même stratagème pour échapper à la cruauté du géant Polyphême, qui avait dévoré une partie de ses compagnons. Le récit de Sindbad semble avoir été emprunté au sublime conteur de la Grèce.

et sortit en faisant des hurlemens épouvantables...., »

Scheherazade n'en dit pas davantage cette nuit; mais la nuit suivante, elle reprit ainsi son histoire :

LXXVIᵉ NUIT.

Nous sortîmes du palais après le géant, poursuivit Sindbad , et nous nous rendîmes au bord de la mer, dans l'endroit où étaient nos radeaux. Nous les mîmes d'abord à l'eau, et nous attendîmes qu'il fît jour pour nous jeter dessus, supposé que nous vissions le géant venir à nous avec quelque guide de son espèce ; mais nous nous flattions que s'il ne paraissait pas lorsque le soleil serait levé, et que nous n'entendissions plus ses hurlemens que nous ne cessions pas d'ouïr, ce serait une marque qu'il aurait perdu la vie; et en ce cas, nous nous proposions de rester dans l'île, et de ne

pas nous risquer sur nos radeaux. Mais à peine
fut-il jour, que nous aperçûmes notre cruel
ennemi, accompagné de deux géans à peu près
de sa grandeur, qui le conduisaient, et d'un
assez grand nombre d'autres encore qui marchaient devant lui à pas précipités.

« A cet objet, nous ne balançâmes point à
nous jeter sur nos radeaux, et nous commençâmes à nous éloigner du rivage à force de
rames. Les géans, qui s'en aperçurent, se mu-
nirent de grosses pierres, accoururent sur la
rive, entrèrent même dans l'eau jusqu'à la
moitié du corps, et nous les jetèrent si adroi-
tement, qu'à la réserve du radeau sur lequel
j'étais, tous les autres en furent brisés, et les
hommes qui étaient dessus se noyèrent. Pour
moi et mes deux compagnons, comme nous
ramions de toutes nos forces, nous nous trouvâmes les plus avancés dans la mer, et hors de la
portée des pierres.

« Quand nous fûmes en pleine mer, nous
devînmes le jouet du vent et des flots, qui
nous jetaient tantôt d'un côté et tantôt d'un

autre, et nous passâmes ce jour-là et la nuit
suivante dans une cruelle incertitude de notre
destinée ; mais le lendemain nous eûmes le
bonheur d'être poussés contre une île, où nous
nous sauvâmes avec bien de la joie. Nous y
trouvâmes d'excellens fruits, qui nous furent
d'un grand secours pour réparer les forces
que nous avions perdues.

« Sur le soir nous nous endormîmes sur le
bord de la mer ; mais nous fûmes réveillés par
le bruit qu'un serpent, long comme un palmier, faisait de ses écailles en rampant sur la
terre. Il se trouva si près de nous, qu'il engloutit un de mes deux camarades, malgré les
cris et les efforts qu'il put faire pour se débar-
rasser du serpent, qui, le secouant à plusieurs
reprises, l'écrasa contre terre, et acheva de
l'avaler. Nous prîmes aussitôt la fuite, mon
autre camarade et moi ; et quoique nous fussions assez éloignés, nous entendîmes, quelque temps après, un bruit qui nous fit juger
que le serpent rendait les os du malheureux
qu'il avait surpris. En effet, nous le vîmes le

lendemain avec horreur. « O Dieu, m'écriai-je alors, à quoi sommes-nous exposés! Nous nous réjouissions hier d'avoir dérobé nos vies à la cruauté d'un géant et à la fureur des eaux, et nous voilà tombés dans un péril qui n'est pas moins terrible! »

« Nous remarquâmes, en nous promenant, un gros arbre fort haut, sur lequel nous projetâmes de passer la nuit suivante pour nous mettre en sûreté. Nous mangeâmes encore des fruits comme le jour précédent; et à la fin du jour, nous montâmes sur l'arbre. Nous entendîmes bientôt le serpent, qui vint en sifflant jusqu'au pied de l'arbre où nous étions. Il s'éleva contre le tronc, et rencontrant mon camarade qui était plus bas que moi, il l'engloutit tout d'un coup, et se retira.

« Je demeurai sur l'arbre jusqu'au jour, et alors j'en descendis plus mort que vif. Effectivement je ne pouvais attendre un autre sort que celui de mes deux compagnons; et cette pensée me faisant frémir d'horreur, je fis quelques pas pour m'aller jeter dans la mer;

mais comme il est doux de vivre le plus long-
temps qu'on peut, je résistai à ce mouvement
de désespoir, et me soumis à la volonté de
Dieu, qui dispose à son-gré de notre vie.

« Je ne laissai pas toutefois d'amasser une
grande quantité de menu bois, de ronces et
d'épines sèches. J'en fis plusieurs fagots que
je liai ensemble, après en avoir fait un grand
cercle autour de l'arbre, et j'en liai quelques-
uns en travers par-dessus pour me couvrir la
tête. Cela étant fait, je m'enfermai dans ce
cercle, à l'entrée de la nuit, avec la triste consolation de n'avoir rien négligé pour me garantir du cruel sort qui me menaçait. Le serpent ne manqua pas de revenir et de tourner
autour de l'arbre, cherchant à me dévorer ;
mais il n'y put réussir, à cause du rempart
que je m'étais fabriqué, et il fit en vain jusqu'au jour le manége d'un chat qui assiége une
souris dans un asile qu'il ne peut forcer. Enfin,
le jour étant venu, il se retira ; mais je n'osai
sortir de mon fort que le soleil ne parût.

« Je me trouvai si fatigué du travail qu'il

m'avait donné, j'avais tant souffert de son haleine empestée, que la mort me paraissant préférable à cette horreur, je m'éloignai de l'arbre; et sans me souvenir de la résignation où j'étais le jour précédent, je courus vers la mer, dans le dessein de m'y précipiter la tête la première..... »

A ces mots, Scheherazade, voyant qu'il était jour, cessa de parler. Le lendemain, elle continua cette histoire, et dit au sultan :

LXXVIIᶜ NUIT.

Sire, Sindbad, poursuivant son troisième voyage : « Dieu, dit-il, fut touché de mon désespoir : au moment où j'allais me jeter dans la mer, j'aperçus un navire assez éloigné du rivage. Je criai de toute ma force pour me faire entendre, et je dépliai la toile de mon turban pour qu'on me remarquât. Cela ne fut pas inutile : tout l'équipage m'aperçut, et le

capitaine m'envoya la chaloupe. Quand je fus
à bord , les marchands et les matelots me demandèrent avec beaucoup d'empressement par
quelle aventure je m'étais trouvé dans cette île
déserte; et après que je leur eus raconté tout
ce qui m'était arrivé , les plus anciens me dirent qu'ils avaient plusieurs fois entendu parler des géans qui demeuraient dans cette île ;
qu'on leur avait assuré que c'étaient des anthropophages , et qu'ils mangeaient les hommes crus aussi bien que rôtis. A l'égard des
serpens, ils ajoutèrent qu'il y en avait en abondance dans cette île; qu'ils se cachaient le jour,
et se montraient la nuit. Après qu'ils m'eurent
témoigné qu'ils avaient bien de la joie de me
voir échappé à tant de périls , comme ils ne
doutaient pas que je n'eusse besoin de manger,
ils s'empressèrent de me régaler de ce qu'ils
avaient de meilleur; et le capitaine remarquant
que mon habit était tout en lambeaux , eut la
générosité de m'en donner un des siens.

« Nous courûmes la mer quelque temps ;
nous touchâmes à plusieurs îles, et nous abor-

dâmes enfin à celle de Salahat, d'où l'on tire
le sandal, qui est un bois de grand usage dans
la médecine. Nous entrâmes dans le port, et
nous y mouillâmes. Les marchands commencèrent à faire débarquer leurs marchandises
pour les vendre ou les échanger. Pendant ce
temps-là, le capitaine m'appela et me dit :
« Frère, j'ai en dépôt des marchandises qui
appartenaient à un marchand qui a navigué
quelque temps sur mon navire. Comme ce
marchand est mort, je les fais valoir, pour en
rendre compte à ses héritiers lorsque j'en ren-
contrerai quelqu'un. » Les ballots dont il entendait parler étaient déjà sur le tillac. Il
me les montra, en me disant; « Voilà les marchandises en question; j'espère que vous voudrez bien vous charger d'en faire commerce,
sous la condition du droit dû à la peine que
vous prendrez. » J'y consentis, en le remerciant de ce qu'il me donnait occasion de ne pas
demeurer oisif.

« L'écrivain du navire enregistrait tous les
ballots avec les noms des marchands à qui ils

appartenaient. Comme il fut demandé au capitaine sous quel nom il voulait qu'il enregistrât ceux dont il venait de me charger : « Ecrivez, lui répondit le capitaine, sous le nom de Sindbad le Marin. » Je ne pus m'entendre nommer sans émotion ; et envisageant le capitaine, je le reconnus pour celui qui, dans mon second voyage, m'avait abandonné dans l'île où je m'étais endormi au bord d'un ruisseau, et qui avait remis à la voile sans m'attendre ou me faire chercher. Je ne me l'étais pas remis d'abord, à cause du changement qui s'était fait en sa personne depuis le temps que je ne l'avais vu.

« Pour lui qui me croyait mort, il ne faut pas s'étonner s'il ne me reconnut pas. « Capitaine, lui dis-je, est-ce que le marchand à qui étaient ces ballots, s'appelait Sindbad ? » « Oui, me répondit-il, il se nommait de la sorte ; il était de Bagdad, et s'était embarqué sur mon vaisseau à Balsora. Un jour que nous descendîmes dans une île pour faire de l'eau et prendre quelques rafraîchissemens, je ne sais

par quelle méprise je remis à la voile sans prendre garde qu'il ne s'était pas embarqué avec les
autres. Nous ne nous en aperçumes, les marchands et moi, que quatre heures après. Nous
avions le vent en poupe, et si frais, qu'il ne nous
fut pas possible de revirer de bord pour aller le
reprendre. » « Vous le croyez donc mort ? repris-je. » « Assurément, repartit-il. » « Hé
bien, capitaine, lui répliquai-je, ouvrez les
yeux, et connaissez ce Sindbad que vous lais-
sâtes dans cette île déserte. Je m'endormis au
bord d'un ruisseau, et quand je me réveillai,
je ne vis plus personne de l'équipage. » A ces
mots, le capitaine s'attacha à me regarder... »

Scheherazade, en cet endroit, s'apercevant
qu'il était jour, fut obligée de garder le silence.
Le lendemain, elle reprit ainsi le fil de sa narration :

~~~~~~

LXXVIIIe NUIT.

« Le capitaine, dit Sindbad, après m'avoir fort attentivement considéré, me reconnut enfin. « Dieu soit loué! s'écria-t-il en m'embrassant; je suis ravi que la fortune ait réparé ma faute. Voilà vos marchandises que j'ai toujours pris soin de conserver et de faire valoir dans tous les ports où j'ai abordé. Je vous les rends avec le profit que j'en ai tiré. » Je les pris, en témoignant au capitaine toute la reconnaissance que je lui devais.

« De l'île de Salahat, nous allâmes à une autre, où je me fournis de clous de girofle, de cannelle et d'autres épiceries. Quand nous nous en fûmes éloignés, nous vîmes une tortue qui avait vingt coudées en longueur et en largeur; nous remarquâmes aussi un poisson qui tenait de la vache ; il avait du lait , et sa peau est d'une si grande dureté , qu'on en fait ordinairement des boucliers. J'en vis un autre qui avait la figure et la couleur d'un chameau. Enfin, après une longue navigation, j'arrivai à Balsora, et de là je revins en cette ville de Bagdad avec tant de richesses, que j'en ignorais la quantité. J'en donnai encore aux pauvres une partie considérable, et j'ajoutai d'autres grandes terres à celles que j'avais déjà acquises.»

Sindbad acheva ainsi l'histoire de son troisième voyage. Il fit donner ensuite cent autres sequins à Hindbad en l'invitant au repas du lendemain et au récit du quatrième voyage. Hindbad et la compagnie se retirèrent; et le jour suivant étant revenu, Sindbad prit la parole, sur la fin du dîner, et continua ses aventures :

QUATRIÈME VOYAGE

DE SINDBAD LE MARIN.

LES plaisirs, dit-il, et les divertissemens que je pris après mon troisième voyage, n'eurent pas des charmes assez puissans pour me déterminer à ne pas voyager davantage. Je me

laissai encore entraîner à la passion de trafi-
quer et de voir des choses nouvelles. Je mis
donc ordre à mes affaires ; et ayant fait un fonds
de marchandises de débit dans les lieux où j'a-
vais dessein d'aller, je partis. Je pris la route de
la Perse, dont je traversai plusieurs provinces,
et j'arrivai à un port de mer où je m'embarquai. Nous mîmes à la voile , et nous avions
déjà touché à plusieurs ports de terre ferme et
à quelques îles orientales , lorsque, faisant un
jour un grand trajet, nous fûmes surpris d'un
coup de vent qui obligea le capitaine à faire
amener les voiles , et à donner tous les ordres
nécessaires pour prévenir le danger dont nous
étions menacés. Mais toutes nos précautions furent inutiles; la manœuvre ne réussit pas bien;
les voiles furent déchirées en mille pièces ; et
le vaisseau ne pouvant plus être gouverné ,
donna sur des récifs et se brisa , de manière
qu'un grand nombre de marchands et de matelots se noyèrent , et que la charge périt.... »

Scheherazade en était là quand elle vit paraître le jour. Elle s'arrêta , et Schahriar se

leva. La nuit suivante elle reprit ainsi le quatrième voyage :

LXXIXe NUIT.

J'eus le bonheur, continua Sindbad, de même que plusieurs autres marchands et matelots, de me prendre à une planche. Nous fûmes tous emportés par un courant vers une île qui était devant nous. Nous y trouvâmes des fruits et de l'eau de source qui servirent à rétablir nos forces. Nous nous y reposâmes même la nuit dans l'endroit où la mer nous avait jetés, sans avoir pris aucun parti sur ce que nous devions faire. L'abattement où nous étions de notre disgrâce nous en avait empêchés.

« Le jour suivant, d'abord que le soleil fut levé, nous nous éloignâmes du rivage; et avançant dans l'île, nous y aperçûmes des habitations où nous nous rendîmes. A notre arrivée, des noirs vinrent à nous en très-grand nombre;

ils nous environnèrent, se saisirent de nos personnes, en firent une espèce de partage, et
nous conduisirent ensuite dans leurs maisons.

« Nous fûmes menés, cinq de mes camarades et moi, dans un même lieu. D'abord on
nous fit asseoir, et l'on nous servit d'une certaine herbe, en nous invitant par signes à en
manger. Mes camarades, sans faire réflexion
que ceux qui la servaient n'en mangeaient pas,
ne consultèrent que leur faim qui pressait, et
se jetèrent dessus ces mets avec avidité. Pour
moi, par un pressentiment de quelque super-
cherie, je ne voulus pas seulement en goûter,
et je m'en trouvai bien; car peu de temps
après, je m'aperçus que l'esprit avait tourné à
mes compagnons, et qu'en me parlant, ils ne
savaient ce qu'ils disaient.

« On me servit ensuite du riz préparé avec
de l'huile de coco, et mes camarades, qui n'a-
vaient plus de raison, en mangèrent extraordi-
nairement. J'en mangeai aussi, mais fort peu.
Les noirs avaient d'abord présenté de cette
herbe pour nous troubler l'esprit, et nous ôter

par-là le chagrin que la triste connaissance de notre sort nous devait causer; et ils nous donnaient du riz pour nous engraisser. Comme ils étaient anthropophages, leur intention était de nous manger quand nous serions devenus gras. C'est ce qui arriva à mes camarades qui ignoraient leur destinée, parce qu'ils avaient perdu leur bon sens. Puisque j'avais conservé le mien, vous jugez bien, seigneurs, qu'au lieu d'engraisser comme les autres, je devins encore plus maigre que je n'étais. La crainte de la mort dont j'étais incessamment frappé, tournait en poison tous les alimens que je prenais. Je tombai dans une langueur qui me fut fort salutaire; car les noirs ayant assommé et mangé mes compagnons, en demeurèrent là; et me voyant sec, décharné, malade, ils remirent ma mort à un autre temps.

« Cependant j'avais beaucoup de liberté, et l'on ne prenait presque pas garde à mes actions. Cela me donna lieu de m'éloigner un jour des habitations des noirs, et de me sauver. Un vieillard qui m'aperçut, et qui se douta de mon dessein, me cria de toute sa force de revenir ; mais au lieu de lui obéir, je redoublai mes pas et je fus bientôt hors de sa vue. Il n'y avait alors que ce vieillard dans les habitations; tous les autres noirs s'étaient absentés , et ne devaient revenir que sur la fin du jour, ce qu'ils avaient coutume de faire assez souvent. C'est pourquoi, étant assuré qu'ils ne seraient plus à temps pour courir après moi, lorsqu'ils apprendraient ma fuite, je marchai jusqu'à la nuit. Alors je m'arrêtai pour prendre un peu de repos, et manger de quelques vivres dont j'avais fait provision. Mais je repris bientôt mon chemin , et continuai de marcher pendant sept jours, en évitant les endroits qui me paraissaient habités. Je vivais de cocos *, qui me

---

* Fruit du cocotier. Ce fruit est gros comme un melon et quelquefois davantage. Les Indiens tirent du fil de la première écorce du coco, et en font de la toile. La chair du coco est agréable ; il y a dans le coco, frais cueilli , une liqueur bonne à boire.

fournissaient en même temps de quoi boire et de quoi manger.

« Le huitième jour j'arrivai près de la mer ; j'aperçus tout-à-coup des gens blancs comme moi, occupés à cueillir du poivre, dont il y avait là une grande abondance. Leur occupation me fut de bon augure, et je ne fis nulle difficulté de m'approcher d'eux..... »

Scheherazade n'en dit pas davantage cette nuit ; et la suivante, elle poursuivit dans ces termes :

LXXXᵉ NUIT.

« Les gens qui cueillaient du poivre, continua Sindbad, vinrent au-devant de moi. Dès qu'ils me virent, ils me demandèrent en arabe qui j'étais, et d'où je venais. Ravi de les entendre parler comme moi, je satisfis volontiers leur curiosité, en leur racontant de quelle manière j'avais fait naufrage, et étais venu dans

cette île , où j'étais tombé entre les mains des
noirs. « Mais ces noirs , me dirent-ils , mangent les hommes ! Par quel miracle êtes-vous
échappé à leur cruauté ? « Je leur fis le même
récit que vous venez d'entendre , et ils furent
merveilleusement étonnés.

» Je demeurai avec eux jusqu'à ce qu'ils eussent amassé la quantité de poivre qu'ils voulurent ; après quoi ils me firent embarquer sur le
bâtiment qui les avait amenés ; et nous nous
rendîmes dans une autre île d'où ils étaient
venus. Ils me présentèrent à leur roi, qui était
un bon prince. Il eut la patience d'écouter le
récit de mon aventure, qui le surprit. Il me fit
donner ensuite des habits, et commanda qu'on
eût soin de moi.

« L'île où je me trouvais était fort peuplée
et abondante en toutes sortes de choses , et
l'on faisait un grand commerce dans la ville
où le roi demeurait. Cet agréable asile commença à me consoler de mon malheur ; et les
bontés que ce généreux prince avait pour moi,
achevèrent de me rendre content. En effet , il

n'y avait personne qui fût mieux que moi dans
son esprit, et par conséquent il n'y avait personne dans sa cour ni dans la ville qui ne
cherchât l'occasion de me faire plaisir. Ainsi,
je fus bientôt regardé comme un homme né
dans cette île, plutôt que comme un étranger.

« Je remarquai une chose qui me parut bien
extraordinaire : tout le monde, le roi même,
montait à cheval sans bride et sans étriers. Cela me fit prendre la liberté de lui demander un
jour pourquoi sa majesté ne se servait pas de
ces commodités. Il me répondit que je lui par-
lais de choses dont on ignorait l'usage dans ses
états.

« J'allai aussitôt chez un ouvrier, et je lui
fis dresser le bois d'une selle sur le modèle
que je lui donnai. Le bois de la selle achevé,
je le garnis moi-même de bourre et de cuir, et
l'ornai d'une broderie d'or. Je m'adressai ensuite à un serrurier, qui me fit un mors de la
forme que je lui montrai, et lui fis faire aussi
des étriers.

« Quand ces choses furent dans un état par-

fait, j'allai les présenter au roi; je les essayai
sur un de ses chevaux. Ce prince monta dessus,
et fut si satisfait de cette invention, qu'il m'en
témoigna sa joie par de grandes largesses. Je
ne pus me défendre de faire plusieurs selles
pour ses ministres et pour les principaux officiers de sa maison, qui me firent tous des
présens qui m'enrichirent en peu de temps.
J'en fis aussi pour les personnes les plus quali-
fiées de la ville; ce qui me mit dans une grande
réputation, et me fit considérer de tout le monde.

« Comme je faisais ma cour au roi très-
exactement, il me dit un jour : « Sindbad, je
t'aime, et je crois que tous mes sujets qui te
connaissent, te chérissent à mon exemple. J'ai
une prière à te faire, et il faut que tu m'ac-
cordes ce que je vais te demander. » « Sire,
lui répondis-je, il n'y a rien que je ne sois prêt
à faire pour marquer mon obéissance à votre
majesté; elle a sur moi un pouvoir absolu. »
« Je veux te marier, répliqua le roi, afin que
tu ne songes plus à ta patrie. » Comme je n'o-
sais résister à la volonté du prince, il me donna

pour femme une dame de sa cour, noble, belle, sage et riche. Après les cérémonies des noces, je m'établis chez la dame, avec laquelle je vécus quelque temps dans une union parfaite. Néanmoins je n'étais pas trop content de mon état. Mon dessein était de m'échapper à la première occasion, et de retourner à Bagdad, dont mon établissement, tout avantageux qu'il était, ne pouvait me faire perdre le souvenir.

« J'étais dans ces sentimens, lorsque la femme d'un de mes voisins, avec lequel j'avais contracté une amitié fort étroite, tomba malade et mourut. J'allai chez lui pour le consoler, et le trouvant plongé dans la plus vive affliction : « Dieu vous conserve, lui dis-je en l'abordant, et vous donne une longue vie. » « Hélas ! me répondit-il, comment voulez-vous que j'obtienne la grâce que vous me souhaitez ? Je n'ai plus qu'une heure à vivre ! » « Oh, repris-je, ne vous mettez pas dans l'esprit une pensée si funeste ; j'espère que cela n'arrivera pas, et que j'aurai le plaisir de vous posséder encore long-temps. » « Je souhaite, répliqua-t-il, que votre vie soit de longue durée; pour ce qui est de moi, mes affaires sont faites, et je vous apprends que l'on m'enterre aujourd'hui avec ma femme. Telle est la coutume que nos ancêtres ont établie dans cette île, et qu'ils ont inviolablement gardée : le mari vivant est enterré avec la femme morte, et la femme vivante avec le mari mort. Rien ne peut me sauver; tout le monde subit cette loi. »

« Dans le temps qu'il m'entretenait de cette étrange barbarie, dont la nouvelle m'effraya cruellement, les parens, les amis et les voisins arrivèrent en corps pour assister aux funérailles. On revêtit le cadavre de la femme de ses habits les plus riches, comme au jour de ses noces, et on la para de tous ses joyaux.

« On l'enleva ensuite dans une bière découverte, et le convoi se mit en marche. Le mari était à la tête du deuil, et suivait le corps de sa femme. On prit le chemin d'une haute montagne; et lorsqu'on y fut arrivé, on leva une grosse pierre qui couvrait l'ouverture d'un puits profond, et l'on y descendit le cadavre, sans lui rien ôter de ses habillemens et de ses joyaux. Après cela, le mari embrassa ses parens et ses amis, et se laissa mettre sans résistance dans une bière, avec un pot d'eau et sept petits pains auprès de lui; puis on le descendit de la même manière qu'on avait descendu sa femme. La montagne s'étendait en longueur, et servait de bornes à la mer, et le puits était très-profond. La cérémonie achevée, on remit la pierre sur l'ouverture.

« Il n'est pas besoin, seigneurs, de vous dire que je fus un fort triste témoin de ces funérailles. Toutes les autres personnes qui y assistèrent n'en parurent presque pas touchées, par l'habitude de voir souvent la même chose. Je ne pus m'empêcher de dire au roi ce que je pensais là-dessus. « Sire, lui dis-je, je ne saurais assez m'étonner de l'étrange coutume qu'on a dans vos états, d'enterrer les vivans et les morts ! J'ai bien voyagé, j'ai fréquenté des gens d'une infinité de nations, et je n'ai jamais ouï parler d'une loi si cruelle. » « Que veux-tu, Sindbad, me répondit le roi; c'est une loi commune, et j'y suis soumis moi-même ; je serai enterré vivant avec la reine mon épouse, si elle meurt la première. » « Mais, sire, lui dis-je, oserais-je demander à votre majesté si les étrangers sont obligés d'observer cette coutume ? » « Sans doute, repartit le roi, en souriant du motif de ma question ; ils n'en sont pas exceptés lorsqu'ils sont mariés dans cette île.»

« Je m'en retournai tristement au logis avec cette réponse. La crainte que ma femme ne mourût la première, et qu'on ne m'enterrât tout vivant avec elle, me faisait faire des réflexions très-mortifiantes. Cependant, quel remède apporter à ce mal ? Il fallut prendre patience, et m'en remettre à la volonté de Dieu. Néanmoins je tremblais à la moindre indisposition que je voyais à ma femme ; mais, hélas ! j'eus bientôt la frayeur tout entière ! Elle tomba véritablement malade, et mourut en peu de jours..... »

Scheherazade, à ces mots, mit fin à son discours pour cette nuit. Le lendemain, elle en reprit la suite de cette manière :

~~~~~~

LXXXIᵉ NUIT.

« Juɢᴇᴢ de ma douleur, poursuivit Sindbad : être enterré tout vif ne me paraissait pas
une fin moins déplorable que celle d'être dévoré par des anthropophages; il fallait pourtant en passer par-là. Le roi, accompagné de
toute sa cour, voulut honorer de sa présence
le convoi, et les personnes les plus considérables de la ville, me firent aussi l'honneur d'assister à mon enterrement.

« Lorsque tout fut prêt pour la cérémonie,
on posa le corps de ma femme dans une bière
avec tous ses joyaux et ses plus magnifiques habits. On commença la marche. Comme second
acteur de cette pitoyable tragédie, je suivais
immédiatement la bière de ma femme, les
yeux baignés de larmes, et déplorant mon
malheureux destin. Mais avant d'arriver à la
montagne, je voulus faire une tentative sur l'es-

prit des spectateurs. Je m'adressai au roi premièrement, ensuite à ceux qui se trouvèrent
autour de moi; et m'inclinant devant eux jusqu'à terre, pour baiser le bord de leur habit,
je les suppliais d'avoir compassion de moi.
« Considérez, disais-je, que je suis un étranger, qui ne dois pas être soumis à une loi si
rigoureuse, et que j'ai une autre femme et des
enfans dans mon pays. ». J'eus beau prononcer
ces paroles d'un air touchant, personne n'en
fut attendri; au contraire on se hâta de descendre le corps de ma femme dans le puits,
et l'on m'y descendit un moment après dans
une autre bière découverte, avec un vase rempli d'eau, et sept pains. Enfin, cette cérémonie
si funeste pour moi étant achevée, on remit
la pierre sur l'ouverture du puits, nonobstant
l'excès de ma douleur et mes cris pitoyables.

« A mesure que j'approchais du fond, je dé-
couvrais, à la faveur du peu de lumière qui venait d'en haut, la disposition de ce lieu souterrain. C'était une grotte fort vaste, et qui
pouvait bien avoir cinquante coudées de pro-

fondeur. Je sentis bientôt une puanteur insupportable qui sortait d'une infinité de cadavres,
que je voyais à droite et à gauche ; je crus même
entendre quelques-uns des derniers qu'on y
avait descendus vifs, pousser leur dernier sou-
pir. Néanmoins, lorsque je fus en bas, je sortis promptement de la bière, et m'éloignai des
cadavres en me bouchant le nez. Je me jetai
par terre, où je demeurai long-temps plongé
dans les pleurs. Alors, faisant réflexion sur mon
triste sort : « Il est vrai, disais-je, que Dieu dispose de nous, selon les décrets de sa providence ; mais, pauvre Sindbad, n'est-ce pas
par ta faute que tu te vois réduit à mourir d'une
mort si étrange ? Plût à Dieu que tu eusse péri
dans quelqu'un des naufrages dont tu es échappé ! tu n'aurais pas à mourir d'un trépas si
lent et si terrible en toutes ses circonstances.
Mais tu te l'es attiré par ta maudite avarice.
Ah ! malheureux, ne devais-tu pas plutôt demeurer chez toi, et jouir tranquillement du
fruit de tes travaux ! »

« Telles étaient les inutiles plaintes dont je

faisais retentir la grotte en me frappant la tête
et l'estomac de rage et de désespoir, et m'a-
bandonnant tout entier aux pensées les plus dé-
solantes. Néanmoins (vous le dirai-je ?) au
lieu d'appeler la mort à mon secours, quelque
misérable que je fusse, l'amour de la vie se
fit encore sentir en moi, et me porta à prolonger mes jours. J'allai à tâtons et en me bouchant le nez, prendre le pain et l'eau qui étaient
dans ma bière, et j'en mangeai.

« Quoique l'obscurité qui régnait dans la
grotte fût si épaisse que l'on ne distinguait pas
le jour d'avec la nuit, je ne laissai pas toutefois de retrouver ma bière; et il me sembla
que la grotte était plus spacieuse et plus remplie de cadavres, qu'elle ne m'avait paru d'abord.
Je vécus quelques jours de mon pain et de mon
eau; mais enfin n'en ayant plus, je me préparai à mourir...... »

Scheherazade cessa de parler à ces derniers
mots. La nuit suivante, elle reprit la parole en
ces termes :

~~~~~~~~~~~~~~~~~~~~~~~~~~~~~~~~~~~~~

LXXXIIe NUIT.

« JE n'attendais plus que la mort, continua Sindbad, lorsque j'entendis lever la pierre. On descendit un cadavre et une personne vivante. Le mort était un homme. Il est naturel de prendre des résolutions extrêmes dans les dernières extrémités. Dans le temps qu'on descendait la femme, je m'approchai de l'endroit où sa bière devait être posée ; et quand je m'aperçus que l'on recouvrait l'ouverture du puits, je donnai sur la tête de la malheureuse deux ou trois grands coups d'un gros os dont je m'étais saisi. Elle en fut étourdie, ou plutôt je l'assommai ; et comme je ne faisais cette action inhumaine que pour profiter du pain et de l'eau qui étaient dans la bière, j'eus des provisions pour quelques jours. Au bout de ce temps-là, on descendit encore une femme morte et un homme vivant : je tuai l'homme de

la même manière ; et comme, par bonheur
pour moi, il y eut alors une espèce de morta-
lité dans la ville, je ne manquai pas de vivres,
en mettant toujours en œuvre la même indus-
trie.

« Un jour que je venais d'expédier encore
une femme, j'entendis souffler et marcher.
J'avançai du côté d'où partait le bruit ; j'ouïs
souffler plus fort à mon approche, et il me
parut entrevoir quelque chose qui prenait la
fuite. Je suivis cette espèce d'ombre qui s'ar-
rêtait par reprises, et soufflait toujours en
fuyant à mesure que j'en approchais. Je la
poursuivis si long-temps, et j'allai si loin, que
j'aperçus enfin une lumière qui ressemblait à
une étoile. Je continuai de marcher vers cette
lumière, la perdant quelquefois, selon les
obstacles qui me la cachaient, mais je la retrou-
vais toujours ; et à la fin je découvris qu'elle
venait par une ouverture du rocher, assez
large pour y passer.

« A cette découverte, je m'arrêtai quelque
temps pour me remettre de l'émotion vio-

lente avec laquelle je venais de marcher; puis,
m'étant avancé jusqu'à l'ouverture, j'y passai,
et me trouvai sur le bord de la mer. Imaginez-
vous l'excès de ma joie. Il fut tel, que j'eus
de la peine à me persuader que ce n'était pas
une imagination. Lorsque je fus convaincu
que c'était une chose réelle, et que mes sens
furent rétablis en leur assiette ordinaire, je
compris que la chose que j'avais ouïe souffler
et que j'avais suivie, était un animal sorti de
la mer, et qui avait coutume d'entrer dans la
grotte pour s'y repaître de corps morts.

J'examinai la montagne, et remarquai
qu'elle était située entre la ville et la mer, sans
communication par aucun chemin, parce
qu'elle était tellement escarpée, que la nature
ne l'avait pas rendue praticable. Je me prosternai sur le rivage pour remercier Dieu de la
grâce qu'il venait de me faire. Je rentrai ensuite dans la grotte, pour aller prendre du
pain, que je revins manger à la clarté du jour,
de meilleur appétit que je n'avais fait depuis
que l'on m'avait enterré dans ce lieu ténébreux.

« J'y retournai encore, et j'allai ramasser
à tâtons dans les bières tous les diamans, les
rubis, les perles, les bracelets d'or, et enfin
toutes les riches étoffes que je trouvai sous ma
main ; je portai tout cela sur le bord de la mer.
J'en fis plusieurs ballots que je liai proprement
avec des cordes, qui avaient servi à descendre
les bières, et dont il y en avait une grande
quantité. Je les laissai sur le rivage, en attendant une bonne occasion, sans craindre que la
pluie les gâtât ; car alors ce n'en était pas la
saison.

« Au bout de deux ou trois jours, j'aperçus
un navire qui ne faisait que de sortir du port,
et qui vint passer près de l'endroit où j'étais.
Je fis signe de la toile de mon turban, et je
criai de toute ma force pour me faire entendre. On m'entendit et l'on détacha la chaloupe
pour me venir prendre. A la demande que les
matelots me firent, par quelle disgrâce je me
trouvais en ce lieu, je répondis que je m'étais
sauvé d'un naufrage depuis deux jours avec les
marchandises qu'ils voyaient. Heureusement

pour moi, ces gens, sans examiner le lieu où j'étais, et si ce que je leur disais était vraisemblable, se contentèrent de ma réponse, et m'emmenèrent avec mes ballots.

« Quand nous fûmes arrivés à bord, le capitaine, satisfait en lui-même du plaisir qu'il me faisait, et occupé du commandement du navire, eut aussi la bonté de se payer du prétendu naufrage que je lui dis avoir fait. Je lui présentai quelques-unes de mes pierreries ; mais il ne voulut pas les accepter.

« Nous passâmes devant plusieurs îles, et entre autres devant l'île des Cloches, éloignée de dix journées de celle de Serendib *, par un vent ordinaire et réglé, et de six journées de l'île de Kela, où nous abordâmes. Il y a des mines de plomb, des cannes d'Inde, et du camphre excellent.

« Le roi de l'île de Kela est très-riche, très-puissant, et son autorité s'étend sur toute l'île des Cloches, qui a deux journées d'étendue,

* Nom arabe de l'île de Ceylan.

et dont les habitans sont encore si barbares,
qu'ils mangent la chair humaine. Après que
nous eûmes fait un grand commerce dans cette
île, nous remîmes à la voile, et abordâmes
à plusieurs autres ports. Enfin j'arrivai heureusement à Bagdad avec des richesses infinies,
dont il est inutile de vous faire le détail. Pour
rendre grâce à Dieu des faveurs qu'il m'avait
faites, je fis de grandes aumônes, tant pour
l'entretien de plusieurs mosquées, que pour la
subsistance des pauvres, et me donnai tout
entier à mes parens et à mes amis, en me di-
vertissant et en faisant bonne chère avec eux. »

Sindbad finit en cet endroit le récit de son
quatrième voyage, qui causa encore plus d'admiration à ses auditeurs que les trois précédens. Il fit un nouveau présent de cent sequins
à Hindbad, qu'il pria, comme les autres, de
revenir le jour suivant, à la même heure, pour
dîner chez lui, et entendre le détail de son
cinquième voyage. Hindbad et les autres conviés prirent congé de lui et se retirèrent. Le
lendemain, lorsqu'ils furent tous rassemblés,

ils se mirent à table; et à la fin du repas, qui
ne dura pas moins que les autres, Sindbad
commença de cette sorte le récit de son cinquième voyage :

CINQUIÈME VOYAGE

DE SINDBAD LE MARIN.

« LES plaisirs, dit-il, eurent encore assez
de charmes pour effacer de ma mémoire toutes
les peines et les maux que j'avais soufferts,
sans pouvoir m'ôter l'envie de faire de nouveaux voyages. C'est pourquoi, j'achetai des
marchandises; je les fis emballer et charger
sur des voitures, et je partis avec elles pour
me rendre au premier port de mer. Là, pour
ne pas dépendre d'un capitaine, et pour avoir
un navire à mon commandement, je me donnai
le loisir d'en faire construire et équiper un à
mes frais. Dès qu'il fut achevé, je le fis charger; je m'embarquai dessus; et comme je
n'avais pas de quoi faire une charge entière,

je reçus plusieurs marchands de différentes nations avec leurs marchandises.

« Nous fîmes voile au premier bon vent, et prîmes le large. Après une longue navigation, le premier endroit où nous abordâmes fut une île déserte, où nous trouvâmes l'œuf d'un Roc d'une grosseur pareille à celui dont vous m'avez entendu parler; il renfermait un petit Roc près d'éclore, dont le bec commençait à paraître..... »

A ces mots, Scheherazade se tut, parce que le jour se faisait déjà voir dans l'appartement du sultan des Indes. La nuit suivante elle reprit son discours.

LXXXIIIᵉ NUIT.

Sindbad le Marin, dit-elle, continuant de raconter son cinquième voyage :

« Les marchands, poursuivit-il, qui s'étaient embarqués sur mon navire, et qui avaient pris terre avec moi, cassèrent l'œuf à grands coups de haches, et firent une ouverture, par où ils tirèrent le petit Roc par morceaux, et le firent rôtir. Je les avais avertis sérieusement de ne pas toucher à l'œuf; mais ils ne voulurent pas m'écouter.

« Ils eurent à peine achevé le régal qu'ils venaient de se donner, qu'il parut en l'air, assez loin de nous, deux gros nuages. Le capitaine que j'avais pris à gages pour conduire mon vaisseau, sachant par expérience ce que cela signifiait, s'écria que c'était le père et la mer du petit Roc; et il nous pressa de nous rembarquer au plus vite, pour éviter le malheur qu'il prévoyait. Nous suivîmes son conseil avec empressement, et nous remîmes à la voile en diligence.

« Cependant les deux Rocs approchèrent en poussant des cris effroyables, qu'ils redoublèrent quand ils eurent vu l'état où l'on avait mis l'œuf, et que leur petit n'y était plus. Dans le dessein de se venger, ils reprirent leur vol du côté d'où ils étaient venus, et disparurent quelque temps, pendant que nous. fîmes force de voiles pour nous éloigner, et prévenir ce qui ne laissa pas de nous arriver.

« Ils revinrent, et nous remarquâmes qu'ils tenaient entre leurs griffes chacun un morceau de rocher d'une grosseur énorme. Lorsqu'ils furent précisément au-dessus de mon vaisseau, ils s'arrêtèrent, et se soutinrent en l'air; l'un lâcha la pièce de rocher qu'il tenait; mais par l'adresse du timonier qui détourna le navire d'un coup de timon, elle ne tomba pas dessus ; elle tomba à côté, dans la mer, qui s'entr'ouvrit de telle sorte que nous en vîmes presque le fond. L'autre oiseau, pour notre malheur, laissa tomber sa roche si justement au milieu du vaisseau, qu'elle le rompit et le brisa en mille pièces. Les matelots et les passagers furent tous écrasés du coup, ou submergés. Je fus submergé moi-même; mais en revenant au-dessus de l'eau, j'eus le bonheur de me prendre à une pièce du débris. Ainsi, en m'aidant tantôt d'une main, tantôt de l'autre, sans me désaisir de ce que je tenais, avec le vent et

le courant qui m'étaient favorables, j'arrivai
enfin à une île dont le rivage était fort escarpé. Je surmontai néanmoins cette difficulté,
et me sauvai.

« Je m'assis sur l'herbe, pour me remettre
un peu de ma fatigue; après quoi je me levai
et m'avançai dans l'île pour reconnaître le terrain. Il me sembla que j'étais dans un jardin
délicieux : je voyais partout des arbres char-
gés de fruits, les uns verds, les autre murs, et
des ruisseaux d'une eau douce et claire qui faisaient d'agréables détours. Je mangeai de ces
fruits, que je trouvai excellens, et je bus de
cette eau qui m'invitait à boire.

« La nuit venue, je me couchai sur l'herbe
dans un endroit assez commode; mais je ne
dormis pas une heure entière, et mon sommeil
fut souvent interrompu par la frayeur de me
voir seul dans un lieu si désert. Ainsi j'em-
ployai la meilleure partie de la nuit à me cha-
griner, et à me reprocher l'imprudence que
j'avais eue de n'être pas demeuré chez moi,
plutôt que d'avoir entrepris ce dernier voyage.

18.

Ces réflexions me menèrent si loin que je commençai à former un dessein contre ma propre vie ; mais le jour, par sa lumière, dissipa mon désespoir. Je me levai, et marchai entre les arbres, non sans quelque appréhension.

« Lorsque je fus un peu avant dans l'île, j'aperçus un vieillard qui me parut fort cassé. Il était assis sur le bord d'un ruisseau. Je m'imaginai d'abord que c'était quelqu'un qui avait fait naufrage comme moi. Je m'approchai de lui, je le saluai, et il me fit seulement une inclination de tête. Je lui demandai ce qu'il faisait là ; mais au lieu de me répondre, il me fit signe de le charger sur mes épaules, et de le passer au-delà du ruisseau, en me faisant comprendre que c'était pour aller cueillir des fruits.

« Je crus qu'il avait besoin que je lui rendisse service ; c'est pourquoi, l'ayant chargé sur mon dos, je passai le ruisseau. « Descendez, lui dis-je alors, en me baissant pour faciliter sa descente. » Mais au lieu de se laisser aller à terre (j'en ris encore toutes les fois que

j'y pense), ce vieillard, qui m'avait paru dé-
crépit, passa légèrement autour de mon cou
ses deux jambes, dont je vis que la peau ressemblait à celle d'une vache, et se mit à cali-
fourchon sur mes épaules, en me serrant si
fortement la gorge, qu'il semblait vouloir m'é-
trangler. La frayeur me saisit en ce moment,
et je tombai évanoui..... »

Schéherazade fut obligée de s'arrêter à ces
paroles, à cause du jour qui paraissait. Elle
poursuivit ainsi son histoire sur la fin de la
nuit suivante :

LXXXIVe NUIT.

« Nonobstant mon évanouissement, dit
Sindbad, l'incommode vieillard demeura toujours attaché à mon cou ; il écarta seulement
un peu les jambes pour me donner lieu de revenir à moi. Lorsque j'eus repris mes esprits,

il m'appuya fortement contre l'estomac un de
ses pieds, et de l'autre me frappant rudement
le côté, il m'obligea de me relever malgré moi.
Étant de bout il me fit marcher sous des arbres, il me forçait de m'arrêter pour cueillir
et manger les fruits que nous rencontrions. Il
ne quittait point prise pendant le jour; et quand
je voulais me reposer la nuit, il s'étendait
par terre avec moi, toujours attaché à mon
cou. Tous les matins il ne manquait pas de
me pousser pour m'éveiller; ensuite il me faisait lever et marcher en me pressant de ses
pieds. Représentez-vous, seigneurs, la peine
que j'avais de me voir chargé de ce fardeau,
sans pouvoir m'en défaire.

« Un jour, que je trouvai en mon chemin
plusieurs calebasses sèches qui étaient tombées
d'un arbre qui en portait, j'en pris une assez
grosse; et après l'avoir bien nettoyée, j'ex-
primai dedans le jus de plusieurs grappes de
raisins, fruit que l'île produisait en abondance, et que nous rencontrions à chaque pas.
Lorsque j'en eus rempli la calebasse, je la po-

sai dans un endroit où j'eus l'adresse de me
faire conduire par le vieillard plusieurs jours
après. Là, je pris la calebasse, et la portant à ma
bouche, je bus d'un excellent vin qui me fit oublier pour quelque temps le chagrin mortel dont
j'étais accablé. Cela me donna de la vigueur.
J'en fus même si réjoui, que je me mis à chanter
et à sauter en marchant.

« Le vieillard, qui s'aperçut de l'effet que
cette boisson avait produit en moi, et que
je le portais plus légèrement que de coutume,
me fit signe de lui en donner à boire : je lui
présentai la calebasse, il la prit ; et comme la
liqueur lui parut agréable, il l'avala jusqu'à la
dernière goutte. Il y en avait assez pour l'eni-
vrer ; aussi s'enivra-t-il, et bientôt la fumée
du vin lui montant à la tête, il commença à
chanter à sa manière, et à se trémousser sur
mes épaules. Les secousses qu'il se donnait lui
firent rendre ce qu'il avait dans l'estomac ; et
ses jambes se relâchèrent peu à peu ; de sorte
que, voyant qu'il ne me serrait plus, je le jetai
par terre, où il demeura sans mouvement.

Alors je pris une très-grosse pierre, et lui en écrasai la tête.

« Je sentis une grande joie de m'être délivré pour jamais de ce maudit vieillard, et je marchai vers le bord de la mer, où je rencontrai des gens d'un navire qui venait de mouiller là pour faire de l'eau, et prendre en passant quelques rafraîchissemens. Ils furent extrêmement étonnés de me voir, et d'entendre le détail de mon aventure. « Vous étiez tombé, me dirent-ils, entre les mains du vieillard de la mer, et vous êtes le premier qu'il n'ait pas étranglé, il n'a jamais abandonné ceux dont il s'était rendu maître, qu'après les avoir étouffés; et il a rendu cette île fameuse par le nombre des personnes qu'il a tuées : les matelots et les marchands qui y descendaient n'osaient s'y avancer qu'en bonne compagnie. »

« Après m'avoir informé de ces choses, ils m'emmenèrent avec eux dans leur navire, dont le capitaine se fit un plaisir de me recevoir lorsqu'il apprit tout ce qui m'était arrivé. Il remit à la voile ; et après quelques jours de navigation, nous abordâmes au port d'une grande ville, dont les maisons étaient bâties de bonnes pierres.

« Un des marchands du vaisseau, qui m'avait pris en amitié, m'obligea de l'accompagner, et me conduisit dans un logement destiné pour servir de retraite aux marchands étrangers. Il me donna un grand sac ; ensuite m'ayant recommandé à quelques gens de la ville qui avaient un sac comme moi ; et les ayant priés de me mener avec eux amasser du coco : « Allez, me dit-il, suivez-les, faites comme vous les verrez faire, et ne vous écartez pas d'eux, car vous mettriez votre vie en danger. » Il me donna des vivres pour la journée, et je partis avec ces gens.

« Nous arrivâmes à une grande forêt d'arbres extrêmement hauts et fort droits, et dont le tronc était si lisse, qu'il n'était pas possible de s'y prendre pour monter jusques aux branches où étaient les fruits. Tous les arbres étaient des cocotiers dont nous voulions abattre le fruit et remplir nos sacs. En entrant dans la forêt, nous vîmes un grand nombre de gros et de petits singes, qui prirent la fuite devant nous dès qu'ils nous aperçurent, et qui montèrent jusqu'au haut des arbres avec une agilité surprenante... »

Scheherazade voulait poursuivre; mais le jour, qui paraissait, l'en empêcha. La nuit suivante, elle reprit son discours de cette sorte:

LXXXVe NUIT.

« Les marchands avec qui j'étais, continua Sindbad, ramassèrent des pierres et les jetèrent de toutes leurs forces au haut des arbres contre les singes. Je suivis leur exemple, et je vis que les singes, instruits de notre dessein, cueillaient les cocos avec ardeur, et nous les jetaient avec des gestes qui marquaient leur colère et leur animosité. Nous ramassions les cocos, et nous jetions de temps en temps des pierres pour irriter les singes. Par cette ruse, nous remplissions nos sacs de ce fruit, qu'il nous eût été impossible d'avoir autrement.

« Lorsque nous en cûmes plein nos sacs, nous nous en retournâmes à la ville, où le marchand qui m'avait envoyé à la forêt, me donna la valeur du sac de cocos que j'avais apporté.

« Continuez, me dit-il, et allez tous les jours faire la même chose, jusqu'à ce que vous ayez gagné de quoi vous reconduire chez vous. » Je le remerciai du bon conseil qu'il me donnait ; et insensiblement je fis un si grand amas de cocos que j'en avais pour une somme considérable.

« Le vaisseau sur lequel j'étais venu avait fait voile avec des marchands qui l'avaient chargé de cocos qu'ils avaient achetés. J'attendis l'arrivée d'un autre qui aborda bientôt au port de la ville pour faire un pareil chargement. Je fis embarquer dessus tout le coco qui m'appartenait ; et lorsqu'il fut prêt à partir, j'allai prendre congé du marchand à qui j'avais tant d'obligation. Il ne put s'embarquer avec moi, parce qu'il n'avait pas encore achevé ses affaires.

« Nous mîmes à la voile, et prîmes la route de l'île où le poivre croît en plus grande abondance. De là, nous gagnâmes l'île de Comari *, qui porte la meilleure espèce de bois d'aloès, et dont les habitans se sont fait une loi inviolable de ne pas boire de vin, ni de souffrir aucun lieu de débauche. J'échangeai mon coco dans ces deux îles contre du poivre et du bois d'aloès, et me rendis avec d'autres marchands à la pêche des perles, où je pris des plongeurs à gages pour mon compte. Ils m'en pêchèrent un grand nombre de très-grosses et de très-parfaites. Je me remis en mer avec joie sur un vaisseau qui arriva heureusement à Balsora; de là, je revins à Bagdad, où je fis de très grosses sommes d'argent du poivre, du bois d'aloès et des perles que j'avais ap-

---

* C'est la presqu'île en-deçà du Gange , qui se termine par le cap Comorin.

portés. Je distribuai en aumônes la dixième partie de mon gain, de même qu'au retour de mes autres voyages, et je cherchai à me délasser de mes fatigues dans toutes sortes de divertissemens. »

Ayant achevé ces paroles, Sindbad fit donner cent sequins à Hindbad, qui se retira avec tous les autres convives. Le lendemain, la même compagnie se trouva chez le riche Sindbad, qui, après l'avoir régalée comme les jours précédens, demanda audience, et fit le récit de son sixième voyage, de la manière que je vais vous le raconter :

SIXIÈME VOYAGE.

DE SINDBAD LE MARIN.

« SEIGNEURS, dit-il, vous êtes sans doute en peine de savoir comment, après avoir fait cinq naufrages et avoir essuyé tant de périls, je pus me résoudre encore à tenter la fortune, et à chercher de nouvelles disgrâces. J'en suis étonné moi-même quand j'y fais réflexion, et

il fallait assurément que j'y fusse entraîné par
mon étoile. Quoi qu'il en soit, au bout d'une
année de repos, je me préparai à faire un sixième voyage, malgré les prières de mes parens
et de mes amis, qui firent tout ce qui leur fut
possible pour me retenir.

« Au lieu de prendre ma route par le golfe
Persique, je passai encore une fois par plusieurs provinces de la Perse et des Indes, et
j'arrivai à un port de mer, où je m'embarquai
sur un bon navire dont le capitaine était résolu à faire une longue navigation. Elle fut
très-longue à la vérité, mais en même temps
si malheureuse, que le capitaine et le pilote
perdirent leur route, de manière qu'ils ignoraient où nous étions. Ils la reconnurent enfin;
mais nous n'eûmes pas sujet de nous en réjouir,
tout ce que nous étions de passagers, et nous
fûmes un jour dans un étonnement extrême de
voir le capitaine quitter son poste en poussant
des cris. Il jeta son turban par terre, s'arracha
la barbe, et se frappa la tête comme un homme
à qui le désespoir a troublé l'esprit. Nous lui

demandâmes pourquoi il s'affligeait ainsi. « Je vous annonce, nous répondit-il, que nous sommes dans l'endroit de toute la mer le plus dangereux. Un courant très-rapide emporte le navire, et nous allons tous périr dans moins d'un quart-d'heure. Priez Dieu qu'il nous délivre de ce danger. Nous ne saurions en échapper, s'il n'a pitié de nous. » A ces mots, il ordonna de faire ranger les voiles; mais les cordages se rompirent dans la manœuvre, et le navire, sans qu'il fût possible d'y remédier, fut emporté par le courant au pied d'une montagne inaccessible, où il échoua et se brisa, de manière pourtant qu'en sauvant nos personnes, nous eûmes encore le temps de débarquer nos vives et nos plus précieuses marchandises.

« Cela étant fait, le capitaine nous dit : « Dieu vient de faire ce qui lui a plu. Nous pouvons nous creuser ici chacun notre fosse, et nous dire le dernier adieu; car nous sommes dans un lieu si funeste, que personne de ceux qui y ont été jetés avant nous, ne s'en est retourné chez soi. Ce discours nous jeta tous dans

une affliction mortelle , et nous nous embras-
sâmes les uns les autres les larmes aux yeux ,
en déplorant notre malheureux sort.

La montagne au pied de laquelle nous étions,
faisait la côte d'une île fort longue et tres-vaste.
Cette côte était toute couverte de débris de
vaisseaux qui y avaient fait naufrage ; et par
une infinité d'ossemens qu'on y rencontrait
d'espace en espace, et qui nous faisaient horreur , nous jugeâmes qu'il s'y était perdu bien
du monde. C'est aussi une chose presque incroyable, que la quantité de marchandises et
de richesses qui se présentaient à nos yeux de
toutes parts. Tous ces objets ne servirent qu'à
augmenter la désolation où nous étions. Au lieu
que partout ailleurs les rivières sortent de leur
lit pour se jeter dans la mer, tout au contraire
une grosse rivière d'eau douce s'éloigne de la
mer , et pénètre dans la côte au travers d'une
grotte obscure , dont l'ouverture est extrêmement haute et large. Ce qu'il y a de remarquable dans ce lieu , c'est que les pierres de la
montagne sont de cristal, de rubis, ou d'autres

pierres précieuses. On y voit aussi la source
d'une espèce de poix ou de bitume qui coule
dans la mer, que les poissons avalent, et rendent ensuite changé en ambre gris, que les va-
gues rejettent sur la grève qui en est couverte.
Il y croît aussi des arbres dont la plupart sont
des aloès, qui ne le cèdent point en bonté à
ceux de Cómari.

« Pour achever la description de cet endroit
qu'on peut appeler un gouffre, puisque jamais
rien n'en revient, il n'est pas possible que les
navires puissent s'en écarter, lorsqu'une fois
ils s'en sont approchés à une certaine distance.
S'ils y sont poussés par un vent de mer, le
vent et le courant les perdent; et s'ils s'y trouvent lorsque le vent de terre souffle, ce qui
pourrait favoriser leur éloignement, la hauteur
de la montagne l'arrête, et cause un calme qui
laisse agir le courant qui les emporte contre la
côte, où ils se brisent comme le nôtre y fut
brisé. Pour surcroît de disgrâces, il n'est pas
possible de gagner le sommet de la montagne,
ni de se sauver par aucun endroit.

« Nous demeurâmes sur le rivage comme
des gens qui ont perdu l'esprit, et nous attendions la mort de jour en jour. D'abord nous
avions partagé nos vivres également; ainsi
chacun vécut plus ou moins long-temps que
les autres, selon son tempérament, et suivant
l'usage qu'il fit de ses provisions..... »

Scheherazade cessa de parler, voyant que
le jour commençait à paraître. Le lendemain,
elle continua de cette sorte le récit du sixième
voyage de Sindbad :

LXXXVIe NUIT.

« Ceux qui moururent les premiers, poursuivit Sindbad, furent enterrés par les autres;
pour moi, je rendis les derniers devoirs à tous
mes compagnons, et il ne faut pas s'en étonner; car outre que j'avais mieux ménagé
qu'eux les provisions qui m'étaient tombées
en partage, j'en avais encore en particulier

d'autres dont je m'étais bien gardé de faire part à mes camarades. Néanmoins lorsque j'enterrai le dernier, il me restait si peu de vivres, que je jugeai que je ne pourrais pas aller loin; de sorte que je creusai moi-même mon tombeau, résolu à me jeter dedans, puisqu'il ne restait plus personne pour m'enterrer. Je vous avouerai qu'en m'occupant de ce travail, je ne pus m'empêcher de me représenter que j'étais la cause de ma perte, et de me repentir de m'être engagé dans ce dernier voyage. Je n'en demeurai pas même aux réflexions; je m'ensanglantai les mains à belles dents, et peu s'en fallut que je ne hâtasse ma mort.

« Mais Dieu eut encore pitié de moi, et m'inspira la pensée d'aller jusqu'à la rivière, qui se perdait sous la voûte de la grotte. Là, après avoir examiné la rivière avec beaucoup d'attention, je dis en moi-même : « Cette rivière qui se cache ainsi sous la terre, en doit sortir par quelque endroit; en construisant un radeau, et m'abandonnant dessus au courant de l'eau, j'arriverai à une terre habitée, ou je périrai : si je péris, je n'aurai fait que changer de genre de mort; si je sors au contraire de ce lieu fatal, non-seulement j'éviterai la triste destinée de mes camarades, je trouverai peut-être une nouvelle occasion de m'enrichir. Que sait-on si la fortune ne m'attend pas au sortir de cet affreux écueil, pour me dédommager de mon naufrage avec usure? »

« Je n'hésitai pas à travailler au radeau après ce raisonnement; je le fis de bonnes pièces de bois et de gros câbles, car j'en avais à choisir; je les liai ensemble si fortement, que j'en fis un petit bâtiment assez solide. Quand il fut achevé, je le chargeai de quelques ballots de rubis, d'émeraudes, d'ambre gris, de cristal de roche, et d'étoffes précieuses. Ayant mis toutes ces choses en équilibre, et les ayant bien attachées, je m'embarquai sur le radeau avec deux petites rames que je n'avais pas oublié de faire; et, me laissant aller au cours de la rivière, je m'abandonnai à la volonté de Dieu.

« Sitôt que je fus sous la voûte, je ne vis

plus de lumière, et le fil de l'eau m'en traîna sans que je pusse remarquer où il m'emportait. Je voguai quelques jours dans cette obscurité, sans jamais apercevoir le moindre rayon de lumière. Je trouvai une fois la voûte si basse, qu'elle pensa me blesser la tête; ce qui me rendit fort attentif à éviter un pareil danger. Pendant ce temps-là, je ne mangeais des vivres qui me restaient, qu'autant qu'il en fallait naturellement pour soutenir ma vie. Mais avec quelque frugalité que je pusse vivre, j'achevai de consommer mes provisions. Alors, sans que je pusse m'en défendre, un doux sommeil vint saisir mes sens. Je ne puis vous dire si je dormis long-temps ; mais en me réveillant, je me vis avec surprise dans une vaste campagne, au bord d'une rivière où mon radeau était attaché, et au milieu d'un grand nombre de noirs. Je me levai dès que je les aperçus, et je les saluai. Ils me parlèrent, mais je n'entendais pas leur langage.

« En ce moment je me sentis si transporté de joie, que je ne savais si je devais me croire éveillé. Étant persuadé que je ne dormais pas, je m'écriai, et récitai ces vers arabes :

« Invoque la toute-puissance, elle viendra » à ton secours : il n'est pas besoin que tu » t'embarrasses d'autres choses. Ferme l'œil, » et pendant que tu dormiras, Dieu changera » ta fortune de mal en bien. »

« Un des noirs qui entendait l'arabe, m'ayant ouï parler ainsi, s'avança et prit la parole : « Mon frère, me dit-il, ne soyez pas surpris de nous voir. Nous habitons tous la campagne que vous voyez, et nous sommes venus arroser aujourd'hui nos champs de l'eau de ce fleuve qui sort de la montagne voisine, en la détournant par de petits canaux. Nous avons remarqué que l'eau emportait quelque chose ; nous sommes vite accourus pour voir ce que c'était, et nous avons trouvé que c'était ce radeau ; aussitôt l'un de nous s'est jeté à la nage et l'a amené. Nous l'avons arrêté et attaché comme vous le voyez, et nous attendions que vous vous éveillassiez. Nous vous supplions de nous raconter votre histoire, qui doit être fort extraordinaire. Dites-nous comment vous vous êtes hasardé sur cette eau, et d'où vous venez. » Je leur répondis qu'ils me donnassent premièrement à manger, et après cela je satisferais leur curiosité.

« Ils me présentèrent plusieurs sortes de mets; et quand j'eus contenté ma faim, je leur fis un rapport fidèle de tout ce qui m'était arrivé; ce qu'ils parurent écouter avec admiration. Sitôt que j'eus fini, mon discours: « Voilà, me dirent-ils, par la bouche de l'interprète qui leur avait expliqué ce que je venais de dire, voilà une histoire des plus surprenantes. Il faut que vous veniez vous-même en informer le roi : la chose est trop extraordinaire pour lui être rapportée par un autre que par celui à qui elle est arrivée. » Je leur repartis que j'étais prêt à faire ce qu'ils voudraient.

« Les noirs envoyèrent aussitôt chercher un cheval, que l'on amena peu de temps après. Ils me firent monter dessus; et pendant qu'une partie marcha devant moi pour me montrer le chemin, les autres, qui étaient les plus robustes, chargèrent sur leurs épaules le radeau tel qu'il était avec les ballots, et commencèrent à me suivre..... »

Scheherazade, à ces paroles, fut obligée d'en demeurer là, parce que le jour parut. Sur la fin de la nuit suivante, elle reprit le fil de sa narration, et parla dans ces termes :

LXXXVIIᵉ NUIT.

« Nous marchâmes tous ensemble, poursuivit Sindbad, jusques à la ville de Serendib ; car c'était dans cette île que je me trouvais. Les noirs me présentèrent à leur roi. Je m'approchai de son trône où il était assis, et le saluai comme on a coutume de saluer les rois des Indes, c'est-à-dire, que je me prosternai à ses pieds et baisai la terre. Ce prince me fit relever ; et me recevant d'un air très-obligeant, il me fit avancer et prendre place auprès de lui. Il me demanda premièrement com-

ment je m'appelais : lui ayant répondu que je
me nommais Sindbad, surnommé le Marin,
à cause de plusieurs voyages que j'avais faits
par mer, j'ajoutai que j'étais habitant de la
ville de Bagdad. « Mais, reprit-il, comment
vous trouvez-vous dans mes états, et par où
y êtes-vous venu ? »

« Je ne cachai rien au roi ; je lui fis le même
récit que vous venez d'entendre ; et il en fut si
surpris et si charmé, qu'il commanda qu'on
écrivît mon aventure en lettres d'or, pour être
conservée dans les archives de son royaume.
On apporta ensuite le radeau, et l'on ouvrit les ballots en sa présence. Il admira la
quantité de bois d'aloès et d'ambre gris, mais
surtout les rubis et les émeraudes ; car il n'en
avait point dans son trésor qui en appro-
chassent.

« Remarquant qu'il considérait mes pierreries avec plaisir, et qu'il en examinait les plus
singulières les unes après les autres, je me
prosternai, et prit la liberté de lui dire : « Sire,
ma personne n'est pas seulement au service de

votre majesté, la charge du radeau est aussi à elle, et je la supplie d'en disposer comme d'un bien qui lui appartient. » Il me dit en souriant : « Sindbad, je me garderai bien d'en avoir la moindre envie, ni de vous ôter rien de ce que Dieu vous a donné. Loin de diminuer vos richesses, je prétends les augmenter ; et je ne veux point que vous sortiez de mes états sans emporter avec vous des marques de ma libéralité. » Je ne répondis à ces paroles qu'en faisant des vœux pour la prospérité du prince, et qu'en louant sa bonté et sa générosité. Il chargea un de ses officiers d'avoir soin de moi, et me fit donner des gens pour me servir à ses dépens. Cet officier exécuta fidèlement les ordres de son maître, et fit transporter dans le logement où il me conduisit, tous les ballots dont le radeau avait été chargé.

« J'allais tous les jours à certaines heures faire ma cour au roi, et j'employais le reste du temps à voir la ville, et ce qu'il y en avait de plus digne de ma curiosité.

« L'île de Serendib est située justement sous

la ligne équinoxiale : ainsi les jours et les nuits
y sont toujours de douze heures, et elle a
quatre-vingts parasanges * de longueur et autant de largeur. La ville capitale est située à
l'extrémité d'une belle vallée, formée par une
montagne qui est au milieu de l'île, et qui est
bien la plus haute qu'il y ait au monde. En
effet, on la découvre en mer de trois journées
de navigation. On y trouve le rubis, plusieurs
sortes de minéraux ; et tous les rochers sont,
pour la plupart, d'émeri, qui est une pierre
métaillique dont on se sert pour tailler les pierreries. On y voit toutes sortes d'arbres et de
plantes rares, surtout le cèdre et le coco. On
pêche aussi des perles le long de ses rivages et
aux embouchures de ses rivières ; et quelques-
unes de ses vallées fournissent des diamans. Je
fis aussi par dévotion un voyage à la montagne, à l'endroit où Adam fut relégué après

---

* La parasange est une mesure itinéraire des
anciens Perses, qui vaut un peu plus d'une de nos
lieues.

avoir été banni du paradis terrestre, et j'eus
la curiosité de monter jusqu'au sommet.

« Lorsque je fus de retour dans la ville, je
suppliai le roi de me permettre de retourner en
mon pays ; ce qu'il m'accorda d'une manière
très-obligeante et très-honorable. Il m'obligea
à recevoir un riche présent qu'il fit tirer de
son trésor ; et lorsque j'allai prendre congé de
lui, il me chargea d'un autre présent bien plus
considérable, et en même temps d'une lettre
pour le Commandeur des croyans, notre souverain seigneur, en me disant : « Je vous prie
de présenter de ma part ce régal et cette lettre
au calife Haroun-al-Raschild, et de l'assurer
de mon amitié. » Je pris le présent et la lettre
avec respect, en promettant à sa majesté d'exécuter ponctuellement les ordres dont elle me
faisait l'honneur de me charger. Avant que
je m'embarquasse, ce prince envoya chercher
le capitaine et les marchands qui devaient s'embarquer avec moi, et leur ordonna d'avoir pour
moi tous les égards imaginables.

« La lettre du roi de Serendib était écrite

sur la peau d'un certain animal fort précieux à cause de sa rareté, et dont la couleur tire sur le jaune. Les caractères de cette lettre étaient d'azur; et voici ce qu'elle contenait en langue indienne :

LE ROI DES INDES, DEVANT QUI MARCHENT MILLE ÉLÉPHANS, QUI DEMEURE DANS UN PALAIS DONT LE TOIT BRILLE DE L'ÉCLAT DE CENT MILLE RUBIS, ET QUI POSSÈDE EN SON TRÉSOR VINGT MILLE COURONNES EN-RICHIES DE DIAMANS, AU CALIFE HAROUN-AL-RASCHILD.

« Quoique le présent que nous vous en-
» voyons soit peu considérable, ne laissez
» pas néanmoins de le recevoir en frère et
» en ami, en considération de l'amitié que
» nous conservons pour vous dans notre
» cœur, et dont nous sommes bien aises de
» vous donner un témoignage. Nous vous de-
» mandons la même part dans la vôtre, at-
» tendu que nous croyons le mériter, étant d'un
» rang égal à celui que vous tenez. Nous vous

» en conjurons en qualité de frère. Adieu. »

« Le présent consistait, premièrement, en un vase d'un seul rubis, creusé et travaillé en coupe, d'un demi-pied de hauteur, et d'un doigt d'épaisseur, rempli de perles très-rondes, et toutes du poids d'une demi-drachme; secondement, en une peau de serpent qui avait des écailles grandes comme une pièce ordinaire de monnaie d'or, et dont la propriété était de préserver de maladie ceux qui couchaient dessus; troisièmement, en cinquante mille drachmes de bois d'aloès le plus exquis, avec trente grains de camphre de la grosseur d'une pistache; et enfin tout cela était accompagné d'une esclave d'une beauté ravissante, et dont les habillemens étaient couverts de pierreries.

« Le navire mit à la voile; et, après une longue et très-heureuse navigation, nous abordâmes à Balsora, d'où je me rendis à Bagdad. La première chose que je fis après mon arrivée, fut de m'acquitter de la commission dont j'étais chargé.... »

Scheherazade n'en dit pas davantage, à cause du jour qui se faisait voir. Le lendemain, elle reprit ainsi son discours :

LXXXVIIIe NUIT.

« Je pris la lettre du roi de Serendib, continua Sindbad, et j'allai me présenter à la porte du Commandeur des croyans, suivi de la belle esclave, et des personnes de ma famille qui portaient les présens dont j'étais chargé. Je dis le sujet qui m'amenait, et aussitôt l'on me conduisit devant le trône du calife. Je lui fis la révérence en me prosternant; et après lui avoir fait une harangue très-concise, je lui présentai la lettre et le présent. Lorsqu'il eut lu ce que lui mandait le roi de Serendib, il me demanda s'il était vrai que ce prince fût aussi puissant et aussi riche qu'il le marquait par sa lettre. Je me prosternai une seconde fois, et après m'être relevé : « Commandeur des croyans, lui

répondis-je, je puis assurer votre majesté
qu'il n'exagère pas ses richesses et sa grandeur; j'en suis témoin. Rien n'est plus capable
de causer l'admiration, que la magnificence de
son palais. Lorsque ce prince veut paraître en
public, on lui dresse un trône sur un éléphant,
où il s'assied, et il marche au milieu de deux files
composées de ses ministres, de ses favoris et
d'autres gens de sa cour. Devant lui, sur le
même éléphant, un officier tient une lance d'or
à la main, et derrière le trône, un autre est
debout qui porte une colonne d'or, au haut de
laquelle est une émeraude longue d'environ un
demi-pied, et grosse d'un pouce. Il est précédé
d'une garde de mille hommes habillés de drap
d'or et de soie, et montés sur des éléphans ri-
chement caparaçonnés. Pendant que le roi est
en marche, l'officier qui est devant lui sur le
même éléphant, crie de temps en temps à
haute voix :

« Voici le grand monarque, le puissant et
» redoutable sultan des Indes, dont le palais
» est couvert de cent mille rubis, et qui pos-

» sède vingt mille couronnes de diamans!
» Voici le monarque couronné, plus grand
» que ne furent jamais le grand Solima * et le
» grand Mihrage **! »

« Après qu'il a prononcé ces paroles, l'officier qui est derrière le trône, crie à son tour :

« Ce monarque si grand et si puissant doit
» mourir, doit mourir, doit mourir. »

« L'officier de devant reprend, et crie ensuite :

« Louange à celui qui vit et ne meurt pas! »

« D'ailleurs, le roi Serendib est si juste,
qu'il n'y a pas de juges dans sa capitale, non
plus que dans le reste de ses états : ses peuples
n'en ont pas besoin. Ils savent et ils observent
d'eux-mêmes exactement la justice, et ne s'écartent jamais de leur devoir. Ainsi les tribunaux
et les magistrats sont inutiles chez eux. Le

---

* Salomon.
** Ancien roi très-renommé chez les Arabes
par sa puissance et par sa sagesse.

calife fut fort satisfait de mon discours. « La
sagesse de ce roi, dit-il, paraît dans sa lettre,
et après ce que vous venez de me dire, il faut
avouer que sa sagesse est digne de ses peuples,
et ses peuples dignes d'elle. » A ces mots, il
me congédia, et me renvoya avec un riche
présent..... »

Sindbad acheva de parler en cet endroit, et
ses auditeurs se retirèrent; mais Hindbad reçut
auparavant cent sequins. Ils revinrent encore le
jour suivant chez Sindbad, qui leur raconta son
septième et dernier voyage dans ces termes :

SEPTIÈME ET DERNIER VOYAGE

DE SINDBAD LE MARIN.

« Au retour de mon sixième voyage, j'abandonnai absolument la pensée d'en faire jamais
d'autres. Outre que j'étais dans un âge qui ne
demandait que du repos, je m'étais bien promis
de ne plus m'exposer aux périls que j'avais
tant de fois courus. Ainsi je ne songeais qu'à
passer doucement le reste de ma vie. Un jour

que je régalais un nombre d'amis, un de mes gens me vint avertir qu'un officier du calife me demandait. Je sortis de table et allai au-devant de lui. « Le calife, me dit-il, m'a chargé de venir vous dire qu'il veut vous parler. » Je suivis au palais l'officier, qui me présenta à ce prince, que je saluai en me prosternant à ses pieds. « Sindbad, me dit-il, j'ai besoin de vous; il faut que vous me rendiez un service; que vous alliez porter ma réponse et mes présens au roi de Serendib : il est juste que je lui rende la civilité qu'il m'a faite. »

« Le commandement du calife fut un coup de foudre pour moi. « Commandeur des croyans, lui dis-je, je suis prêt à exécuter tout ce que m'ordonnera votre majesté; mais je la supplie très-humblement de songer que je suis rebuté des fatigues incroyables que j'ai souffertes. J'ai même fait vœu de ne sortir jamais de Bagdad. » De là je pris occasion de lui faire un long détail de toutes mes aventures, qu'il eut la patience d'écouter jusqu'à la fin. D'abord que j'eus cessé de parler :

I 1.   2 1.

« J'avoue, dit-il, que voilà des événemen,
bien extraordinaires; mais pourtant il ne fau
pas qu'ils vous empêchent de faire, pou
l'amour de moi, le voyage que je vous pro
pose. Il ne s'agit que d'aller à l'île de Serendib
vous acquiter de la commission que je vou
donne. Après cela, il vous sera libre de vou
en revenir. Mais il y faut aller; car vous voye
bien qu'il ne serait pas de la bienséance de m
dignité d'être redevable au roi de cette île.
Comme je vis que le calife exigeait cela de me
absolument, je lui témoignai que j'étais prêt
lui obéir. Il en eut beaucoup de joie, et me fi
donner mille sequins pour les frais de mo
voyage.

« Je me préparai en peu de jours à mo
départ; et sitôt qu'on m'eut livré les présen
du calife avec une lettre de sa propre main
je partis et je pris la route de Balsora, où j
m'embarquai. Ma navigation fut très-heureuse
j'arrivai à l'île de Serendib. Là, j'exposai au
ministres la commission dont j'étais chargé, e
les priai de me faire donner audience incessam

ment. Ils n'y manquèrent pas. On me conduisit au palais avec honneur. J'y saluai le roi en me prosternant selon la coutume.

« Ce prince me reconnut d'abord, et me témoigna une joie toute particulière de me revoir. « Ah, Sindbad, me dit-il, soyez le bien-venu ! Je vous jure que j'ai songé à vous très-souvent depuis votre départ. Je bénis ce jour, puisque nous nous voyons encore une fois. » Je lui fis mon compliment; et après l'avoir remercié de la bonté qu'il avait pour moi, je lui présentai la lettre et le présent du calife, qu'il reçut avec toutes les marques d'une grande satisfaction.

« Le calife lui envoyait un lit complet de drap d'or, estimé mille sequins, cinquante robes d'une très-riche étoffe; cent autres de toile blanche, la plus fine du Caire, de Suez et d'Alexandrie; un autre lit cramoisi, et un autre encore d'une autre façon; un vase d'agate plus large que profond, épais d'un doigt, et ouvert d'un demi-pied, dont le fond représentait en bas-relief un homme un genou en terre,

qui tenait un arc avec une flèche, prêt à tirer
contre un lion; il lui envoyait enfin une riche
table que l'on croyait, par tradition, venir du
grand Salomon. La lettre du calife était conçue
en ces termes :

SALUT AU NOM DU SOUVERAIN GUIDE DU DROIT
CHEMIN, AU PUISSANT ET HEUREUX SULTAN,
DE LA PART D'ABDALLA HAROUN-AL-RAS-
CHILD, QUE DIEU A PLACÉ DANS LÉ LIEU
D'HONNEUR APRÈS SES ANCÊTRES
D'HEUREUSE MÉMOIRE.

« Nous avons reçu votre lettre avec joie, et
» nous vous envoyons celle-ci, émanée du
» conseil de notre Porte, le jardin des esprits
» supérieurs. Nous espérons qu'en jetant les
» yeux dessus, vous connaîtrez notre bonne
» intention, et que vous l'aurez pour agréable.
» Adieu ».

« Le roi de Serendib eut un grand plaisir
de voir que le calife répondait à l'amitié qu'il
lui avait témoignée. Peu de temps après cette

audience, je sollicitai celle de mon congé, que je n'eus pas peu de peine à obtenir. Je l'obtins enfin; et le roi, en me congédiant, me fit un présent très-considérable. Je me rembarquai aussitôt, dans le dessein de m'en retourner à Bagdad; mais je n'eus pas le bonheur d'y arriver comme je l'espérais, et Dieu en disposa autrement.

« Trois ou quatre jours après notre départ, nous fûmes attaqués par des corsaires, qui eurent d'autant moins de peine à s'emparer de notre vaisseau, qu'on n'y était nullement en état de se défendre. Quelques personnes de l'équipage voulurent faire résistance, mais il leur en coûta la vie; pour moi et tous ceux qui eurent la prudence de ne pas s'opposer aux desseins des corsaires nous fûmes faits esclaves....»

Le jour qui paraissait, imposa silence à Scheherazade. Le lendemain elle reprit la suite de cette histoire.

~~~~~~

LXXXIXᵉ NUIT.

SIRE, dit-elle au sultan des Indes, Sindbad
continuant de raconter les aventures de son
dernier voyage :

« Après que les corsaires, poursuivit-il,
nous eurent tous dépouillés, et qu'ils nous eurent donné des méchans habits au lieu des
nôtres, ils nous emmenèrent dans une grande
île fort éloignée, où ils nous vendirent.

« Je tombai entre les mains d'un riche marchand qui ne m'eut pas plus tôt acheté, qu'il
me mena chez lui, où il me fit bien manger et
habiller proprement en esclave. Quelques
jours après, comme il ne s'était pas encore
bien informé qui j'étais, il me demanda si je
ne savais pas quelque métier. Je lui répondis,
sans me faire mieux connaître, que je n'étais
pas un artisan, mais un marchand de profession, et que les corsaires qui m'avaient vendu

m'avaient enlevé tout ce que j'avais. « Mais,
dites-moi, reprit-il, ne pourriez-vous pas tirer de l'arc?» Je lui repartis que c'était un
des exercices de ma jeunesse, et que je ne l'a-
vais pas oublié depuis. Alors il me donna un
arc et des flèches; et m'ayant fait monter derrière lui sur un éléphant, il me mena dans une
forêt éloignée de la ville de quelques heures de
chemin , et dont l'étendue était très-vaste.
Nous y entrâmes fort avant; et lorsqu'il jugea
à propos de s'arrêter, il me fit descendre. Ensuite me montrant un grand arbre : « Montez
sur cet arbre, me dit-il, et tirez sur les éléphans que vous verrez passer; car il y en a
une quantité prodigieuse dans cette forêt. S'il
en tombe quelqu'un, venez m'en donner avis.»
Après m'avoir dit cela, il me laissa des vivres,
reprit le chemin de la ville, et je demeurai sur
l'arbre à l'affût pendant toute la nuit.

« Je n'en aperçus aucun pendant tout ce
temps-là; mais le lendemain, d'abord que le
soleil fut levé, j'en vis paraître un grand nombre. Je tirai dessus plusieurs flèches ; et enfin

il en tomba un par terre. Les autres se retirèrent aussitôt, et me laissèrent la liberté d'aller
avertir mon patron de la chasse que je venais
de faire. En faveur de cette nouvelle, il me
régala d'un bon repas, loua mon adresse et
me caressa fort. Puis nous allâmes ensemble à
la forêt, où nous creusâmes une fosse, dans
laquelle nous enterrâmes l'éléphant que j'avais
tué. Mon patron se proposait de revenir lorsque l'animal serait pourri, d'enlever les dents
pour en faire commerce.

« Je continuai cette chasse pendant deux
mois, et il ne se passait pas de jour que je ne
tuasse un éléphant. Je ne me mettais pas toujours à l'affût sur le même arbre; je me pla-
çais tantôt sur l'un, tantôt sur l'autre. Un matin que j'attendais l'arrivée des éléphans, je
m'aperçus avec un extrême étonnement, qu'au
lieu de passer devant moi en traversant la forêt comme à l'ordinaire, ils s'arrêtèrent et
vinrent à moi avec un horrible bruit et en si
grand nombre, que la terre en était couverte
et tremblait sous leurs pas. Ils s'approchèrent

de l'arbre où j'étais monté, et l'environnèrent
tous, la trompe étendue et les yeux attachés
sur moi. A ce spectacle étonnant, je restai im-
mobile, et saisi d'une telle frayeur, que mon
arc et mes flèches me tombèrent des mains.

« Je n'étais pas agité d'une crainte vaine.
Après que les éléphans m'eurent regardé quelque temps, un des plus gros embrassa l'arbre
par le bas avec sa trompe, et fit un si puissant effort, qu'il le déracina et le renversa par
terre. Je tombai avec l'arbre; mais l'animal
me prit avec sa trompe, et me chargea sur son
dos, où je m'assis plus mort que vif avec le
carquois attaché à mes épaules. Il se mit ensuite à la tête de tous les autres qui le suivaient
en troupe, et me porta jusqu'à un endroit où,
m'ayant posé à terre, il se retira avec tous
ceux qui l'accompagnaient. Concevez, s'il est
possible, l'état où j'étais : je croyais plutôt
dormir que veiller. Enfin, après avoir été
quelque temps étendu sur la place, ne voyant
plus d'éléphant, je me levai, et je remarquai
que j'étais sur une colline assez longue et assez

large, toute couverte d'ossemens et de dents
d'éléphans Je vous avoue que cet objet me fit
faire une infinité de réflexions. J'admirai l'ins-
tinct de ces animaux. Je ne doutai point que
ce ne fût là leur cimetière, et qu'ils ne m'y
eussent apporté exprès pour me l'enseigner,
afin que je cessasse de les persécuter; puisque
je le faisais dans la vue seule d'avoir leurs
dents. Je ne m'arrêtai pas sur la colline, je
tournai mes pas vers la ville, et après avoir
marché un jour et une nuit, j'arrivai chez mon
patron. Je ne rencontrai aucun éléphant sur
ma route; ce qui me fit connaître qu'ils s'é-
taient éloignés plus avant dans la forêt, pour
me laisser la liberté d'aller sans obstacle à la
colline.

« Dès que mon patron m'aperçut : « Ah !
pauvre Sindbad, me dit-il, j'étais dans une
grande peine de savoir ce que tu pouvais être
devenu. J'ai été à la forêt, j'y ai trouvé un
arbre nouvellement déraciné, un arc et des
flèches par terre; et après t'avoir inutilement
cherché, je désespérais de te revoir jamais.

Raconte-moi, je te prie, ce qui t'est arrivé.
Par quel bonheur es-tu encore en vie? » Je
satisfis sa curiosité; et le lendemain, étant
allés tous deux à la colline, il reconnut avec
une extrême joie la vérité de ce que je lui avais
dit. Nous chargeâmes l'éléphant sur lequel
nous étions venus, de tout ce qu'il pouvait
porter de dents; et lorsque nous fûmes de retour: « Mon frère, me dit-il (car je ne veux
plus vous traiter en esclave, après le plaisir
que vous venez de me faire par une découverte
qui va m'enrichir), que Dieu vous comble de
toutes sortes de biens et de prospérités! Je
déclare devant lui que je vous donne la liberté.
Je vous avais dissimulé ce que vous allez entendre: les éléphans de notre forêt nous font
périr chaque année une infinité d'esclaves que
nous envoyons chercher de l'ivoire: quelques
conseils que nous leur donnions, ils perdent
tôt ou tard la vie par les ruses de ces animaux.
Dieu vous a délivré de leur furie, et n'a fait
cette grâce qu'à vous seul: c'est une marque
qu'il vous chérit, et qu'il a besoin de vous dans

le monde pour le bien que vous y devez faire.
Vous me procurez un avantage incroyable :
nous n'avons pu avoir d'ivoire jusqu'à présent,
qu'en exposant la vie de nos esclaves; et voilà
toute notre ville enrichie par votre moyen. Ne
croyez pas que je prétende vous avoir assez
récompensé par la liberté que vous venez de
recevoir; je veux ajouter à ce don des biens
considérables. Je pourrais engager toute la
ville à faire votre fortune; mais c'est une gloire
que je veux avoir moi seul. »

« A ce discours obligeant, je répondis :
« Patron, Dieu vous conserve! La liberté que
vous m'accordez suffit pour vous acquitter en-
vers moi; et pour toute récompense du service
que j'ai eu le bonheur de vous rendre à vous et
à votre ville, je ne vous demande que la permission de retourner en mon pays. » « Hé bien,
répliqua-t-il, Moçon * nous amènera bientôt

---

* Moussons, vents périodiques qui, dans la
mer des Indes, soufflent régulièrement, alternativement et pendant plusieurs mois du couchant
au levant, et du levant au couchant.

des navires qui viendront charger de l'ivoire.
Je vous renverrai alors, et vous donnerai de
quoi vous conduire chez vous. » Je le remerciai de nouveau de la liberté qu'il venait de me
donner, et des bonnes intentions qu'il avait
pour moi. Je demeurai chez lui en attendant
le Moçon; et pendant ce temps-là, nous fîmes
tant de voyages à la colline, que nous rem-
plîmes ses magasins d'ivoire. Tous les marchands de la ville qui en négociaient, firent la
même chose; car cela ne leur fut pas long-
temps caché... »

A ces paroles, Scheherazade apercevant la
pointe du jour, cessa de poursuivre son discours. Elle le reprit la nuit suivante, et dit au
sultan des Indes :

XCᵉ NUIT.

SIRE, Sindbad continuant le récit de son
septième voyage :

« Les navires, dit-il, arrivèrent enfin, et mon patron ayant choisi lui-même celui sur lequel je devais m'embarquer, le chargea d'ivoire à demi pour mon compte. Il n'oublia pas d'y faire mettre aussi des provisions en abondance pour mon passage; et de plus, il m'obligea d'accepter des régals de grand prix, des curiosités du pays. Après que je l'eus remercié autant qu'il me fut possible de tous les bienfaits que j'avais reçus de lui, je m'embarquai. Nous mîmes à la voile; et comme l'aventure qui m'avait procuré la liberté était fort extraordinaire, j'en avais toujours l'esprit occupé.

« Nous nous arrêtâmes dans quelques îles pour y prendre des rafraîchissemens. Notre vaisseau étant parti d'un port de terre ferme des Indes, nous y allâmes aborder; et là, pour éviter les dangers de la mer jusqu'à Balsora, je fis débarquer l'ivoire qui m'appartenait, résolu de continuer mon voyage par terre. Je tirai de mon ivoire une grosse somme d'argent, j'en achetai plusieurs choses rares

pour en faire des présens; et quand mon équipage fut prêt, je me joignis à une grosse cara-
vane de marchands. Je demeurai long-temps
en chemin, et je souffris beaucoup; mais je
souffrais avec patience, en faisant réflexion
que je n'avais plus à craindre ni les tempêtes,
ni les corsaires, ni les serpens, ni tous les
autres périls que j'avais courus.

« Toutes ces fatigues finirent enfin : j'arrivai
heureusement à Bagdad. J'allai d'abord me
présenter au calife, et lui rendre compte de
mon ambassade. Ce prince me dit que la longueur de mon voyage lui avait causé de l'inquiétude, mais qu'il avait pourtant toujours
espéré que Dieu ne m'abandonnerait point.
Quand je lui appris l'aventure des éléphans, il
en parut fort surpris; et il aurait refusé d'y
ajouter foi, si ma sincérité ne lui eût pas été
connue. Il trouva cette histoire et les autres
que je lui racontai, si curieuses, qu'il chargea
un de ses secrétaires de les écrire en caractères
d'or, pour être conservées dans son trésor. Je
me retirai très content de l'honneur et des pré-

sens qu'il me fit; puis je me donnai tout entier à ma famille, à mes parens et à mes amis. »

« Ce fut ainsi que Sindbad acheva le récit de son septième et dernier voyage; et s'adressant ensuite à Hindbad : « Hé bien, mon ami, ajouta-t-il, avez-vous jamais ouï dire que quelqu'un ait souffert autant que moi, ou qu'aucun mortel se soit trouvé dans des embarras si pressans? N'est-il pas juste qu'après tant de travaux, je jouisse d'une vie agréable et tranquille? » Comme il achevait ces mots, Hindbad s'approcha de lui, et dit en lui baisant la main : « Il faut avouer, seigneur, que vous avez essuyé d'effroyables périls; mes peines ne sont pas comparables aux vôtres. Si elles m'affligent dans le temps que je les souffre, je m'en console par le petit profit que j'en tire. Vous méritez non-seulement une vie tranquille; vous êtes digne encore de tous les biens que vous possédez, puisque vous en faites un si bon usage, et que vous êtes si généreux. Continuez donc à vivre dans la joie jusqu'à l'heure de votre mort. »

« Sindbad lui fit donner encore cent sequins, le reçut au nombre de ses amis, lui dit de quitter sa profession de porteur, et de continuer à venir manger chez lui; qu'il aurait lieu de se souvenir toute sa vie de Sindbad le Marin. »

Scheherazade, voyant qu'il n'était pas encore jour, continua de parler et commença une autre histoire.

LES TROIS POMMES.

Sire, dit-elle, j'ai déjà eu l'honneur d'entretenir votre majesté d'une sortie que le calife Haroun-al-Raschild fit une nuit de son palais; il faut que je vous en raconte encore une autre.

Un jour ce prince avertit le grand-visir Giafar de se trouver au palais la nuit prochaine. « Visir, lui dit-il, je veux faire le tour de la ville, et m'informer de ce qu'on y dit, et particulièrement si on est content de mes officiers de justice. S'il y en a dont on ait raison de se plaindre, nous les déposerons pour en

22.

mettre d'autres à leurs places, qui s'acquitte-
ront mieux de leur devoir. Si au contraire il y
en a dont on se loue, nous aurons pour eux
les égards qu'ils méritent. » Le grand-visir
s'étant rendu au palais à l'heure marquée, le
calife, lui et Mesrour, chef des eunuques, se
déguisèrent pour n'être pas reconnus, et sortirent tous trois ensemble.

Ils passèrent par plusieurs places et par
plusieurs marchés; et en entrant dans une petite rue, ils virent, au clair de la lune, un
bon homme à barbe blanche, qui avait la taille
haute, et qui portait des filets sur sa tête. Il
avait au bras un panier pliant de feuilles de
palmier, et un bâton à la main. « A voir ce
vieillard, dit le calife, il n'est pas riche : abor-
dons-le, et lui demandons l'état de sa fortune. » « Bon-homme, lui dit le visir, qui es-
tu ? » « Seigneur, lui répondit le vieillard, je
suis pêcheur, mais le plus pauvre et le plus
misérable de ma profession. Je suis sorti de
chez moi tantôt sur le midi pour aller pêcher,
et depuis ce temps-là jusqu'à présent, je n'ai

pas pris le moindre poisson. Cependant j'ai une femme et de petits enfans, et je n'ai pas de quoi les nourrir. »

Le calife, touché de compassion, dit au pêcheur : « Aurais-tu le courage de retourner sur tes pas, et de jeter tes filets encore une fois seulement ? Nous te donnerons cent sequins de ce que tu ameneras. » Le pêcheur à cette proposition, oubliant toute la peine de la journée, prit le calife au mot, et retourna vers le Tigre avec lui, Giafar et Mesrour, en disant en lui-même : « Ces seigneurs paraissent trop honnêtes et trop raisonnables pour ne pas me récompenser de ma peine ; et quand ils ne me donneraient que la centième partie de ce qu'ils me promettent, ce serait encore beaucoup pour moi. »

Ils arrivèrent au bord du Tigre ; le pêcheur y jeta ses filets, puis, les ayant tirés, il amena un coffre bien fermé et fort pesant qui s'y trouva. Le calife lui fit compter aussitôt cent sequins par le grand-visir, et le renvoya. Mesrour chargea le coffre sur ses épaules par l'or-

dre de son maître, qui, dans l'empressement
de savoir ce qu'il y avait dedans, retourna au
palais en diligence. Là, le coffre ayant été ouvert, on y trouva un grand panier pliant de
feuilles de palmier, fermé et cousu par l'ouverture avec un fil de laine rouge. Pour satisfaire l'impatience du calife, on ne se donna pas
la peine de le découdre; on coupa promptc-
ment le fil avec un couteau, et l'on tira du panier un paquet enveloppé dans un méchant
tapis, et lié avec de la corde. La corde déliée
et le paquet défait, on vit avec horreur le
corps d'une jeune dame plus blanc que la neige,
et coupé par morceaux...... »

Scheherazade, en cet endroit, remarquant
qu'il était jour, cessa de parler. Le lendemain,
elle reprit la parole de cette manière :

~~~~~~

XCIe NUIT.

Sire, votre majesté s'imaginera mieux elle-même que je ne le puis faire comprendre par mes paroles, quel fut l'étonnement du calife à cet affreux spectacle. Mais de la surprise il passa en un instant à la colère ; et lançant au visir un regard furieux : « Ah ! malheureux, lui dit-il, est-ce donc ainsi que tu veilles sur les actions de mes peuples ? On commet impunément, sous ton ministère, des assassinats dans ma capitale, et l'on jette mes sujets dans le Tigre, afin qu'ils crient vengeance contre moi au jour du jugement. Si tu ne venges promptement le meurtre de cette femme par la mort de son meurtrier, je jure par le saint nom de Dieu, que je te fais pendre, toi et quarante de ta parenté. » « Commandeur des croyans, lui dit le grand-visir, je supplie votre majesté

de m'accorder du temps pour faire des perquisitions. » « Je ne te donne que trois jours
pour cela, repartit le calife ; c'est à toi d'y
songer. »

Le visir Giafar se retira chez lui dans une
grande confusion de sentimens. « Hélas ! disait-il, comment, dans une ville aussi vaste et
aussi peuplée que Bagdad, pourrais-je déter-
rer un meurtrier, qui sans doute a commis ce
crime sans témoins, et qui est peut-être déjà
sorti de cette ville ? Un autre que moi tirerait
de prison un misérable, et le ferait mourir
pour contenter le calife ; mais je ne veux pas
charger ma conscience de ce forfait, et j'aime
mieux mourir que de me sauver à ce prix-là. »

Il ordonna aux officiers de police et de justice, qui lui obéissaient, de faire une exacte
recherche du criminel. Ils mirent leurs gens en
campagne, et s'y mirent eux-mêmes, ne se
croyant guère moins intéressés que le visir en
cette affaire. Mais tous leurs soins furent inutiles : quelque diligence qu'ils y apportèrent,
ils ne purent découvrir l'auteur de l'assassinat;

et le visir jugea bien que, sans un coup du ciel, c'était fait de sa vie.

Effectivement, le troisième jour étant venu, un huissier arriva chez ce malheureux ministre, et le somma de le suivre. Le visir obéit; et le calife lui ayant demandé où était le meurtrier : « Commandeur des croyans, lui répondit-il les larmes aux yeux, je n'ai trouvé personne qui ait pu m'en donner la moindre nouvelle. » Le calife lui fit des reproches remplis d'emportement et de fureur, et commanda qu'on le pendît devant la porte du palais, lui et quarante des Barmecides *.

Pendant que l'on travaillait à dresser les potences, et qu'on se saisissait des quarante Barmecides dans leurs maisons, un crieur public alla, par ordre du calife, faire ce cri dans tous les quartiers de la ville :

« Qui veut avoir la satisfaction de voir pen-

---

* Les Barmecides : nom d'une des familles des plus illustres, après les maisons souveraines de l'Asie.

» dre le grand-visir Giafar, et quarante des
» Barmecides ses parens, qu'il vienne à la place
» qui est devant le palais. »

Lorsque tout fut prêt, le juge criminel et
un grand nombre d'huissiers du palais amenè-
rent le grand-visir avec les quarante Barmecides, les firent disposer chacun au pied de la
potence qui lui était distinée, et on leur passa
autour du cou la corde avec laquelle ils devaient être levés en l'air. Le peuple, dont toute
la place était remplie, ne put voir ce triste
spectacle sans douleur, et sans verser des larmes; car le grand-visir Giafar et les Barmecides étaient chéris et honorés pour leur probité,
leur libéralifé et leur désintéressement, non-
seulement à Bagdad, mais même dans tout
l'empire du calife.

Rien n'empêchait qu'on n'exécutât l'ordre
irrévocable de ce prince trop sévère; et on allait ôter la vie aux plus honnêtes gens de la
ville, lorsqu'un jeune homme très-bien fait et
fort proprement vêtu fendit la presse, pénétra
jusqu'au grand-visir, et après lui avoir baisé

la main : » Souverain visir, lui dit-il, chef des émirs de cette cour, refuge des pauvres, vous n'êtes pas coupable du crime pour lequel vous êtes ici. Retirez-vous, et me laissez expier la mort de la dame qui a été jetée dans le Tigre. C'est moi qui suis son meurtrier, et je mérite d'en être puni. »

Quoique ce discours causât beaucoup de joie au visir, il ne laissa pas d'avoir pitié du jeune homme dont la physionomie, au lieu de paraître sinistre, avait quelque chose d'engageant ; et il allait lui répondre, lorsqu'un grand homme d'un âge déjà fort avancé, ayant aussi fendu la presse, arriva, et dit au visir : « Seigneur, ne croyez rien de ce que vous dit ce jeune homme ; nul autre que moi n'a tué la dame qu'on a trouvée dans le coffre ; c'est sur moi seul que doit tomber le châtiment. Au nom de Dieu, je vous conjure de ne pas punir l'innocent pour le coupable. » « Seigneur, reprit le jeune homme en s'adressant au visir, je vous jure que c'est moi qui ai commis cette méchante action, et que personne au monde n'en

est complice. » « Mon fils, interrompit le
vieillard, c'est le désespoir qui vous a conduit
ici, et vous voulez prévenir votre destinée ;
pour moi, il y a long-temps que je suis au
monde ; je dois en être détaché. Laissez-moi
donc sacrifier ma vie pour la vôtre. Seigneur,
ajouta-t-il en s'adressant au grand-visir, je vous
le répète encore, c'est moi qui suis l'assassin :
faites-moi mourir, et ne différez pas.»

La contestation du vieillard et du jeune homme obligea le visir Giafar à les mener tous deux
devant le calife, avec la permission de l'officier
chargé de présider à cette terrible exécution,
qui se faisait un plaisir de le favoriser. Lorsqu'il fut en présence de ce prince, il baisa la
terre par sept fois, et parla de cette manière :
« Commandeur des croyans, j'amène à votre
majesté ce vieillard et ce jeune homme, qui se
disent, tous deux séparément, meurtriers de la
dame. » Alors le calife demanda aux accusés
qui des deux avait massacré la dame si cruellement, et l'avait jetée dans le Tigre. Le jeune
homme assura que c'était lui ; mais le vieillard,

de son côté, soutenant le contraire : « Allez, dit le calife au grand-visir, faites-les pendre tous deux. » « Mais, sire, dit le visir, s'il n'y en a qu'un de criminel, il y aurait de l'injustice à faire mourir l'autre. »

A ces mots, le jeune homme reprit : « Je jure, par le grand Dieu qui a élevé les cieux à la hauteur où ils sont, que c'est moi qui ai tué la dame, qui l'ai coupée par quartiers, et jetée dans le Tigre il y a quatre jours. Je ne veux point avoir de part avec les autres au jour du jugement, si ce que je dis n'est pas véritable ; ainsi je suis celui qui doit être puni. » Le calife fut surpris de ce serment, et y ajouta foi, d'autant plus que le vieillard n'y répliqua rien. C'est pourquoi se tournant vers le jeune homme : « Malheureux, lui dit-il, pour quel sujet as-tu commis un crime si détestable ; et quelle raison peux-tu avoir d'être venu t'offrir toi-même à la mort ? » « Commandeur des croyans, répondit-il, si l'on mettait par écrit tout ce qui s'est passé entre cette dame et moi, ce serait une histoire qui pourrait être très-utile aux hommes. » « Raconte-nous-la donc, répliqua le calife, je te l'ordonne. » Le jeune homme obéit, et commença son récit de cette sorte.

Scheherazade voulait continuer, mais elle fut obligée de remettre cette histoire à la nuit suivante.

~~~~~~~~~~~~~~~~~~~~~~~~~~~~~~~

XCII^e NUIT.

SCHAHRIAR prévint la sultane, et lui demanda ce que le jeune homme avait raconté au calife Haroun-al-Raschild. Sire, répondit Scheherazade, il prit la parole, et parla dans ces termes :

HISTOIRE

DE LA DAME MASSACRÉE, ET DU JEUNE HOMME SON MARI.

« COMMANDEUR des croyans, votre majesté sauraque la dame massacrée était ma femme,

fille de ce vieillard que vous voyez, qui est
mon oncle paternel. Elle n'avait que douze
ans lorsqu'il me la donna en mariage, et il y
en a onze d'écoulés depuis ce temps-là. J'ai eu
d'elle trois enfans mâles, qui sont vivans et je
dois lui rendre cette justice, qu'elle ne m'a
jamais donné le moindre sujet de déplaisir.
Elle était sage, de bonnes mœurs, et mettait
toute son attention à me plaire. De mon côté,
je l'aimais parfaitement, et je prévenais tous
ses désirs, bien loin de m'y opposer.

« Il y a environ deux mois qu'elle tomba
malade : j'en eus tout le soin imaginable, et je
n'épargnai rien pour lui procurer une prompte
guérison. Au bout d'un mois, elle commença
à se mieux porter, et voulut aller au bain.
Avant que de sortir du logis, elle me dit :
« Mon cousin, car elle m'appelait ainsi par
familiarité, j'ai envie de manger des pommes ;
vous me feriez un extrême plaisir si vous pou-
viez m'en trouver ; il y a long-temps que cette
envie me tient, et je vous avoue qu'elle s'est
augmentée à un point, que si elle n'est bientôt

23.

satisfaite, je crains qu'il ne m'arrive quelque
disgrâce. » « Très-volontiers, lui répondis-je,
je vais faire tout mon possible pour vous contenter. »

« J'allai aussitôt chercher des pommes dans
tous les marchés et dans toutes les boutiques ;
mais je n'en pus trouver une, quoique j'offrisse
d'en donner un sequin. Je revins au logis, fort
fâché de la peine que j'avais prise inutilement.
Pour ma femme, quand elle fut revenue du
bain, et qu'elle ne vit point de pommes, elle
en eut un chagrin qui ne lui permit pas de
dormir la nuit. Je me levai de grand matin,
et allai dans tous les jardins ; mais je ne réus-
sis pas mieux que le jour précédent. Je rencontrai seulement un vieux jardinier qui me
dit, que quelque peine que je me donnasse, je
n'en trouverais point ailleurs qu'au jardin de
votre majesté, à Balsora.

« Comme j'aimais passionnément ma femme,
et que je ne voulais pas avoir à me reprocher
d'avoir négligé de la satisfaire, je pris un habit de voyageur ; et après l'avoir instruite de

mon dessein, je partis pour Balsora. Je fis
une si grande diligence, que je fus de retour
au·bout de quinze jours. Je rapportai trois
pommes qui m'avaient coûté un sequin la pièce.
Il n'y en avait pas davantage dans le jardin,
et le jardinier n'avait pas voulu me les donner
à meilleur marché. En arrivant, je les présentai à ma femme; mais il se trouva que l'envie
lui en était passée. Ainsi elle se contenta de
les recevoir, et les posa à côté d'elle. Cependant elle était toujours malade, et je ne savais
quel remède apporter à son mal.

« Peu de jours après mon voyage, étant assis dans ma boutique au lieu public où l'on
vend toutes sortes d'étoffes fines, je vis entrer
un grand esclave noir, de fort méchante mine
qui tenait à la main une pomme que je reconnus pour une de celles que j'avais apportées de
Balsora. Je n'en pouvais douter, puisque je
savais qu'il n'y en avait pas une dans Bagdad
ni dans tous les jardins aux environs. J'appe-
lai l'esclave : « Bon esclave, lui dis-je, ap-
prends-moi, je te prie, où tu as pris cette

pomme ? » « C'est, me répondit-il en souriant, un présent que m'a fait mon amoureuse. J'ai été la voir aujourd'hui, et je l'ai trouvée un peu malade. J'ai vu trois pommes auprès d'elle et je lui ai demandé d'où elle les avait eues ; elle m'a répondu que son bon-homme de mari avait fait un voyage de quinze jours exprès pour les lui aller chercher, et qu'il les lui avait apportées. Nous avons fait collation ensemble, et en la quittant, j'en ai pris et emporté une que voici. »

« Ce discours me mit hors de moi-même. Je me levai de ma place ; et après avoir fermé ma boutique, je courus chez moi avec empressement, et montai à la chambre de ma femme. Je regardai d'abord où étaient les pommes, et n'en voyant que deux, je demandai où était la troisième. Alors ma femme ayant tourné la tête du côté des pommes, et n'en ayant aperçu que deux, me répondit froidement : « Mon cousin, je ne sais ce qu'elle est devenue. » A cette réponse, je ne fis pas de difficulté de croire que ce que m'avait dit l'esclave ne fût véritable.

En même temps je me laissai emporter à une fureur jalouse ; et, tirant un couteau qui était attaché à ma ceinture , je le plongeai dans la gorge de cette misérable. Ensuite je lui coupai la tête et mis son corps par quartiers ; j'en fis un paquet que je cachai dans un panier pliant ; et après avoir cousu l'ouverture du panier avec un fil de laine rouge , je l'enfermai dans un coffre que je chargeai sur mes épaules dès qu'il fut nuit, et que j'allai jeter dans le Tigre.

« Les deux plus petits de mes enfans étaient déjà couchés et endormis , et le troisième était hors de la maison; je le trouvai à mon retour assis près de la porte , en pleurant à chaudes larmes. Je lui demandai le sujet de ses pleurs. « Mon père , me dit-il, j'ai pris ce matin à ma mère, sans qu'elle en ait rien vu, une des trois pommes que vous lui avez apportées. Je l'ai gardée long-temps; mais comme je jouais tantôt dans la rue avec mes petits frères, un grand esclave qui passait me l'a arrachée de la main , et l'a emportée ; j'ai couru après lui en la lui redemandant ; mais j'ai eu beau lui dire qu'elle

appartenait à ma mère qui était malade, que
vous aviez fait un voyage de quinze jours pour
l'aller chercher, tout cela a été inutile. Il n'a
pas voulu me la rendre ; et comme je le suivais
en criant après lui, il s'est retourné, m'a battu,
et puis s'est mis à courir de toute sa force par
plusieurs rues détournées, de manière que je
l'ai perdu de vue. Depuis ce temps-là, j'ai été
me promener hors de la ville en attendant que
vous revinssiez ; et je vous attendais, mon père,
pour vous prier de n'en rien dire à ma mère,
de peur que cela ne la rendît plus malade. »
En achevant ces mots, il redoubla ses larmes.

« Le discours de mon fils me jeta dans une
affliction inconcevable ; je reconnus alors l'é-
normité de mon crime, et je me repentis,
mais trop tard, d'avoir ajouté foi aux impos-
tures du malheureux esclave, qui, sur ce qu'il
avait appris de mon fils, avait composé la funeste fable que j'avais prise pour une vérité.
Mon oncle, qui est ici présent, arriva sur ces
entrefaites ; il venait pour voir sa fille ; mais,
au lieu de la trouver vivante, il apprit par

moi-même qu'elle n'était plus ; car je ne lui dé-
guisai rien ; et sans attendre qu'il me condam-
nât, je me déclarai moi-même le plus criminel
de tous les hommes. Néanmoins, au lieu de
m'accabler de justes reproches, il joignit ses
pleurs aux miennes, et nous pleurâmes ensemble
trois jours sans relâche, lui, la perte d'une
fille qu'il avait toujours tendrement aimée, et
moi, celle d'une femme qui m'était chère, et
dont je m'étais privé d'une manière si cruelle,
et pour avoir trop légèrement cru le rapport
d'un esclave menteur. Voilà, Commandeur des
croyans, l'aveu sincère que votre majesté a
exigé de moi. Vous savez à présent toutes les
circonstances de mon crime, et je vous supplie
très-humblement d'en ordonner la punition :
quelque rigoureuse qu'elle puisse être, je n'en
murmurerai point, et je la trouverai trop légè-
re.» Le calife fut dans un grand étonnement.

Scheherazade, en prononçant ces derniers
mots, s'aperçut qu'il était jour : elle cessa de
parler ; mais la nuit suivante, elle reprit ainsi
son discours :

∿∿∿∿∿∿∿∿∿∿∿∿∿∿∿∿∿∿∿∿∿∿∿

XCIII^e NUIT.

SIRE, dit-elle, le calife fut extrêmement étonné de ce que le jeune homme venait de lui raconter. Mais ce prince équitable, trouvant qu'il était plus à plaindre qu'il n'était criminel, entra dans ses intérêts. « L'action de ce jeune homme, dit-il, est pardonnable devant Dieu, et excusable auprès des hommes. Le méchant esclave est la cause unique de ce meurtre; c'est lui seul qu'il faut punir. C'est pourquoi, continua-t-il en s'adressant au grand-visir, je te donne trois jours pour le trouver. Si tu ne me l'amènes dans ce terme, je te ferai mourir à sa place. »

Le malheureux Giafar, qui s'était cru hors de danger, fut accablé de ce nouvel ordre du calife; mais comme il n'osait rien répliquer à ce prince dont il connaissait l'humeur, il s'éloigna de sa présence, et se retira chez lui

les larmes aux yeux, persuadé qu'il n'avait
plus que trois jours à vivre. Il était tellement
convaincu qu'il ne trouverait point l'esclave,
qu'il n'en fit pas la moindre recherche. « Il
n'est pas possible, disait-il, que dans une ville
telle que Bagdad, où il y a une infinité d'esclaves noirs, je démêle celui dont il s'agit. A
moins que Dieu ne me le fasse connaître, comme il m'a déjà fait découvrir l'assassin, rien
ne peut me sauver. »

Il passa les deux premiers jours à s'affliger
avec sa famille, qui gémissait autour de lui,
en se plaignant de la rigueur du calife. Le troisième étant venu, il se disposa à mourir avec
fermeté, comme un ministre intègre et qui
n'avait rien à se reprocher. Il fit venir des ca-
dis et des témoins qui signèrent son testament
qu'il fit en leur présence. Après cela, il embrassa sa femme et ses enfans, et leur dit le
dernier adieu. Toute sa famille fondait en larmes. Jamais spectacle ne fut plus touchant.
Enfin, un huissier du palais arriva, qui lui dit
que le calife s'impatientait de n'avoir ni de ses

nouvelles, ni de celles de l'esclave noir qu'il lui avait commandé de chercher. J'ai ordre, ajouta-t-il, de vous mener devant son trône. L'affligé visir se mit en état de suivre l'huissier. Mais comme il allait sortir, on lui amena la plus petite de ses filles, qui pouvait avoir cinq ou six ans. Les femmes qui avaient soin d'elle la venaient présenter à son père, afin qu'il la vît pour la dernière fois.

Comme il avait pour elle une tendresse particulière, il pria l'huissier de lui permettre de s'arrêter un moment. Alors il s'approcha de sa fille, la prit entre ses bras et la baisa plusieurs fois. En la baisant, il s'aperçut qu'elle avait dans le sein quelque chose de gros, et qui avait de l'odeur. « Ma chère petite, lui dit-il, qu'avez-vous dans le sein ? » « Mon cher père, lui répondit-elle, c'est une pomme sur laquelle est écrit le nom du calife notre seigneur et maître. Rihan, notre esclave, me l'a vendue deux sequins. »

Aux mots de pomme et d'esclave, le grand-visir Giafar fit un cri de surprise mêlée de joie, et, mettant aussitôt la main dans le sein de sa fille, il en tira la pomme. Il fit appeler l'esclave qui n'était pas loin ; et lorsqu'il fut devant lui : « Maraud, lui dit-il, où as-tu pris cette pomme ? » « Seigneur, répondit l'esclave, je vous jure que je ne l'ai dérobée, ni chez vous, ni dans le jardin du Commandeur des croyans. L'autre jour, comme je passai dans une rue auprès de trois ou quatre petits enfans qui jouaient, et dont l'un la tenait à la main, je la lui arrachai, et l'emportai. L'enfant courut après moi, en me disant que la pomme n'était pas à lui, mais à sa mère qui était malade ; que son père, pour contenter l'envie qu'elle en avait, avait fait un long voyage, d'où il en avait apporté trois ; que celle-là en était une qu'il avait prise sans que sa mère en sût rien. Il eut beau me prier de la lui rendre, je n'en voulus rien faire ; je l'emportai au logis, et la vendis deux sequins à la petite dame votre fille. Voilà tout ce que j'ai à vous dire. »

Giafar ne put assez admirer comment la friponnerie d'un esclave avait été cause de la mort d'une femme innocente, et presque de la sienne. Il mena l'esclave avec lui ; et quand il fut devant le calife , il fit à ce prince un détail exact de tout ce que lui avait dit l'esclave , et du hasard par lequel il avait découvert son crime.

Jamais surprise n'égala celle du calife. Il ne put se contenir ni s'empêcher de faire de grands éclats de rire. A la fin , il reprit un air sérieux et dit au visir , que puisque son esclave avait causé un si étrange désordre, il méritait une punition exemplaire. « Je ne puis en disconvenir, sire, répondit le visir ; mais son crime n'est pas irrémissible. Je sais une histoire plus surprenante d'un visir du Caire , nommé Noureddin * Ali , et de Bedreddin ** Hassan de Balsora. Comme votre majesté prend plaisir à en entendre de semblables , je suis prêt à vous la raconter , à condition que , si vous la trou-

---

* Noureddin signifie , en arabe , la lumière de la religion.

** Brededdin , la pleine lune de la religion.

rez plus étonnante que celle qui me donne occasion de vous la dire, vous ferez grâce à mon
esclave. » « Je le veux bien, repartit le calife; mais vous vous engagez dans une grande
entreprise, et je ne crois pas que vous puissiez sauver votre esclave; car l'histoire des
pommes est fort singulière. »

Giafar, prenant alors la parole, commença
son récit dans ces termes :

HISTOIRE

DE NOUREDDIN ALI, ET DE BEDREDDIN HASSAN.

« COMMANDEUR de croyans, il y avait autrefois en Égypte un sultan, grand observa-
teur de la justice, bienfaisant, miséricordieux,
libéral. Sa valeur le rendait redoutable à ses
voisins. Il aimait les pauvres, et protégeait les
savans qu'il élevait aux premières charges. Le
visir de ce sultan était un homme prudent,
sage, pénétrant, consommé dans les belles-
lettres et dans toutes les sciences. Ce ministre

24.

avait deux fils très-bien faits et qui marchaient
l'un et l'autre sur ses traces : l'aîné se nommait Schemseddin * Mohammed, et le cadet,
Noureddin Ali. Ce dernier principalement avait
tout le mérite qu'on peut avoir. Le visir leur
père étant mort, le sultan les envoya chercher,
et les ayant fait revêtir tous deux d'une robe
de visir ordinaire : « J'ai bien du regret, leur
dit-il, de la perte que vous venez de faire. Je
n'en suis pas moins touché que vous-mêmes.
Je veux vous le témoigner; et comme je sais
que vous demeurez ensemble, et que vous
êtes parfaitement unis, je vous gratifie l'un et
l'autre de la même dignité. Allez et imitez votre
père. »

« Les deux nouveaux visirs remercièrent
le sultan de sa bonté, et se retirèrent chez
eux, où ils prirent soin des funérailles de leur
père. Au bout d'un mois, ils firent leur pre-

---

* Schemseddin signifie le soleil de la religion.
Mohammed est le même nom que Mahomet.

mière sortie; ils allèrent pour la première fois
au conseil du sultan, et depuis ils continuèrent
d'y assister régulièrement les jours qu'il s'assemblait. Toutes les fois que le sultan allait à
la chasse, un des deux frères l'accompagnait,
et ils avaient alternativement cet honneur. Un
jour qu'ils s'entretenaient, après le souper, de
choses indifférentes, c'était la veille d'une
chasse où l'aîné devait suivre le sultan, ce
jeune homme dit à son cadet : « Mon frère,
puisque nous ne sommes point encore mariés,
ni vous ni moi, et que nous vivons dans une
si bonne union, il me vient une pensée : épou-
sons tous deux en un même jour deux sœurs
que nous choisirons dans quelque famille qui
nous conviendra. Que dites - vous de cette
idée? » « Je dis, mon frère, répondit Noureddin Ali, qu'elle est bien digne de l'amitié
qui nous unit. On ne peut pas mieux penser ;
et pour moi, je suis prêt à faire tout ce qu'il
vous plaira. » « Oh ! ce n'est pas tout encore,
reprit Schemseddin Mohammed, mon imagination va plus loin. Supposé que nos femmes

conçoivent la première nuit de nos noces, et qu'ensuite elles accouchent en un même jour, la vôtre d'un fils, et la mienne d'une fille, nous les marierons ensemble quand ils seront en âge. » « Ah ! pour cela, s'écria Noureddin Ali, il faut avouer que ce projet est admirable ! Ce mariage couronnera notre union, et j'y donne volontiers mon consentement. Mais, mon frère, ajouta-t-il, s'il arrivait que nous fissions ce mariage, prétendriez-vous que mon fils donnât une dot à votre fille ? » « Cela ne souffre pas de difficulté, repartit l'aîné ; et je suis persuadé qu'outre les conventions ordinaires du contrat de mariage, vous ne manqueriez pas d'accorder, en son nom, au moins trois mille sequins, trois bonnes terres et trois esclaves. » « C'est de quoi je ne demeure pas d'accord, dit le cadet. Ne sommes-nous pas frères et collègues, revêtus tous deux du même titre d'honneur ? D'ailleurs, ne savons-nous pas bien, vous et moi, ce qui est juste ? Le mâle étant plus noble que la femelle, ne serait-ce pas à vous à donner une grosse dot à votre

fille? A ce que je vois, vous êtes homme à
faire vos affaires au dépend d'autrui. »

« Quoique Noureddin Ali dît ces paroles
en riant, son frère, qui n'avait pas l'esprit
bien fait, en fut offensé. « Malheur à votre fils,
dit-il avec emportement puisque vous l'osez
préférer à ma fille ! Je m'étonne que vous ayez
été assez hardi pour le croire seulement digne
d'elle. Il faut que vous ayez perdu le jugement, pour vouloir aller de pair avec moi, en
disant que nous sommes collègues. Apprenez,
téméraire, qu'après votre imprudence, je ne
voudrais pas marier ma fille avec votre fils,
quand vous lui donneriez plus de richesses que
vous n'en avez. Cette plaisante querelle de deux
frères sur le mariage de leurs enfans qui n'é-
taient pas encore nés, ne laissa pas d'aller fort
loin. Schemseddin Mohammed s'emporta jusqu'aux menaces. « Si je ne devais pas, dit-il,
accompagner demain le sultan , je vous trai-
terais comme vous le méritez ; mais à mon retour, je vous ferai connaître s'il appartient à
un cadet de parler à son aîné aussi insolem-

ment que vous venez de faire. » A ces mots,
il se retira dans son appartement, et son frère
alla se coucher dans le sien.

« Schemseddin Mohammed se leva le lendemain de grand matin, et se rendit au palais,
d'où il sortit avec le sultan, qui prit son chemin au-dessus du Caire, du côté des pyrami-
des. Pour Noureddin Ali, il avait passé la nuit
dans de grandes inquiétudes ; et après avoir
bien considéré qu'il n'était pas possible qu'il
demeurât plus long-temps avec un frère qui le
traitait avec tant de hauteur, il forma une résolution. Il fit préparer une bonne mule, se
munit d'argent, de pierreries et de quelques
vivres ; et ayant dit à ses gens qu'il allait faire
un voyage de deux ou trois jours, et qu'il voulait être seul, il partit.

« Quand il fut hors du Caire, il marcha par
le désert vers l'Arabie. Mais sa mule venant
à succomber sur la route, il fut obligé de continuer son chemin à pied. Par bonheur, un
courrier qui allait à Balsora, l'ayant rencontré, le prit en croupe derrière lui. Lorsque le

courrier fut arrivé à Balsora, Noureddin Ali
mit pied à terre, et le remercia du plaisir
qu'il lui avait fait. Comme il allait par les rues
cherchant où il pourrait se loger, il vit venir
un seigneur, accompagné d'une nombreuse
suite, et à qui tous les habitans faisaient de
grands honneurs, en s'arrêtant par respect
jusqu'à ce qu'il fût passé. Noureddin Ali s'arrêta comme les autres. C'était le grand-visir
du sultan de Balsora, qui se montrait dans la
ville pour y maintenir, par sa présence, le
bon ordre et la paix.

« Ce ministre ayant jeté les yeux par hasard sur le jeune homme, lui trouva la physionomie engageante; il le ragarda avec complaisance; et comme il passait auprès de lui,
et qu'il le voyait en habit de voyageur, il s'arrêta pour lui demander qui il était et d'où il
venait. « Seigneur, lui répondit Noureddin Ali,
je suis d'Égypte, né au Caire, et j'ai quitté ma
patrie par un si juste dépit contre un de mes
parens, que j'ai résolu de voyager par tout le
monde, et de mourir plutôt que d'y retour-

ner. » Le grand-visir, qui était un vénérable vieillard, ayant entendu ces paroles, lui dit : « Mon fils, gardez-vous bien d'exécuter votre dessein. Il n'y a dans le monde que de la misère ; et vous ignorez les peines qu'il vous faudra souffrir. Venez, suivez-moi plutôt ; je vous ferai peut-être oublier le sujet qui vous a contraint d'abandonner votre pays. »

« Noureddin Ali suivit le grand-visir de Balsora, qui, ayant bientôt connu ses belles qualités, le prit en affection, de manière qu'un jour, l'entretenant en particulier, il lui dit : « Mon fils, je suis, comme vous voyez, dans un âge si avancé, qu'il n'y a pas d'apparence que je vive encore long-temps. Le ciel m'a donné une fille unique, qui n'est pas moins belle que vous êtes bien fait, et qui est présentement en âge d'être mariée. Plusieurs des puissans seigneurs de cette cour me l'ont déjà demandée pour leurs fils, mais je n'ai pu me résoudre à la leur accorder. Pour vous, je vous aime, et vous trouve si digne de mon alliance, que, vous préférant à tous ceux qui l'ont re-

cherchée, je suis prêt à vous accepter pour
gendre. Si vous recevez avec plaisir l'offre
que je vous fais, je déclarerai au sultan mon
maître que je vous ai adopté par ce mariage,
et je le supplierai de m'accorder pour vous la
survivance de ma dignité de grand-visir dans
le royaume de Balsora.. En même temps,
comme je n'ai plus besoin que de repos dans
l'extrême vieillesse où je suis, je ne vous
abandonnerai pas seulement la disposition de
tous mes biens, mais même l'administration
des affaires de l'état. »

« Le grand-visir de Balsora n'eut pas achevé
ce discours rempli de bonté et de générosité,
que Noureddin Ali se jeta à ses pieds; et dans
des termes qui marquaient la joie et la reconnaissance dont son cœur était pénétré, il témoigna qu'il était disposé à faire tout ce qu'il
lui plairait. Alors le grand-visir appela les
principaux officiers de sa maison, leur ordonna
de faire orner la grande salle de son hôtel, et
préparer un grand repas. Ensuite il envoya
prier tous les seigneurs de la cour et de la

ville de vouloir bien prendre la peine de se rendre chez lui. Lorsqu'ils y furent tous assemblés, comme Noureddin Ali l'avait informé de sa qualité, il dit à ces seigneurs, car il jugea à propos de parler ainsi pour satisfaire ceux dont il avait refusé l'alliance : « Je suis bien aise, seigneurs, de vous apprendre une chose que j'ai tenue secrète jusqu'à ce jour. J'ai un frère qui est grand-visir du sultan d'Égypte, comme j'ai l'honneur de l'être du sultan de ce royaume. Ce frère n'a qu'un fils qu'il n'a pas voulu marier à la cour d'Égypte; et il me l'a envoyé pour épouser ma fille, afin de réunir par-là nos deux branches. Ce fils que j'ai reconnu pour mon neveu à son arrivée, et que je fais mon gendre, est ce jeune seigneur que vous voyez ici et que je vous présente. Je me flatte que vous voudrez bien lui faire l'honneur d'assister à ses noces, que j'ai résolu de célébrer aujourd'hui. » Nul de ces seigneurs ne pouvant trouver mauvais qu'il eût préféré son neveu à tous les grands partis qui lui avaient été proposés, répondirent tous

qu'il avait raison de faire ce mariage; qu'ils seraient volontiers témoins de la cérémonie, et
qu'ils souhaitaient que Dieu lui donnât encore
de longues années pour voir les fruits de cette
heureuse union.

En cet endroit, Schcherazade voyant paraître le jour, interrompit sa narration, qu'elle
reprit ainsi la nuit suivante :

XCIV^e NUIT.

SIRE, dit-elle, le grand-visir Giafar continuant l'histoire qu'il racontait au calife :

« Les seigneurs, poursuivit-il, qui s'étaient
assemblés chez le grand-visir de Balsora n'eurent pas plus tôt témoigné à ce ministre la joie
qu'ils avaient du mariage de sa fille avec Noureddin Ali, qu'on se mit à table. On y demeura
très-long-temps. Sur la fin du repas, on servit
des confitures, dont chacun, selon sa coutume, ayant pris ce qu'il put emporter, les ca-

dis entrèrent avec le contrat de mariage à la main. Les principaux seigneurs le signèrent; après quoi toute la compagnie se retira.

« Lorsqu'il n'y eut plus personne que les gens de la maison, le grand-visir chargea ceux qui avaient soin du bain qu'il avait commandé de tenir prêt, d'y conduire Noureddin Ali, qui y trouva du linge qui n'avait point encore servi, d'une finesse et d'une propreté qui faisaient plaisir à voir, aussi bien que toutes les autres choses nécessaires. Quand on eut lavé et frotté l'époux, il voulut reprendre l'habit qu'il venait de quitter; mais on lui en présenta un autre de la dernière magnificence. Dans cet état, et parfumé d'odeurs les plus exquises, il alla retrouver le grand-visir, son beau-père, qui fut charmé de sa bonne mine, et qui, l'ayant fait asseoir auprès de lui : « Mon fils, lui dit-il, vous m'avez déclaré qui vous êtes, et le rang que vous teniez à la cour d'Égypte; vous m'avez dit même que vous avez eu un démêlé avec votre frère, et que c'est pour cela que vous vous êtes éloigné de votre pays; je vous prie de me faire la confidence entière, et de m'apprendre le sujet de votre querelle. Vous devez présentement avoir une parfaite confiance en moi, et ne me rien cacher. »

« Noureddin Ali lui raconta toutes les circonstances de son différend avec son frère. Le grand-visir ne put entendre ce récit sans éclater de rire. « Voilà, dit-il, la chose du monde la plus singulière ! Est-il possible, mon fils, que votre querelle soit allée jusqu'au point que vous dites, pour un mariage imaginaire ? Je suis fâché que vous vous soyez brouillé pour une bagatelle avec votre frère aîné. Je vois pourtant que c'est lui qui a eu tort de s'offenser de ce que vous ne lui avez dit que par plaisanterie, et je dois rendre grâces au ciel d'un différend qui me procure un gendre tel que vous. Mais, ajouta le vieillard, la nuit est déjà avancée, et il est temps de vous retirer. Allez, ma fille, votre épouse, vous attend. Demain je vous présenterai au sultan. J'espère qu'il vous recevra d'une manière dont nous aurons lieu d'être tous deux satisfaits. Noureddin Ali quitta

sou beau-père pour se rendre à l'appartement
de sa femme.

« Ce qu'il y a de remarquable, continua le
grand-visir Giafar, c'est que le même jour que
ces noces se faisaient à Balsora, Schemseddin
Mohammed se mariait aussi au Caire; et voici
le détail de son mariage :

« Après que Noureddin Ali se fut éloigné du
Caire, dans l'intention de n'y plus retourner,
Schemseddin Mohammed, son aîné, qui était
allé à la chasse avec le sultan d'Égypte, étant
de retour au bout d'un mois (le sultan s'était
laissé emporter à l'ardeur de la chasse, et avait
été absent durant tout ce temps-là), il courut
à l'appartement de Noureddin Ali; mais il fut
fort étonné d'apprendre que, sous prétexte
d'aller faire un voyage de deux ou trois journées, il était parti sur une mule, le jour même
de la chasse du sultan, et que depuis ce temps-
là il n'avait point paru. Il en fut d'autant plus
fâché, qu'il ne douta pas que les duretés qu'il
lui avait dites ne fussent la cause de son éloignement. Il dépêcha un courrier, qui passa par

Damas, et alla jusqu'à Alep; mais Noureddin
était alors à Balsora. Quand le courrier eut
rapporté à son retour qu'il n'en avait appris
aucune nouvelle, Schemseddin Mohammed se
proposa de l'envoyer chercher ailleurs, et en
attendant, il prit la résolution de se marier.
Il épousa la fille d'un des premiers et des plus
puissans seigneurs du Caire, le même jour que
son frère se maria avec la fille du grand-visir
de Balsora.

« Ce n'est pas tout, Commandeur des
croyans, poursuivit Giafar, voici ce qui arriva
encore : Au bout de neuf mois, la femme de
Schemseddin Mohammed accoucha d'une fille
au Caire, et le même jour, celle de Noureddin
Ali mit au monde à Balsora un garçon, qui fut
nommé Bedreddin Hassan. Le grand-visir de
Balsora donna des marques de sa joie par de
grandes largesses, et par les réjouissances pu-
bliques qu'il fit faire pour la naissance de son
petit-fils. Ensuite, pour marquer à son gendre
combien il était content de lui, il alla au palais
supplier très-humblement le sultan d'accorder

à Noureddin Ali la survivance de sa charge, afin, dit-il, qu'avant sa mort il eût la consolation de voir son gendre grand-visir à sa place.

« Le sultan, qui avait vu Noureddin Ali avec bien du plaisir lorsqu'il lui avait été présenté après son mariage, et qui, depuis ce temps-là, en avait toujours ouï parler fort avantageusement, accorda la grâce qu'on demandait pour lui, avec tout l'agrément qu'on pouvait souhaiter. Il le fit revêtir en sa présence de la robe de grand-visir.

« La joie du beau-père fut comblée le lendemain, lorsqu'il vit son gendre présider au conseil en sa place, et faire toutes les fonctions de grand-visir. Noureddin Ali s'en acquitta si bien, qu'il semblait avoir toute sa vie exercé cette charge. Il continua dans la suite d'assister au conseil toutes les fois que les infirmités de la vieillesse ne permirent pas à son beau-père de s'y trouver. Ce bon vieillard mourut quatre ans après ce mariage, avec la satisfaction de voir un rejeton de sa famille, qui promettait de la soutenir long-temps avec éclat.

« Noureddin Ali lui rendit les derniers devoirs avec toute l'amitié et la reconnaissance
possibles; et sitôt que Bedreddin Hassan, son
fils, eut atteint l'âge de sept ans, il le mit entre
les mains d'un excellent maître, qui commença à l'élever d'une manière digne de sa
naissance. Il est vrai qu'il trouva dans cet enfant un esprit vif, pénétrant, et capable de
profiter de tous les bons enseignemens qu'il
lui donnait... »

Scheherazade allait continuer; mais, s'a-
percevant qu'il était jour, elle mit fin à son
discours; elle reprit la nuit suivante, et dit
au sultan des Indes :

~~~~~~

XCVᵉ NUIT.

Sire, le grand-visir Giafar poursuivant
l'histoire qu'il racontait au calife :

« Deux ans après, dit-il, que Bedreddin
Hassan eut été mis entre les mains de ce maî-

tre, qui lui enseigna parfaitement bien à lire, il lui apprit l'Alcoran par cœur. Noureddin Ali, son père, lui donna d'autres maîtres qui cultivèrent son esprit de telle sorte, qu'à l'âge de douze ans, il n'avait plus besoin de leur secours. Alors, comme tous les traits de son visage étaient formés, il faisait l'admiration de tous ceux qui le regardaient.

« Jusque-là, Noureddin Ali n'avait songé qu'à le faire étudier, et ne l'avait point encore montré dans le monde. Il le mena au palais pour lui procurer l'honneur de faire la révérence au sultan, qui le reçut très-favorablement. Les premiers qui le virent dans les rues furent si charmés de sa beauté, qu'ils en firent des exclamations de surprise, qu'ils lui donnèrent mille bénédictions.

« Comme son père se proposait de le rendre capable de remplir un jour sa place, il n'épargna rien pour cela, et il le fit entrer dans les affaires les plus difficiles, afin de l'y accoutumer de bonne heure. Enfin, il ne négligeait aucune chose pour l'avancement d'un fils qui lui était si cher; et il commençait à jouir déjà du fruit de ses peines, lorsqu'il fut attaqué tout à coup d'une maladie dont la violence fut telle, qu'il sentit fort bien qu'il n'était pas éloigné du dernier de ses jours. Aussi ne se flatta-t-il pas, et il se disposa d'abord à mourir en vrai musulman. Dans ce moment précieux, il n'oublia pas son cher fils Bedreddin; il le fit appeler, et lui dit : « Mon fils, vous voyez que le monde est périssable; il n'y a que celui où je vais bientôt passer qui soit véritablement durable. Il faut que vous commenciez dès à présent à vous mettre dans les mêmes dispositions que moi : préparez-vous à faire ce passage sans regret, et sans que votre conscience puisse rien vous reprocher sur les devoirs d'un musulman, ni sur ceux d'un parfait honnête homme. Pour votre religion, vous en êtes suffisamment instruit, et par ce que vous en ont appris vos maîtres, et par vos lectures. A l'égard de l'honnête homme, je vais vous donner quelques instructions que vous tâcherez de mettre à profit. Comme il est néces-

saire de se connaître soi-même, et que vous
ne pouvez bien avoir cette connaissance que
vous ne sachiez qui je suis, je vais vous l'apprendre.

« J'ai pris naissance en Égypte, poursuivit-il; mon père, votre aïeul, était premier
ministre du sultan de ce royaume. J'ai moi-
même eu l'honneur d'être un des visirs de ce
même sultan, avec mon frère, votre oncle,
qui, je crois, vit encore, et qui se nomme
Schemseddin Mohammed. Je fus obligé de me
séparer de lui, et je vins en ce pays, où je
suis parvenu au rang que j'ai tenu jusqu'à présent. Mais vous apprendrez toutes ces choses
plus amplement dans un cahier que j'ai à vous
donner. »

« En même temps, Noureddin Ali tira ce
cahier qu'il avait écrit de sa propre main, et
qu'il portait toujours sur soi, et le donnant à
Bedreddin Hassan : « Prenez, lui dit-il, vous
le lirez à votre loisir; vous y trouverez, entr'autres choses, le jour de mon mariage et
celui de votre naissance. Ce sont des circons-

tances dont vous aurez peut-être besoin dans la suite, et qui doivent vous obliger à le garder avec soin. » Bedreddin Hassan, sensiblement affligé de voir son père dans l'état où il était, touché de ses discours, reçut le cahier les larmes aux yeux, en lui promettant de ne s'en dessaisir jamais.

« En ce moment, il prit à Noureddin Ali une faiblesse qui fit croire qu'il allait expirer; mais il revint à lui, et reprenant la parole : « Mon fils, lui dit-il, la première maxime que » j'ai à vous enseigner, c'est de ne pas vous » donner au commerce de toutes sortes de » personnes. Le moyen de vivre en sûreté, » c'est de se donner entièrement à soi-même, » et de ne se pas communiquer facilement.

« La seconde, de ne faire violence à qui » que ce soit; car en ce cas tout le monde se » révolterait contre vous; et vous devez re- » garder le monde comme un créancier à qui » vous devez de la modération, de la compas- » sion et de la tolérance.

« La troisième, de ne dire mot quand on

» vous chargera d'injures. On est hors de
» danger (dit le proverbe) lorsque l'on garde
» le silence. C'est particulièrement en cette
» occasion que vous devez le pratiquer. Vous
» savez aussi à ce sujet qu'un de nos poëtes dit
» que le silence est l'ornement et la sauve-
» garde de la vie; qu'il ne faut pas, en par-
» lant, ressembler à la pluie d'orage qui gâte
» tout. On ne s'est jamais repenti de s'être tu,
» au lieu que l'on a souvent été fâché d'avoir
» parlé.

« La quatrième, de ne pas boire de vin;
» car c'est la source de tous les vices.

« La cinquième, de bien ménager vos biens;
» si vous ne les dissipez pas, ils vous servi-
» ront à vous préserver de la nécessité. Il ne
» faut pas pourtant en avoir trop, ni être
» avare : pour peu que vous en ayez, et que
» vous le dépensiez à propos, vous aurez
» beaucoup d'amis; mais si au contraire, vous
» avez de grandes richesses, et que vous en
» fassiez un mauvais usage, tout le monde
» s'éloignera de vous et vous abandonnera. »

« Enfin, Noureddin Ali continua, jusqu'au dernier moment de sa vie, à donner de bons conseils à son fils ; et quand il fut mort, on lui fit des obsèques magnifiques.... »

Scheherazade, à ces paroles, apercevant le jour, cessa de parler, et remit au lendemain la suite de cette histoire.

XCVI^e NUIT.

La sultane des Indes ayant été réveillée par sa sœur Dinarzade à l'heure ordinaire, elle reprit la parole, et l'adressant à Schahriar :

« Sire, dit-elle, le calife ne s'ennuyait pas d'écouter le grand-visir Giafar, qui poursuivit ainsi son histoire :

« On enterra donc, dit-il, Noureddin Ali avec tous les honneurs dus à sa dignité. Bedreddin Hassan de Balsora, c'est ainsi qu'on le surnomma, parce qu'il était né dans cette ville, eut une douleur inconcevable de la mort de son père. Au lieu de passer un mois, selon la coutume, il en passa deux dans les pleurs et dans la retraite, sans voir personne, et sans sortir même pour rendre ses devoirs au sultan de Balsora, lequel, irrité de cette négligence, et la regardant comme une marque de mépris pour sa cour et pour sa personne, se laissa transporter de colère. Dans sa fureur, il fit appeler le nouveau grand-visir ; car il en avait nommé un dès qu'il avait appris la mort de Noureddin Ali ; il lui ordonna de se transporter à la maison du défunt, et de la confisquer avec toutes ses autres maisons, terres et effets, sans rien laisser à Bedreddin Hassan, dont il commanda même qu'on se saisît.

« Le nouveau grand-visir, accompagné d'un grand nombre d'huissiers du palais, de gens de justice et d'autres officiers, ne différa pas de se mettre en chemin pour aller exécuter sa commission. Un des esclaves de Bedreddin Hassan, qui était par hasard parmi la foule, n'eut pas plus tôt appris le dessein du visir, qu'il prit les devans et courut en avertir son

maître. Il le trouva assis sous le vestibule de
sa maison, aussi affligé que si son père n'eût
fait que de mourir. Il se jeta à ses pieds tout
hors d'haleine; et après lui avoir baisé le bas
de la robe : « Sauvez-vous, seigneur, lui dit-il,
sauvez-vous promptement. » « Qu'y a-t-il? lui
demanda Bedreddin, en levant la tête; quelle
nouvelle m'apportes-tu? » « Seigneur, répondit-il, il n'y a pas de temps à perdre. Le
sultan est dans une horrible colère contre vous,
et on vient de sa part, confisquer tout ce que
vous avez, et même se saisir de votre personne. »

« Le discours de cet esclave fidèle et affec-
tionné mit l'esprit de Bedreddin Hassan dans
une grande perplexité. « Mais ne puis-je, dit-
il, avoir le temps de rentrer et de prendre du
moins quelque argent et des pierreries ? »
« Seigneur, répliqua l'esclave, le grand-visir
sera dans un moment ici. Partez tout à l'heure,
sauvez-vous. » Bedreddin Hassan se leva vite du
sofa où il était, mit les pieds dans ses babouches;
et après s'être couvert la tête d'un bout de sa

26.

robe pour se cacher le visage, s'enfuit sans savoir de quel côté il devait tourner ses pas, pour
échapper au danger qui le menaçait. La première pensée qui lui vint, fut de gagner en diligence la plus prochaine porte de la ville. Il
courut sans s'arrêter jusqu'au cimetière public,
et comme la nuit s'approchait, il résolut de
l'aller passer au tombeau de son père. C'était
un édifice d'assez grande apparence, en forme
de dôme, que Noureddin Ali avait fait bâtir de
son vivant; mais il rencontra en chemin un
juif fort riche qui était banquier et marchand
de profession. Il revenait d'un lieu où quelque
affaire l'avait appelé, et il s'en retournait dans
la ville. Ce juif ayant reconnu Bedreddin, s'arrêta et le salua fort respectueusement.... »

En cet endroit, le jour venant à paraître,
imposa silence à Schcherazade, qui reprit son
discours la nuit suivante.

XCVII^e NUIT.

SiRE, dit-elle, le calife écoutait avec beaucoup d'attention le grand-visir Giafar, qui
continua de cette manière :

« Le juif, poursuivit-il, qui se nommait
Isaac, après avoir salué Bedreddin Hassan,
et lui avoir baisé la main, lui dit : « Seigneur,
oserai-je prendre la liberté de vous demander
où vous allez à l'heure qu'il est, seul en apparence, un peu agité ? Y a-t-il quelque chose
qui vous fasse de la peine ? » « Oui, répondit
Bedreddin : je me suis endormi tantôt, et dans
mon sommeil mon père m'est apparu. Il avait
le regard terrible, comme s'il eût été dans une
grande colère contre moi. Je me suis réveillé
en sursaut et plein d'effroi, et je suis parti aussitôt pour venir faire ma prière sur son tombeau. » « Seigneur, reprit le juif, qui ne pouvait pas savoir pourquoi Bedreddin Hassan

était sorti de la ville , comme le feu grand-visir, votre père et mon seigneur , d'heureuse
mémoire , avait chargé en marchandises plusieurs vaisseaux qui sont encore en mer et qui
vous appartiennent , je vous supplie de m'accorder la préférence sur tout autre marchand.
Je suis en état d'acheter , argent comptant, la
charge de tous vos vaisseaux ; et pour commencer, si vous voulez bien m'abandonner
celle du premier qui arriva à bon port, je vais
vous compter mille séquins. Je les ai ici dans
ma bourse , et je suis prêt à vous les livrer d'a-
vance. » En disant cela , il tira une grande
bourse qu'il avait sous son bras par-dessous
sa robe , et la lui montra cachetée de son ca-
chet.

« Bedreddin Hassan, dans l'état où il était ,
chassé de chez lui , et dépouillé de tout ce qu'il
avait au monde , regarda la proposition du
juif comme une faveur du ciel. Il ne manqua
pas de l'accepter avec beaucoup de joie. « Seigneur, lui dit alors le juif, vous me donnez
donc pour mille séquins le chargement du pre-

mier de vos vaisseaux qui arrivera dans ce
port ? » « Oui, je vous le vends mille sequins ,
répondit Bedreddin Hassan , et c'est une chose
faite. » Le juif aussitôt lui mit entre les mains
la bourse de mille sequins , en s'offrant de les
compter. Bedreddin lui en épargna la peine ,
en lui disant qu'il s'en fiait bien à lui. « Puisque cela est ainsi , reprit le juif, ayez la bonté,
seigneur, de me donner un mot d'écrit du marché que nous venons de faire. » En disant cela,
il tira son écritoire qu'il avait à la ceinture; et
après en avoir pris une petite canne bien tail-
lée pour écrire, il la lui présenta avec un morceau de papier qu'il trouva dans son porte-lettres, et pendant qu'il tenait le cornet, Bedreddin Hassan écrivit ces paroles.

« Cet écrit est pour rendre témoignage que
» Bedreddin Hassan de Balsora a vendu au
» juif Isaac, pour la somme de mille sequins
» qu'il a reçus , le chargement du premier de
» ses navires qui abordera dans ce port.

« BEDREDDIN HASSAN de Balsora. »

« Après avoir fait cet écrit, il le donna au
juif, qui le mit dans son porte-lettres, et qui
prit ensuite congé de lui. Pendant qu'Isaac
poursuivait son chemin vers la ville, Bedreddin Hassan continua le sien vers le tombeau de
son père, Noureddin Ali. En y arrivant, il se
prosterna la face contre terre ; et les yeux baignés de larmes, il se mit à déplorer sa misère.
« Hélas ! disait-il, infortuné Bedreddin, que
vas-tu devenir ? Où iras-tu chercher un asile
contre l'injuste prince qui te persécute ? N'é-
tait-ce pas assez d'être affligé de la mort d'un
père si chéri ; fallait-il que la fortune ajoutât
un nouveau malheur à mes justes regrets ? » Il
demeura long-temps dans cet état ; mais enfin
il se releva ; et ayant appuyé sa tête sur le sépulcre de son père, ses douleurs se renouvelèrent avec plus de violence qu'auparavant, et il
ne cessa de soupirer et de se plaindre, jusqu'à
ce que, succombant au sommeil, il leva la
tête de dessus le sépulcre, et s'étendit tout de
son long sur le pavé où il s'endormit.

« Il goûtait à peine la douceur du repos,

lorsqu'un génie qui avait établi sa retraite dans
ce cimetière pendant le jour, se disposant à
courir le monde cette nuit, selon sa coutume,
aperçut ce jeune homme dans le tombeau de
Noureddin Ali. Il y entra; et comme Bedreddin
était couché sur le dos, il fut frappé, ébloui de
l'éclat de sa beauté.... »

Le jour qui paraissait ne permit pas à Scheherazade de poursuivre cette histoire; mais le
lendemain, à l'heure ordinaire, elle continua de
cette sorte :

XCVIIIᵉ NUIT.

« QUAND le génie, reprit le grand-visir
Giafar, eut attentivement considéré Bedreddin Hassan, il dit en lui-même : « A juger de
cette créature par sa bonne mine, ce ne peut
être qu'un ange du paradis terrestre, que Dieu
envoie pour mettre le monde en combustion
par sa beauté. » Enfin, après l'avoir bien re-

gardé, il s'éleva fort haut dans l'air, où il rencontra par hasard une fée. Ils se saluèrent l'un et l'autre ; ensuite le génie dit à la fée : « Je vous prie de descendre avec moi jusqu'au cimetière où je demeure, et je vous ferai voir un prodige de beauté qui n'est pas moins digne de votre admiration que de la mienne. » La fée y consentit, ils descendirent tous deux en un instant ; et lorsqu'ils furent dans le tombeau : « Hé bien , dit le génie à la fée en lui montrant Bedreddin Hassan, avez-vous jamais vu un homme mieux fait et plus beau que celui-ci ? »

« La fée examina Bedreddin avec attention ; puis , se tournant vers le génie : « Je vous avoue, lui répondit-elle, qu'il est très-bien fait ; mais je viens de voir au Caire, tout à l'heure, un objet encore plus merveilleux, dont je vais vous entretenir si vous voulez m'écouter. » « Vous me ferez un très-grand plaisir , répliqua le génie. » « Il faut donc que vous sachiez, reprit la fée (car je vais prendre la chose de loin), que le sultan d'Égypte a un visir qui se nomme Schemseddin Mohammed, et qui a une fille âgée d'environ vingt ans. C'est la plus belle et la plus parfaite personne dont on ait jamais ouï parler. Le sultan, informé par la voix publique de la beauté de cette jeune demoiselle, fit appeler le visir son père, un de ces derniers jours, et lui dit : « J'ai » appris que vous avez une fille à marier; j'ai » envie de l'éprouver : ne voulez-vous pas » bien me l'accorder. » Le visir, qui ne s'attendait pas à cette proposition, en fut un peu troublé; et au lieu de l'accepter avec joie, ce que d'autres à sa place n'auraient pas manqué de faire, il répondit au sultan : « Sire, je ne » suis pas digne de l'honneur que votre ma- » jesté me veut faire, et je la supplie très-hum- » blement de ne pas trouver mauvais que je » m'oppose à son dessein. Vous savez que j'a- » vais un frère nommé Noureddin Ali, qui » avait comme moi l'honneur d'être un de nos » visirs. Nous eûmes ensemble une querelle » qui fut cause qu'il disparut tout-à-coup, et » je n'ai point eu de ses nouvelles depuis ce

» temps-là, si ce n'est que j'ai appris, il y a
» quatre jours, qu'il est mort à Balsora dans la
» dignité de grand-visir du sultan de ce royau-
» me. Il a laissé un fils ; et comme nous nous
» engageâmes autrefois tous deux à marier nos
» enfans ensemble, supposé que nous en eus-
» sions, je suis persuadé qu'il est mort dans
» l'intention de faire ce mariage. C'est pour-
» quoi, de mon côté, je voudrais accomplir
» ma promesse, et je conjure votre majesté de
» me le permettre. Il y a dans cette cour beau-
» coup d'autres seigneurs qui ont des filles
» comme moi ; et que vous pouvez honorer de
» votre alliance. »

« Le sultan d'Égypte fut irrité au dernier
point contre Schemseddin Mohammed..... »

Scheherazade se tut en cet endroit, parce
qu'elle vit paraître le jour. La nuit suivante,
elle reprit le fil de sa narration, et dit au
sultan des Indes, en faisant toujours parler le visir Giafar au calife Haroun-al-Raschild :

~~~~~~~~~~~~~~~~~~~~~~~~~~~~~~~~~~

XCIX^e NUIT.

« Le sultan d'Égypte, choqué du refus et de
la hardiesse de Schemseddin Mohammed, lui
dit avec un transport de colère qu'il ne put retenir : « Est-ce donc ainsi que vous répondez
à la bonté que j'ai de vouloir bien m'abaisser
jusqu'à faire alliance avec vous ? Je saurai me
venger de la préférence que vous osez donner
sur moi à un autre ; et je jure que votre fille
n'aura pas d'autre mari que le plus vil et le plus
mal fait de tous mes esclaves. » En achevant
ces mots il renvoya brusquement le visir , qui
se retira chez lui plein de confusion , et cruellement mortifié. Aujourd'hui le sultan a fait venir un de ses palefreniers qui est bossu par
devant et par derrière , et laid à faire peur ; et
après avoir ordonné à Schemseddin Mohammed de consentir au mariage de sa fille avec
cet esclave, il a fait dresser et signer le contrat

par des témoins en sa présence. Les préparatifs de ces bizarres noces sont achevés ; et à
l'heure que je vous parle, tous les esclaves des
seigneurs de la cour d'Égypte sont à la porte
d'un bain, chacun avec un flambeau à la main ;
ils attendent que le palefrenier bossu qui y
est, et qui s'y lave, en sorte, pour le mener
chez son épouse qui, de son côté, est déjà
coiffée et habillée. Dans le moment que je suis
partie du Caire, les dames assemblées se dis-
posaient à la conduire, avec tous ses ornemens
nuptiaux, dans la salle où elle doit recevoir le
bossu, et où elle l'attend présentement. Je l'ai
vue, et je vous assure qu'on ne peut la regarder sans admiration. »

« Quand la fée eut cessé de parler, le génie
lui dit : « Quoi que vous puissiez dire, je ne
puis me persuader que la beauté de cette fille
surpasse celle de ce jeune homme. » « Je ne
veux pas disputer contre vous, répliqua la fée ;
je vous confesse qu'il mériterait d'épouser la
charmante personne qu'on destine au bossu ; et
il me semble que nous ferions une action di-

gne de nous, si, nous opposant à l'injustice
du sultan d'Égypte, nous pouvions substituer
ce jeune homme à la place de l'esclave. »
« Vous avez raison, repartit le génie ; vous
ne sauriez croire combien je vous sais bon gré
de la pensée qui vous est venue. Trompons,
j'y consens, la vengeance du sultan d'Égypte ;
consolons un père affligé, et rendons sa fille
aussi heureuse qu'elle se croit misérable. Je
n'oublierai rien pour faire réussir ce projet, et
je suis persuadé que vous ne vous y épargnerez
pas ; je me charge de le porter au Caire sans
qu'il se réveille, et je vous laisse le soin de le
porter ailleurs quand nous aurons exécuté
notre entreprise. »

« Après que la fée et le génie eurent con-
certé ensemble tout ce qu'ils voulaient faire,
le génie enleva doucement Bedreddin, et le
transportant par l'air d'une vitesse inconcevable, il alla le poser à la porte d'un logement
public et voisin du bain, d'où le bossu était
près de sortir, avec la suite des esclaves qui
l'attendaient.

« Bedreddin Hassan, s'étant réveillé en ce
moment, fut fort surpris de se voir au milieu
d'une ville qui lui était inconnue. Il voulut
crier pour demander où il était ; mais le génie
lui donna un petit coup sur l'épaule, et l'avertit
de ne dire mot. Ensuite lui mettant un flambeau à la main : « Allez, lui dit-il, mêlez-
vous parmi ces gens que vous voyez à la porte
de ce bain, et marchez avec eux jusqu'à ce
que vous entriez dans une salle où l'on va célébrer des noces. Le nouveau marié est un bossu
que vous reconnaîtrez aisément. Mettez-vous
à sa droite en entrant, et dès à présent, ouvrez la bourse de sequins que vous avez dans
votre sein, pour les distribuer aux joueurs
d'instrumens, aux danseurs et aux danseuses
dans la marche. Lorsque vous serez dans la
salle, ne manquez pas d'en donner aussi aux
femmes esclaves que vous verrez autour de la
mariée, quand elles s'approcheront de vous.
Mais toutes les fois que vous mettrez la main
dans la bourse, retirez-la pleine de sequins,
et gardez-vous de les épargner. Faites exacte-

ment tout ce que je vous dis avec une grande
présence d'esprit; ne vous étonnez de rien, ne
craignez personne, et vous reposez du reste
sur une puissance supérieure qui en dispose à
son gré. »

« Le jeune Bedreddin, bien instruit de tout
ce qu'il avait à faire, s'avança vers la porte
du bain. La première chose qu'il fit, fut d'al-
lumer son flambeau à celui d'un esclave; puis,
se mêlant parmi les autres, comme s'il eût
appartenu à quelque seigneur du Caire, il se
mit en marche avec eux, et accompagna le
bossu, qui sortit du bain, et monta sur un
cheval de l'écurie du sultan..... »

Le jour qui parut, imposa silence à Scheherazade, qui remit la suite de cette histoire au
lendemain.

~~~~~~

Cᵉ NUIT.

Sire, dit-elle, le visir Giafar continuant de parler au calife :

« Bedreddin Hassan, poursuivit-il, se trouvant près des joueurs d'instrumens, des danseurs et des danseuses qui marchaient immédiatement devant le bossu, tirait de temps en temps de sa bourse des poignées de sequins qu'il leur distribuait. Comme il faisait ses largesses avec une grâce sans pareille, et un air très-obligeant, tous ceux qui les recevaient jetaient les yeux sur lui; et dès qu'ils l'avaient envisagé, ils le trouvaient si bien fait et si beau, qu'ils ne pouvaient plus en détourner leurs regards.

« On arriva enfin à la porte du visir Schemseddin Hassan, qui était bien éloigné de s'imaginer que son neveu fût si près de lui. Des huissiers, pour empêcher la confusion, arrê-

tèrent tous les esclaves qui portaient des flambeaux, et ne voulurent pas les laisser entrer.
Ils repoussèrent même Bedreddin Hassan ;
mais les joueurs d'instrumens, pour qui la
porte était ouverte, s'arrêtèrent, en protes-
tant qu'ils n'entreraient pas si on ne le laissait
entrer avec eux. « Il n'est pas du nombre des
esclaves, disaient-ils, il n'y a qu'à le regarder
pour en être persuadé. C'est, sans doute, un
jeune étranger qui veut voir par curiosité les
cérémonies que l'on observe aux noces en cette
ville. » En disant cela, ils le mirent au milieu
d'eux, et le firent entrer malgré les huissiers.
Ils lui ôtèrent son flambeau, qu'ils donnèrent
au premier qui se présenta ; et après l'avoir
introduit dans la salle, ils le placèrent à droite
du bossu, qui s'assit sur un trône magnifiquement orné, auprès de la fille du visir.

« On la voyait parée de tous ses atours ;
mais il paraissait sur son visage une langueur,
ou plutôt une tristesse mortelle, dont il n'était
pas difficile de deviner la cause, en voyant à
côté d'elle un mari si difforme et si peu digne

de son amour. Le trône de ces époux si mal
assortis était au milieu d'un sofa. Les femmes
des émirs, des visirs, des officiers de la chambre du sultan, et plusieurs autres dames de la
cour et de la ville, étaient assises de chaque
côté, un peu plus bas, chacune selon son rang,
et toutes habillées d'une manière si avanta-
geuse et si riche, que c'était un spectacle très-
agréable à voir. Elles tenaient de grandes bougies allumées.

« Lorsqu'elles virent entrer Bedreddin Hassan, elles jetèrent les yeux sur lui; et admirant
sa taille, son air et la beauté de son visage, elles
ne pouvaient se lasser de le regarder. Quand
il fut assis, il n'y en eut pas une qui ne quittât
sa place pour s'approcher de lui, et le considérer de plus près; et il n'y en eut guère qui,
en se retirant pour aller reprendre leurs places, ne se sentissent agitées d'un tendre mouvement.

« La différence qu'il y avait entre Bedreddin Hassan et le palefrenier bossu, dont la figure faisait horreur, excita des murmures dans

l'assemblée. « C'est à ce beau jeune homme, s'écrièrent les dames, qu'il faut donner notre épousée, et non pas à ce vilain bossu. » Elles n'en demeurèrent pas là ; elles osèrent faire des imprécations contre le sultan, qui, abusant de son pouvoir absolu, unissait la laideur avec la beauté. Elles chargèrent aussi d'injures le bossu, et lui firent perdre contenance, au grand plaisir des spectateurs, dont les huées interrompirent pour quelque temps la symphonie qui se faisait entendre dans la salle. A la fin, les joueurs d'instrumens recommencèrent leurs concerts, et les femmes qui avaient habillé la mariée, s'approchèrent d'elle..... »

En prononçant ces dernières paroles, Scheherazade remarqua qu'il était jour. Elle garda aussitôt le silence ; et la nuit suivante, elle reprit ainsi son discours :

NOTE DU TRADUCTEUR. La cent unième et la cent deuxième nuit sont employées, dans l'original, à la description de sept robes et de sept parures différentes, dont la fille du visir Schemseddin

CIII^e NUIT.

Sire, dit Scheherazade au sultan des Indes, votre majesté n'a pas oublié que c'est le grand-visir Giafar qui parle au calife Haroun-al-Raschild.

« A chaque fois, poursuivit-il, que la nouvelle mariée changeait d'habits, elle se levait de sa place, et suivie de ses femmes, passait devant le bossu sans daigner le regarder, et allait se présenter devant Bebreddin Hassan, pour se montrer à lui dans ses nouveaux atours. Alors Bedreddin Hassan, suivant l'instruction qu'il avait reçue du génie, ne manquait pas de

---

Mohammed changea au son des instrumens. Comme cette description ne m'a point paru agréable, et que d'ailleurs elle est accompagnée de vers, qui ont, à la vérité, leur beauté en arabe, mais que les Français ne pourraient goûter, je n'ai pas jugé à propos de traduire ces deux nuits.

mettre la main dans sa bourse , et d'en tirer
des poignées de sequins qu'il distribuait aux
femmes qui accompagnaient la mariée. Il n'ou-
bliait pas les joueurs et les danseurs, il leur en
jetait aussi. C'était un plaisir de voir comme
ils se poussaient les uns les autres pour en ramasser ; ils lui en témoignèrent de la reconnaissance, et lui marquaient par signes qu'ils
voudraient que la jeune épouse fût pour lui ,
et non pas pour le bossu. Les femmes qui
étaient autour d'elles , lui disaient la même
chose , et ne se souciaient guère d'être entendues du bossu , à qui elles faisaient mille ni-
ches; ce qui divertissait fort tous les spectateurs.

« Lorsque la cérémonie de changer d'habits
tant de fois fut achevée , les joueurs d'instrumens cessèrent de jouer , et se retirèrent en faisant signe à Bedreddin Hassan de demeurer.
Les dames firent la même chose en se retirant
après eux avec tous ceux qui n'étaient pas de
la maison. La mariée entra dans un cabinet ,
où ses femmes la suivirent pour la déshabiller ,

et il ne resta plus dans la salle que le palefrenier bossu, Bedreddin Hassan, et quelques domestiques. Le bossu, qui en voulait furieusement à Bedreddin qui lui faisait ombrage, le regarda de travers, et lui dit : « Et toi, qu'attends-tu ? Pourquoi ne te retires-tu pas comme les autres ? Marche. » Comme Bedreddin n'avait aucun prétexte pour demeurer là, il sortit, assez embarrassé de sa personne ; mais il n'était pas hors du vestibule, que le génie et la fée se présentèrent à lui, et l'arrêtèrent. « Où allez-vous ? lui dit le génie ; demeurez : le bossu n'est plus dans la salle, il en est sorti pour quelque besoin ; vous n'avez qu'à y rentrer et vous introduire dans la chambre de la mariée. Lorsque vous serez seul avec elle, dites-lui hardiment que vous êtes son mari ; que l'intention du sultan a été de se divertir du bossu ; et que, pour apaiser ce mari prétendu, vous lui avez fait apprêter un bon plat de crème dans son écurie. Dites-lui là-dessus tout ce qui vous viendra dans l'esprit pour la persuader. Étant fait comme vous êtes, cela ne

sera pas difficile, et elle sera ravie d'avoir été
trompée si agréablement. Cependant nous allons donner ordre que le bossu ne rentre pas ,
et ne vous empêche point de passer la nuit avec
votre épouse ; car c'est la vôtre et non pas la
sienne.»

« Pendant que le génie encourageait ainsi
Bedreddin, et l'instruisait de ce qu'il devait
faire, le bossu était véritablement sorti de la
salle. Le génie s'introduisit où il était , prit la
figure d'un gros chat noir, et se mit à miauler
d'une manière épouvantable. Le bossu cria
après le chat , et frappa des mains pour le faire
fuir; mais le chat, au lieu de se retirer, se
roidit sur ses pattes, fit briller des yeux enflam-
més, et regarda fièrement le bossu , en miau-
lant plus fort qu'auparavant , et en grandissant
de manière qu'il parut bientôt gros comme un
ânon. Le bossu , à cet objet, voulut crier au
secours; mais la frayeur l'avait tellement saisi,
qu'il demeura la bouche ouverte sans pouvoir
proférer une parole. Pour ne pas lui donner de
relâche , le génie se changea à l'instant en un

puissant buffle , et sous cette forme, lui cria
d'une voix qui redoubla sa peur : VILAIN BOSSU !
A ces mots , l'effrayé palefrenier se laissa tomber sur le pavé, et se couvrant la tête de sa
robe pour ne pas voir cette bête effroyable, il
lui répondit en tremblant : « Prince souverain
des buffles , que demandez-vous de moi ? »
« Malheur à toi ! lui repartit le génie; tu as la
témérité d'oser te marier avec ma maîtresse! »
« Eh, seigneur, dit le bossu , je vous supplie
de me pardonner : si je suis criminel , ce n'est
que par ignorance ; je ne savais pas que cette
dame eût un buffle pour amant. Commandez-
moi ce qui vous plaira, je vous jure que je suis
prêt à vous obéir. » « Par la mort , répliqua
le génie, si tu sors d'ici , ou que tu ne gardes
pas le silence jusqu'à ce que le soleil se lève; si
tu dis le moindre mot , je t'écraserai la tête.
Alors , je te permets de sortir de cette maison;
mais je t'ordonne de te retirer bien vite sans
regarder derrière toi , et si tu as l'audace d'y
revenir, il t'en coûtera la vie. » En achevant
ces paroles , le génie se transforma en hom-

me, prit le bossu par les pieds; et après l'avoir levé la tête en bas contre le mur : « Si tu branles, ajouta-t-il, avant que le soleil soit levé, comme je te l'ai déjà dit, je te prendrai par les pieds, et je te casserai la tête en mille pièces contre cette muraille. »

« Pour revenir à Bedreddin Hassan, encouragé par le génie et par la présence de la fée, il était rentré dans la salle et s'était coulé dans la chambre nuptiale, où il s'assit en attendant le succès de son aventure. Au bout de quelque temps la mariée arriva, conduite par une bonne vieille, qui s'arrêta à la porte, exhortant le mari à bien faire son devoir, sans regarder si c'était le bossu ou un autre; après quoi elle la ferma et se retira.

« La jeune épouse fut extrêmement surprise de voir, au lieu du bossu, Bedreddin Hassan qui se présenta à elle de la meilleure grâce du monde. « Hé quoi, mon cher ami, lui dit-elle, vous êtes ici à l'heure qu'il est? Il faut donc que vous soyez camarade de mon mari? »

« Non, madame, répondit Bedreddin, je suis

d'une autre condition que ce vilain bossu. »
« Mais, reprit-elle, vous ne prenez pas garde
que vous parlez mal de mon époux. » « Lui !
votre époux, madame ! repartit-il ? pouvez-
vous conserver si long-temps cette pensée ?
Sortez de votre erreur : tant de beautés ne seront pas sacrifiées au plus méprisable de tous
les hommes. C'est moi, madame, qui suis l'heureux mortel à qui elles sont réservées. Le sultan a voulu se divertir en faisant cette super-
cherie au visir votre père, et il m'a choisi pour
votre véritable époux. Vous avez pu remarquer combien les dames, les joueurs d'instrumens, les danseurs, vos femmes et tous les
gens de votre maison se sont réjouis de cette
comédie. Nous avons renvoyé le malheureux
bossu, qui mange à l'heure qu'il est un plat de
crême dans son écurie, et vous pouvez compter que jamais il ne paraîtra devant vos beaux
yeux. »

« A ce discours, la fille du visir, qui était
entrée plus morte que vive dans la chambre
nuptiale, changea de visage, prit un air gai,

qui la rendit si belle, que Bedreddin en fut charmé. « Je ne m'attendais pas, lui dit-elle, à une surprise si agréable, et je m'étais déjà condamnée à être malheureuse tout le reste de ma vie. Mais mon bonheur est d'autant plus grand, que je vais posséder en vous un homme digne de ma tendresse. » En disant cela, elle acheva de se déshabiller, et se mit au lit. De son côté, Bedreddin Hassan, ravi de se voir possesseur de tant de charmes, se déshabilla promptement. Il mit son habit sur un siége et la bourse que le juif lui avait donnée, laquelle était encore pleine, malgré tout ce qu'il en avait tiré. Il ôta son turban, pour en prendre un de nuit qu'on avait préparé pour le bossu, et il alla se coucher en chemise et en caleçon *. Le caleçon était de satin bleu, et attaché avec un cordon tissu d'or..... »

L'aurore qui se faisait voir, obligea Schehe-

---

* Tous les Orientaux couchent en caleçon : cette circonstance est nécessaire pour l'intelligence de la suite.

razade à s'arrêter. La nuit suivante, ayant été réveillée à l'heure ordinaire, elle reprit le fil de son histoire et la continua dans ces termes :

CIV^e NUIT.

« Lorsque les deux amans se furent endormis, poursuivit le grand-visir Giafar, le génie, qui avait rejoint la fée, lui dit qu'il était temps d'achever ce qu'ils avaient si bien commencé et conduit jusqu'alors. « Ne nous laissons pas surprendre, ajouta-t-il, par le jour qui paraîtra bientôt; allez, et enlevez le jeune homme sans l'éveiller. »

« La fée se rendit dans la chambre des amans, qui dormaient profondément, enleva Bedreddin Hassan dans l'état où il était, c'est-à-dire, en chemise et en caleçon; et volant avec le génie, d'une vitesse merveilleuse, jusqu'à la porte de Damas, en Syrie, ils y arri-

vèrent précisément dans le temps que les ministres des mosquées, préposés pour cette
fonction, appelaient le peuple à haute voix à
la prière de la pointe du jour. La fée posa doucement à terre Bedreddin, et le laissant près
de la porte, s'éloigna avec le génie.

« On ouvrit la porte de la ville, et les gens
qui s'étaient déjà assemblés en grand nombre
pour sortir, furent extrêmement surpris de
voir Bedreddin Hassan étendu par terre, en
chemise et en caleçon. L'un disait : « Il a tellement été pressé de sortir de chez sa maîtresse, qu'il n'a pas eu le temps de s'habiller. »
« Voyez un peu, disait l'autre, à quels acci-
dens on est exposé : il aura passé une bonne
partie de la nuit à boire avec ses amis ; il se
sera enivré, sera sorti ensuite pour quelque
nécessité, et au lieu de rentrer, il sera venu
jusqu'ici sans savoir ce qu'il faisait, et le
sommeil l'y aura surpris. » D'autres en parlaient autrement, et personne ne pouvait deviner par quelle aventure il se trouvait là. Un
petit vent qui commençait alors à souffler,

leva sa chemise, et laissa voir sa poitrine, qui
était plus blanche que la neige. Ils furent tous
tellement étonnés de cette blancheur, qu'ils firent un cri d'admiration qui réveilla le jeune
homme. Sa surprise ne fut pas moins grande
que la leur de se voir à la porte d'une ville où
il n'était jamais venu, et environné d'une foule
de gens qui le considéraient avec attention.
« Messieurs, leur dit-il, apprenez-moi de
grâce où je suis, et ce que vous souhaitez de
moi. » L'un d'eux prit la parole, et lui répondit : « Jeune homme, on vient d'ouvrir la
porte de cette ville ; et en sortant, nous vous
avons trouvé couché ici dans l'état où vous
voilà. Nous nous sommes arrêtés à vous regarder. Est-ce que vous avez passé ici la nuit ?
Et savez-vous bien que vous êtes à une des
portes de Damas ! » « A une des portes de
Damas ! répliqua Bedreddin. Vous vous mo-
quez de moi : en me couchant, cette nuit,
j'étais au Caire. » A ces mots, quelques-uns,
touchés de compassion, dirent que c'était
dommage qu'un jeune homme si bien fait eût

perdu l'esprit; et ils passèrent leur chemin.

« Mon fils, lui dit un bon vieillard, vous n'y pensez pas : puisque vous êtes ce matin à Damas, comment pouviez-vous être hier au soir au Caire? Cela ne peut pas être. » « Cela est pourtant très-vrai, repartit Bedreddin; et je vous jure même que je passai toute la journée d'hier à Balsora. » A peine eut-il achevé ces paroles, que tout le monde fit un grand éclat de rire, et se mit à crier : C'est un fou! c'est un fou! » Quelques-uns néanmoins le plaignaient à cause de sa jeunesse; et un homme de la compagnie lui dit : « Mon fils, il faut que vous ayez perdu la raison; vous ne songez pas à ce que vous dites : est-il possible qu'un homme soit le jour à Balsora, la nuit au Caire, et le matin à Damas? Vous n'êtes pas sans doute bien éveillé; rappelez vos esprits. » « Ce que je dis, reprit Bedreddin Hassan, est si véritable, qu'hier au soir j'ai été marié dans la ville du Caire. » Tous ceux qui avaient ri auparavant, redoublèrent leurs ris à ce discours.

« Prenez-y bien garde, lui dit la même personne qui venait de lui parler, il faut que vous ayez rêvé tout cela, et que cette illusion vous soit restée dans l'esprit. » « Je sais bien ce que je dis, répondit le jeune homme. Dites-moi vous-même comment il est possible que je sois allé en songe au Caire, où je suis persuadé que j'ai été effectivement, où l'on a par sept fois amené devant moi mon épouse parée d'un nouvel habillement chaque fois, et où enfin j'ai vu un affreux bossu qu'on prétendait lui donner ? Apprenez-moi encore ce que sont devenus ma robe, mon turban et la bourse de sequins que j'avais au Caire ? »

« Quoiqu'il assurât que toutes ces choses étaient réelles, les personnes qui l'écoutaient n'en firent que rire ; ce qui le troubla, de sorte qu'il ne savait plus lui-même ce qu'il devait penser de tout ce qui lui était arrivé....»

Le jour qui commençait à éclairer l'appartement de Schahriar, imposa silence à Scheherazade, qui continua son récit le lendemain :

~~~~~~

CV^e NUIT.

« Sire, continua le visir Giafar, après que Bedreddin Hassan se fut opiniâtré à soutenir que tout ce qu'il avait dit était véritable, il se leva pour entrer dans la ville, et tout le monde le suivit en criant : « C'est un fou ! c'est un fou ! » A ces cris, les uns mirent la tête aux fenêtres, les autres se présentèrent à leurs portes ; et d'autres se joignant à ceux qui environnaient Bedreddin, criaient comme eux : « C'est un fou ! » sans savoir de quoi il s'agissait. Dans l'embarras où était ce jeune homme, il arriva devant la maison d'un pâtisssier qui ouvrait sa boutique, et il entra dedans pour se dérober aux huées du peuple qui le suivait.

« Ce pâtissier avait été autrefois chef d'une troupe d'Arabes vagabonds qui détroussaient les caravanes ; et quoiqu'il fût venu s'établir à Damas, où il ne donnait aucun sujet de plainte

contre lui, il ne laissait pas d'être craint de
tous ceux qui le connaissaient. C'est pourquoi
dès le premier regard qu'il jeta sur la populace
qui suivait Bedreddin, il la dissipa. Le pâtissier voyant qu'il n'y avait plus personne, fit
plusieurs questions au jeune homme; il lui demanda qui il était et ce qui l'avait amené à Damas. Hassan ne lui cacha ni sa naissance, ni
la mort du grand-visir son père; il lui conta
ensuite de quelle manière il était sorti de Balsora, et comment, après s'être endormi la nuit
précédente sur le tombeau de son père, il s'é-
tait trouvé à son réveil au Caire, où il avait
épousé une dame. Enfin, il lui marqua la surprise où il était de se voir à Damas, sans pouvoir comprendre toutes ces merveilles. »

« Votre histoire est des plus surprenantes,
lui dit le pâtissier; mais si vous voulez suivre
mon conseil, vous ne ferez confidence à personne de toutes les choses que vous venez de
me dire, et vous attendrez patiemment que le
ciel daigne finir les disgrâces dont il permet
que vous soyez affligé. Vous n'avez qu'à de-

meurer avec moi jusqu'à ce temps-là ; et comme je n'ai pas d'enfans, je suis prêt à vous reconnaître pour mon fils, si vous y consentez.
Après que je vous aurai adopté, vous irez librement par la ville, et vous ne serez plus exposé aux insultes de la populace. »

« Quoique cette adoption ne fît pas honneur au fils d'un grand-visir, Bedreddin ne
laissa pas d'accepter la proposition du pâtissier, jugeant bien que c'était le meilleur parti
qu'il devait prendre dans la situation où était sa
fortune. Le pâtissier le fit habiller, prit des témoins, et alla déclarer devant un cadi qu'il le
reconnaissait pour son fils, après quoi Bedreddin demeura chez lui sous le simple nom
de Hassan, et apprit la pâtisserie.

Pendant que cela se passait à Damas, la fille
de Schemseddin Mohammed se réveilla et ne
trouvant pas Bedreddin auprès d'elle, crut
qu'il s'était levé sans vouloir interrompre son
repos, et qu'il reviendrait bientôt. Elle attendait son retour, lorsque le visir Schemseddin
Mohammed, son père, vivement touché de l'af-

front qu'il croyait avoir reçu du sultan d'É-
gypte, vint frapper à la porte de son appartement, résolu de pleurer avec elle sa triste
destinée. Il l'appela par son nom; elle n'eut
pas plus tôt entendu sa voix, qu'elle se leva
pour lui aller ouvrir la porte. Elle lui baisa la
main, et le reçut d'un air si satisfait, que le
visir, qui s'attendait à la trouver baignée de
pleurs et aussi affligée que lui, en fut extrêmement surpris. « Malheureuse, lui dit-il en colère, est-ce ainsi que tu parais devant moi?
Après l'affreux sacrifice que tu viens de consommer, peux-tu m'offrir un visage si content?.. »

Scheherazade cessa de parler en cet endroit,
parce que le jour parut. La nuit suivante,
elle reprit son discours, et dit au sultan des
Indes:

CVIᵉ NUIT.

« Sire, le grand-visir Giafar continuant de raconter l'histoire de Bedreddin Hassan :

« Quand la nouvelle mariée, poursuivit-il, vit que son père lui reprochait la joie qu'elle faisait paraître, elle lui dit : « Seigneur, ne me faites point, de grâce, un reproche si injuste : ce n'est pas le bossu, que je déteste plus que la mort, ce n'est pas ce monstre que j'ai épousé. Tout le monde lui a fait tant de confusion, qu'il a été contraint de s'aller cacher, et de faire place à un jeune homme charmant, qui est mon véritable mari. » « Quelle fable me contez-vous ? interrompit brusquement Schemseddin Mohammed ? quoi ! le bossu n'a pas couché cette nuit avec vous ? » « Non, seigneur, répondit-elle, je n'ai point couché avec d'autre personne qu'avec le jeune homme dont je vous parle, qui a de grands yeux et de grands sourcils noirs. » A ces paroles, le visir perdit patience, et se mit dans une furieuse colère contre sa fille. « Ah ! méchante, lui dit-il, voulez-vous me faire perdre l'esprit par le discours que vous me tenez ? » « C'est vous, mon père, repartit-elle, qui me faites perdre l'esprit à moi-même par votre incrédulité. » « Il n'est donc pas vrai, répliqua le visir, que le bossu... « Hé ! laissons-là le bossu, interrompit-elle avec précipitation. Maudit soit le bossu ! Entendrai-je toujours parler du bossu ? Je vous le répète encore, mon père, ajouta-t-elle, je n'ai point passé la nuit avec lui, mais avec le cher époux que je vous dis, et qui ne doit pas être loin d'ici. »

« Schemseddin Mohammed sortit pour l'aller chercher ; mais au lieu de le trouver, il fut dans une surprise extrême de rencontrer le bossu qui avait la tête en bas, les pieds en haut, dans la même situation où l'avait mis le génie. « Que veut dire cela ? lui dit-il ; qui vous a mis en cet état ? « Le bossu, reconnaissant le visir, lui répondit : « Ah, ah ! c'est donc

vous qui vouliez me donner en mariage la maîtresse d'un buffle ; l'amoureuse d'un vilain génie ! Je ne serai pas votre dupe, et vous ne
m'y attrapperez pas. »

Scheherazade en était là lorsqu'elle aperçut
la première lumière du jour. Quoiqu'il n'y eût
pas long-temps qu'elle parlât, elle n'en dit pas
davantage cette nuit. Le lendemain, elle reprit
ainsi la suite de sa narration, et dit au sultan
des Indes :

CVIIᵉ NUIT.

Sire, le grand-visir Giafar poursuivant son
histoire :

« Schemseddin Mohammed, continua-t-il,
crut que le bossu extravaguait quand il l'entendit parler de cette sorte, et il lui dit : « Otez-
vous de-là, mettez-vous sur vos pieds. » « Je
m'en garderai bien, repartit le bossu, à moins
que le soleil ne soit levé. Sachez qu'étant venu

ici hier au soir, il parut tout-à-coup devant
moi un chat noir, qui devint insensiblement
gros comme un buffle; je n'ai pas oublié ce
qu'il me dit. C'est pourquoi, allez à vos affaires,
et me laissez ici. » Le visir, au lieu de se retirer, prit le bossu par les pieds, et l'obligea
à se relever. Cela étant fait, le bossu sortit en
courant de toute sa force, sans regarder derrière lui; il se rendit au palais, se fit présenter
au sultan d'Égypte, et le divertit fort en lui
racontant le traitement que lui avait fait le
génie.

« Schemseddin Mohammed retourna dans
la chambre de sa fille, plus étonné et plus in-
certain qu'auparavant de ce qu'il voulait savoir.
« Hé bien, fille abusée, lui dit-il, ne pouvez-
vous m'éclaircir davantage sur une aventure
qui me rend interdit et confus? » « Seigneur,
répondit-elle, je ne puis vous apprendre autre
chose que ce que j'ai déjà eu l'honneur de vous
dire. Mais voici, ajouta-t-elle, l'habillement
de mon époux qu'il a laissé sur cette chaise;
il vous donnera peut-être l'éclaircissement que

vous cherchez. » En disant ces paroles, elle
présenta le turban de Bedreddin au visir, qui
le prit, et qui, après l'avoir bien examiné de
tous côtés : « Je le prendrais, dit-il, pour un
turban de visir, s'il n'était à la mode de Moussoul. » Mais s'apercevant qu'il y avait quelque chose de cousu entre l'étoffe et la doublure,
il demanda des ciseaux ; ayant décousu, il
trouva un papier plié. C'était le cahier que
Noureddin Ali avait donné en mourant à Bedreddin, son fils, qui l'avait caché en cet endroit pour le mieux conserver. Schemseddin
Mohammed ayant ouvert le cahier, reconnut
le caractère de son frère Noureddin Ali, et lut
ce titre : *Pour mon fils Bedreddin Hassan.*
Avant qu'il pût faire ses réflexions, sa fille lui
mit entre les mains la bourse qu'elle avait
trouvée sous l'habit. Il l'ouvrit aussi ; et elle
était remplie de sequins, comme je l'ai déjà
dit ; car malgré les largesses que Bedreddin
Hassan avait faites, elle était toujours demeurée pleine par les soins du génie et de la
fée. Il lut ces mots sur l'étiquette de la bourse :

Mille sequins appartenant au juif Isaac ; et ceux-ci au-dessus, que le juif avait écrits avant de se séparer de Bedreddin Hassan : *Livré à Bedreddin Hassan, pour le chargement qu'il m'a vendu du premier des vaisseaux qui ont ci-devant appartenu à Noureddin Ali, son père, d'heureuse mémoire, lorsqu'il aura abordé en ce port.* Il n'eut pas achevé cette lecture, qu'il fit un cri, et s'évanouit... »

Scheherazade voulait continuer ; mais le jour parut, et le sultan des Indes se leva, résolu d'entendre la suite de cette histoire.

CVIII^e NUIT.

LE lendemain, Scheherazade ayant repris la parole, dit à Schahriar, en continuant à faire parler le visir Giafar :

« Sire, le visir Schemseddin Mohammed était revenu de son évanouissement par le secours de sa fille et des femmes qu'elle avait appelées : « Ma fille, dit il, ne vous étonnez pas de l'accident qui vient de m'arriver ; la cause en est telle, qu'à peine y pourrez-vous ajouter foi. Cet époux qui a passé la nuit avec vous, est votre cousin, le fils de Noureddin Ali. Les mille sequins qui sont dans cette bourse, me font souvenir de la querelle que j'eus avec ce cher frère ; c'est sans doute le présent de noces qu'il vous fait. Dieu soit loué de toutes choses, et particulièrement de cette aventure merveilleuse qui montre si bien sa puissance ! » Il regarda ensuite l'écriture de son frère, et la baisa plusieurs fois en versant une grande abondance de larmes. « Que ne puis-je, disait-il, aussi bien que je vois ces traits qui me causent tant de joie, voir ici Noureddin lui-même, et me réconcilier avec lui ! »

« Il lut le cahier d'un bout à l'autre : il y trouva les dates de l'arrivée de son frère à Balsora, de son mariage, de la naissance de Bedreddin Hassan ; et lorsqu'après avoir confronté à ces dates celles de son mariage et de

la naissance de sa fille au Caire, il eut admiré
le rapport qu'il y avait entre elles, et fait enfin
réflexion que son neveu était son gendre, il se
livra tout entier à la joie. Il prit le cahier et
l'étiquette de la bourse, les alla montrer au
sultan, qui lui pardonna le passé, et qui fut
tellement charmé du récit de cette histoire,
qu'il la fit mettre par écrit avec ses circonstances, pour la faire passer à la postérité.

« Cependant le visir Schemseddin Mohammed ne pouvait comprendre pourquoi son neveu avait disparu; il espérait néanmoins le
voir arriver à tous momens, et il l'attendait
avec la dernière impatience pour l'embrasser.
Après l'avoir inutilement attendu pendant
sept jours, il le fit chercher par tout le Caire;
mais il n'en apprit aucune nouvelle, quelques
perquisitions qu'il en pût faire. Cela lui causa
beaucoup d'inquiétude. « Voilà, disait-il, une
aventure fort singulière; jamais personne n'en
a éprouvé une pareille. »

« Dans l'incertitude de ce qui pouvait arriver dans la suite, il crut devoir mettre lui-

même par écrit l'état où était alors sa maison; de quelle manière les noces s'étaient passées; comment la salle et la chambre de sa fille étaient meublées. Il fit aussi un paquet du turban, de la bourse et du reste de l'habillement de Bedreddin, et l'enferma sous la clef....»

La sultane Scheherazade fut obligée d'en demeurer là, parce qu'elle vit que le jour paraissait. Sur la fin de la nuit suivante, elle poursuivit cette histoire dans ces termes :

CIXᵉ NUIT.

« Sire, le grand-visir Giafar continuant de parler au calife :

« Au bout de quelques jours, dit-il, la fille du visir Schemseddin Mohammed s'aperçut qu'elle était grosse; et en effet, elle accoucha d'un fils dans le terme de neuf mois. On donna une nourrice à l'enfant, avec d'autres femmes et des esclaves pour le servir, et son aïeul le nomma Agib *.

« Lorsque ce jeune Agib eut atteint l'âge de sept ans, le visir Schemseddin Mohammed, au lieu de lui faire apprendre à lire au logis, l'envoya à l'école chez un maître qui avait une grande réputation, et deux esclaves avaient soin de le conduire et de le ramener tous les jours. Agib jouait avec ses camarades. Comme ils étaient tous d'une condition au-dessous de la sienne, ils avaient beaucoup de déférence pour lui; et en cela ils se réglaient sur le maître d'école qui lui passait bien des choses qu'il ne leur pardonnait pas. La complaisance aveugle qu'on avait pour Agib, le perdit : il devint fier, insolent; il voulait que ses compagnons souffrissent tout de lui, sans vouloir rien souffrir d'eux. Il dominait partout; et si quelqu'un avait la hardiesse de s'opposer à ses volontés, il lui disait mille injures, et allait souvent jusqu'aux coups. Enfin il se rendit

* Ce mot signifie, en arabe, merveilleux.

insupportable à tous les écoliers qui se plai-
gnirent de lui au maître d'école. Il les exhorta
d'abord à prendre patience; mais quand il vit
qu'ils ne faisaient qu'irriter par-là l'insolence
d'Agib, et fatigué lui-même des peines qu'il
lui faisait : « Mes enfans, dit-il à ses écoliers,
je vois bien qu'Agib est un petit insolent; je
veux vous enseigner un moyen de le mortifier
de telle sorte qu'il ne vous tourmentera plus;
je crois même qu'il ne reviendra plus à l'école.
Demain, lorsqu'il sera venu et que vous voudrez jouer ensemble, rangez-vous autour de
lui, et que quelqu'un dise tout haut :

« Nous voulons jouer, mais c'est à con-
» dition que ceux qui joueront diront leur
» nom, celui de leur mère et de leur père.
» Nous regardons comme des bâtards ceux
» qui refuseront de le faire, et nous ne souf-
» frirons pas qu'ils jouent avec nous. »

« Le maître d'école leur fit comprendre
l'embarras où ils jetteraient Agib par ce moyen,
et ils se retirèrent chez eux pleins de joie.

« Le lendemain, dès qu'ils furent tous as-

semblés, ils ne manquèrent pas de faire ce
que leur maître leur avait enseigné; ils environnèrent Agib, et l'un d'entre eux prenant
la parole : « Jouons, dit-il, à un jeu, mais à
condition que celui qui ne pourra pas dire son
nom, le nom de sa mère et de son père, n'y
jouera pas. » Ils répondirent tous, et Agib
lui-même, qu'ils y consentaient. Alors celui
qui avait parlé, les interrogea l'un après l'autre, et ils satisfirent tous à la condition, excepté Agib, qui répondit : « Je me nomme
Agib ; ma mère s'appelle Dame de beauté, et
mon père Schemseddin Mohammed, visir du
sultan. »

« A ces mots, tous les enfans s'écrièrent :
« Agib, que dites-vous ? Ce n'est point là le
nom de votre père ; c'est celui de votre grand-
père. » Que Dieu vous confonde! répliqua-t-il
en colère ; quoi ! vous osez dire que le visir
Schemseddin Mohammed n'est pas mon pè-
re! » Les écoliers lui repartirent avec de grands
éclats de rire : « Non, non ; il n'est que votre
aïeul, et vous ne jouerez pas avec nous; nous

nous garderons même bien de nous approcher de vous. » En disant cela, ils s'éloignèrent de lui en le raillant, et ils continuèrent de rire entre eux. Agib fut mortifié de leurs railleries, et se mit à pleurer.

« Le maître d'école qui était aux écoutes, et qui avait tout entendu, entra sur ces entrefaites, et, s'adressant à Agib : « Agib, lui dit-il, ne savez-vous pas encore que le visir Schemseddin Mohammed n'est pas votre père ? Il est votre aïeul, père de votre mère Dame de beauté. Nous ignorons, comme vous, le nom de votre père ; nous savons seulement que le sultan avait voulu marier votre mère avec un de ses palefreniers qui était bossu, mais qu'un génie coucha avec elle. Cela est fâcheux pour vous, et doit vous apprendre à traiter vos camarades avec moins de fierté que vous n'avez fait jusqu'à présent..... »

Scheherazade, en cet endroit, remarquant qu'il était jour, mit fin à son discours. Elle en reprit le fil la nuit suivante, et dit au sultan des Indes :

CX^e NUIT.

« Sire, le petit Agib, piqué des plaisante-
ries de ses compagnons, sortit brusquement de
l'école, et retourna au logis en pleurant. Il alla
d'abord à l'appartement de sa mère Dame de
beauté, laquelle, alarmée de le voir si affligé,
lui en demanda le sujet avec empressement. Il
ne put répondre que par des paroles entrecou-
pées de sanglots, tant il était pressé de sa douleur; et ce ne fut qu'à plusieurs reprises qu'il put
raconter la cause mortifiante de son affliction.
Quand il eut achevé : « Au nom de Dieu, ma
mère, ajouta-t-il, dites-moi, s'il vous plaît,
quel est mon père. » « Mon fils, répondit-elle,
votre père est le visir Schemseddin Mohammed, qui vous embrasse tous les jours.» «Vous
ne me dites pas la vérité, reprit-il; ce n'est pas
mon père, c'est le vôtre. Mais moi, de quel
père suis-je fils ? » A cette demande, Dame

de beauté rappelant dans sa mémoire la nuit de
ses noces , suivie d'un si long veuvage , commença à répandre des larmes, en regrettant
amèrement la perte d'un époux aussi aimable
que Bedreddin.

« Dans le temps que Dame de beauté pleu-
rait d'un côté , et Agib de l'autre , le visir
Schemseddin Mohammed entra , et voulut savoir la cause de leur affliction. Dame de beauté
la lui apprit , et lui raconta la mortification
qu'Agib avait reçue à l'école. Ce récit toucha
vivement le visir , qui joignit ses pleurs à leurs
larmes, et qui, jugeant par-là que tout le monde
tenait des discours contre l'honneur de sa fille,
en fut au désespoir. Frappé de cette cruelle
pensée, il alla au palais du sultan ; et , après
s'être prosterné à ses pieds , il le supplia très-
humblement de lui accorder la permission de
faire un voyage dans les provinces du Levant,
et particulièrement à Balsora , pour aller chercher son neveu Bedreddin Hassan, disant qu'il
ne pouvait souffrir qu'on pensât dans la ville
qu'un génie eût couché avec sa fille Dame de

beauté. Le sultan entra dans les peines du visir, approuva sa résolution, et lui permit de
l'exécuter; il lui fit même expédier une patente
par laquelle il priait, dans les termes les plus
obligeans, les princes et les seigneurs des lieux
où pourrait être Bedreddin, de consentir que
le visir l'emmenât avec lui.

« Schemseddin Mohammed ne trouva pas
de paroles assez fortes pour remercier digne-
ment le sultan de la bonté qu'il avait pour lui.
Il se contenta de se prosterner devant ce prince
une seconde fois; mais les larmes qui cou-
laient de ses yeux marquèrent assez sa reconnaissance. Enfin, il prit congé du sultan, après
lui avoir souhaité toutes sortes de prospérités.
Lorsqu'il fut de retour au logis, il ne songea
qu'à disposer toutes choses pour son départ.
Les préparatifs en furent faits avec tant de diligence, qu'au bout de quatre jours il partit,
accompagné de sa fille Dame de beauté, et
d'Agib, son petit-fils..... »

Scheherazade s'apercevant que le jour commençait à paraître, cessa de parler en cet en-

droit. Le sultan des Indes se leva fort satisfait du récit de la sultane, et résolu d'entendre la suite de cette histoire. Scheherazade contenta sa curiosité la nuit suivante, et reprit la parole dans ces termes :

CXI^e NUIT.

« Sire, le grand-visir Giafar adressant toujours la parole au calife Haroun-al-Raschild :

« Schemseddin Mohammed, dit-il, prit la route de Damas avec sa fille Dame de beauté, et Agib, son petit-fils. Ils marchèrent dix-neuf jours de suite sans s'arrêter en nul endroit; mais le vingtième, étant arrivés dans une fort belle prairie, peu éloignée des portes de Damas, ils mirent pied à terre, et firent dresser leurs tentes sur le bord d'une rivière qui passe au travers de la ville, et rend ses environs très-agréables.

« Le visir Schemseddin Mohammed dé-

clara qu'il voulait séjourner deux jours dans
ce beau lieu, et que le troisième il continue-
rait son voyage. Cependant il permit aux gens
de sa suite d'aller à Damas. Ils profitèrent
presque tous de cette permission : les uns
poussés par la curiosité de voir une ville dont
ils avaient ouï parler si avantageusement ; les
autres pour y vendre des marchandises d'É-
gypte qu'ils avaient apportées, ou pour y
acheter des étoffes et des raretés du pays.
Dame de beauté souhaitant que son fils Agib
eût aussi la satisfaction de se promener dans
cette célèbre ville, ordonna à l'eunuque noir
qui servait de gouverneur à cet enfant, de l'y
conduire et de bien prendre garde qu'il ne lui
arrivât quelque accident.

« Agib, magnifiquement habillé, se mit en
marche avec l'eunuque, qui avait à la main
une grosse canne. Ils ne furent pas plus tôt
entrés dans la ville, qu'Agib, qui était beau
comme le jour, attira sur lui les yeux de tout
le monde. Les uns sortaient de leurs maisons
pour le voir de plus près ; les autres mettaient

la tête aux fenêtres; et ceux qui passaient dans les rues ne se contentaient pas de s'arrêter pour le regarder, ils l'accompagnaient pour avoir le plaisir de le considérer plus long-temps. Enfin, il n'y avait personne qui ne l'admirât et qui ne donnât mille bénédictions au père et à la mère qui avaient mis au monde un si bel enfant. L'eunuque et lui arrivèrent par hasard devant la boutique où était Be-dreddin Hassan; et là, ils se virent entourés d'une si grande foule de peuple, qu'ils furent obligés de s'arrêter

'« Le pâtissier qui avait adopté Bedreddin Hassan était mort depuis quelques années, et lui avait laissé, comme à son héritier, sa bou-tique avec tous ses autres biens. Bedreddin était donc alors maître de la boutique, et il exerçait la profession de pâtissier si habile-ment, qu'il était en grande réputation dans Damas. Voyant que tant de monde, assemblé devant sa porte, regardait avec beaucoup d'attention Agib et l'eunuque noir, il se mit à les regarder aussi.... »

Scheherazade, à ces mots, voyant paraître le jour, se tut. Schahriar se leva fort impatient de savoir ce qui se passerait entre Agib et Bedreddin. La sultane satisfit son impatience sur la fin de la nuit suivante, et reprit ainsi la parole :

CXIIe NUIT.

« BEDREDDIN HASSAN, poursuivit le visir Giafar, ayant jeté les yeux particulièrement sur Agib, se sentit aussitôt tout ému, sans savoir pourquoi. Il n'était pas frappé, comme le peuple, de l'éclatante beauté de ce jeune garçon; son trouble et son émotion avaient une autre cause qui lui était inconnue : c'était la force du sang qui agissait dans ce tendre père, lequel, interrompant ses occupations, s'approcha d'Agib, et lui dit d'un air engageant : « Petit seigneur, qui m'avez gagné l'âme, faites-moi la grâce d'entrer dans ma boutique et de manger quel-

que chose de ma façon, afin que, pendant ce
temps-là, j'aie le plaisir de vous admirer à
mon aise. » Il prononça ces paroles avec tant
de tendresse, que les larmes lui en vinrent aux
yeux. Le petit Agib en fut touché, et se tourna
vers l'eunuque : « Ce bon-homme, lui dit-il,
a une physionomie qui me plaît ; et il me parle
d'une manière si affectueuse, que je ne puis
me défendre de faire ce qu'il souhaite. Entrons
chez lui, et mangeons de sa pâtisserie. » « Ah !
vraiment, lui dit l'esclave, il ferait beau voir
qu'un fils de visir, comme vous, entrât dans
la boutique d'un pâtissier pour y manger ; ne
croyez pas que je le souffre. » « Hélas ! mon
petit seigneur, s'écria alors Bedreddin Hassan,
on est bien cruel de confier votre conduite à
un homme qui vous traite avec tant de dureté. » Puis, s'adressant à l'eunuque : « Mon bon
ami, ajouta-t-il, n'empêchez pas ce jeune seigneur de m'accorder la grâce que je lui demande ; ne me donnez pas cette mortification.
Faites-moi plutôt l'honneur d'entrer avec lui
chez moi ; et par-là vous ferez connaître que

si vous êtes brun au dehors comme la châtai-
gne , vous êtes blanc aussi en dedans comme
elle. Savez-vous bien, poursuivit-il , que je
sais le secret de vous rendre blanc , de noir
que vous êtes ? » L'eunuque se mit à rire à ce
discours ; et demanda à Bedreddin ce que c'é-
tait que ce secret. « Je vais vous l'apprendre,
répondit-il. » Aussitôt il lui récita des vers à
la louange des eunuques noirs, disant que c'é-
tait par leur ministère que l'honneur des sultans,
des princes et de tous les grands était en sûreté. L'eunuque fut charmé de ces vers, et
cessant de résister aux prières de Bedreddin,
laissa entrer Agib dans sa boutique, et y entra aussi lui-même.

« Bedreddin Hassan sentit une extrême joie
d'avoir obtenu ce qu'il avait désiré avec tant
d'ardeur ; et se remettant au travail qu'il avait
interrompu : « Je faisais, dit-il , des tartes à
la crême ; il faut, s'il vous plaît , que vous en
mangiez ; je suis persuadé que vous les trouverez excellentes ; car ma mère, qui les fait ad-
mirablement bien , m'a appris à les faire , et

l'on vient en prendre chez moi de tous les endroits de cette ville. » En achevant ces mots, il tira du four une tarte à la crême ; et après avoir mis dessus des grains de grenade et du sucre, il la servit devant Agib, qui la trouva délicieuse. L'eunuque à qui Bedreddin en présenta aussi, en porta le même jugement.

« Pendant qu'ils mangeaient tous deux, Bedreddin Hassan examinait Agib avec une grande attention ; et se représentant en le regardant qu'il avait peut-être un semblable fils de la charmante épouse dont il avait été si tôt et si cruellement séparé, cette pensée fit couler de ses yeux quelques larmes. Il se préparait à faire des questions au petit Agib sur le sujet de son voyage à Damas ; mais cet enfant n'eut pas le temps de satisfaire sa curiosité, parce que l'eunuque, qui le pressait de s'en retourner sous les tentes de son aïeul, l'emmena dès qu'il eut mangé. Bedreddin Hassan ne se contenta pas de les suivre de l'œil, il ferma sa boutique promptement, et marcha sur leurs pas..... » Scheherazade, en cet endroit, remarquant qu'il était jour, cessa de poursuivre cette histoire. Schahriar se leva, résolu de l'entendre tout entière, et de laisser vivre la sultane jusqu'à ce temps-là.

~~~~~~~~~~~~~~~~~~~~~~~~~~~~~~~~~~~

CXIIIe NUIT.

Le lendemain avant le jour, Dinarzade réveilla sa sœur, qui reprit ainsi son discours :

« Bedreddin Hassan, continua le visir Giafar, courut donc après Agib et l'eunuque, et les joignit avant qu'ils fussent arrivés à la porte de la ville. L'eunuque s'étant aperçu qu'il les suivait, en fut extrêmement surpris. « Importun que vous êtes, lui dit-il en colère, que demandez-vous ? » « Mon bon ami, lui répondit Bedreddin, ne vous fâchez pas ; j'ai hors de la ville une petite affaire dont je me suis souvenu, et à laquelle il faut que j'aille donner ordre. » Cette réponse n'apaisa point l'eunuque, qui, se tournant vers Agib, lui dit : « Voilà ce que vous m'avez attiré. Je l'avais bien prévu que je me repentirais de ma

complaisance : vous avez voulu entrer dans la
boutique de cet homme ; je ne suis pas sage de
vous l'avoir permis. » « Peut-être, dit Agib,
a-t-il effectivement affaire hors de la ville ; et
les chemins sont libres pour tout le monde. »
En disant cela, ils continuèrent de marcher
l'un et l'autre sans regarder derrière eux, jusqu'à ce qu'étant arrivés près des tentes du visir, ils se retournèrent pour voir si Bedreddin les
suivait toujours. Alors Agib remarquant qu'il
était à deux pas de lui, rougit et pâlit succes-
sivement, selon les divers mouvemens qui l'a-
gitaient. Il craignait que le visir, son aïeul, ne
vînt à savoir qu'il était entré dans la boutique
d'un pâtissier, et qu'il y avait mangé. Dans
cette crainte, ramassant une assez grosse pierre
qui se trouva à ses pieds, il la lui jeta, le frappa au milieu du front, et lui couvrit le visage
de sang ; après quoi, se mettant à courir de
toute sa force, il se sauva sous les tentes avec
l'eunuque, qui dit à Bedreddin Hassan qu'il
ne devait pas se plaindre de ce malheur qu'il
avait mérité et qu'il s'était attiré lui-même.

31.

« Bedreddin reprit le chemin de la ville en étanchant le sang de sa plaie avec son tablier qu'il n'avait pas ôté. « J'ai tort, disait-il en lui-même, d'avoir abandonné ma maison pour faire tant de peine à cet enfant; car il ne m'a traité de cette manière, que parce qu'il a cru sans doute que je méditais quelque dessein funeste contre lui. Étant arrivé chez lui, il se fit panser, et se consola de cet accident, en faisant réflexion qu'il y avait sur la terre une infinité de gens encore plus malheureux que lui.... »

Le jour qui paraissait, imposa silence à la sultane des Indes. Schahriar se leva en plaignant Bedreddin, et fort impatient de savoir la suite de cette histoire.

～～～～～～～～～～～～～～～～～～～～～～～～

CXIV^e NUIT.

Sur la fin de la nuit suivante, Scheherazade adressant la parole au sultan des Indes : « Sire, dit-elle, le grand-visir Giafar poursuivit ainsi l'histoire de Bedreddin Hassan :

« Bedreddin, dit-il, continua d'exercer sa profession de pâtissier à Damas, et son oncle Schemseddin Mohammed en partit trois jours après son arrivée. Il prit la route d'Emèse, d'où il se rendit à Hamach, et de-là à Alep, où il s'arrêta deux jours. D'Alep il alla passer l'Euphrate, entra dans la Mésopotamie, et après avoir traversé Mardin, Moussoul, Sengira, Diarbekir et plusieurs autres villes, arriva enfin à Balsora, où d'abord il fit demander audience au sultan, qui ne fut pas plus tôt informé du rang de Schemseddin Mohammed, qu'il la lui donna. Il le reçut même très-favorablement, et lui demanda le sujet de son voyage à Balsora. « Sire, répondit le visir Schemseddin Mohammed, je suis venu pour apprendre des nouvelles du fils de Noureddin Ali, mon frère, qui a eu l'honneur de servir votre majesté. » « Il y a long-temps que Noureddin Ali est mort, reprit le sultan. A l'égard de son fils, tout ce qu'on vous en pourra dire,

c'est qu'environ deux mois après la mort de
son père, il disparut tout-à-coup, et que personne ne l'a vu depuis ce temps-là, quelque
soin que j'aie pris de le faire chercher. Mais sa
mère, qui est fille d'un de mes visirs, vit encore. Schemseddin Mohammed lui demanda
la permission de la voir et de l'emmener en
Égypte. Le sultan y ayant consenti, il ne voulut pas différer au lendemain à se donner cette
satisfaction ; et il se fit enseigner où demeurait
cette dame, et se rendit chez elle à l'heure
même, accompagnée de sa fille et de son petit-
fils.

« La veuve de Noureddin Ali demeurait
toujours dans l'hôtel où avait demeuré son
mari jusqu'à sa mort. C'était une très-belle
maison, superbement bâtie et ornée de co-
lonnes de marbre; mais Schemseddin Mohammed ne s'arrêta pas à l'admirer. En arrivant,
il baisa la porte et un marbre sur lequel était
écrit en lettres d'or le nom de son frère. Il
demanda à parler à sa belle-sœur. Les domestiques lui dirent qu'elle était dans un petit

édifice en forme de dôme, qu'ils lui montrè-
rent au milieu d'une cour très-spacieuse. En
effet, cette tendre mère avait coutume d'aller
passer la meilleure partie du jour et de la nuit
dans cet édifice qu'elle avait fait bâtir pour
représenter le tombeau de Bedreddin Hassan
qu'elle croyait mort après l'avoir si long-temps
attendu en vain. Elle y était alors occupée à pleurer ce cher fils, et Schemseddin Mohammed
la trouva ensevelie dans une affliction mortelle.

« Il lui fit son compliment; et après l'avoir
suppliée de suspendre ses larmes et ses gémissemens, il lui apprit qu'il avait l'honneur
d'être son beau-frère, et lui dit la raison qui
l'avait obligé de partir du Caire, et de venir
à Balsora..... »

En achevant ces mots, Scheherazade voyant
paraître le jour, cessa de poursuivre son récit;
mais elle en reprit le fil de cette sorte sur la
fin de la nuit suivante :

~~~~~~

CXVᵉ NUIT.

« SCHEMSEDDIN MOHAMMED, continua le visir Giafar, après avoir instruit sa belle-sœur de tout ce qui s'était passé au Caire la nuit des noces de sa fille, après lui avoir conté la surprise que lui avait causée la découverte du cahier cousu dans le turban de Bedreddin, lui présenta Agib et Dame de beauté.

« Quand la veuve de Noureddin Ali, qui était demeurée assise comme une femme qui ne prenait plus de part aux choses du monde, eut compris par le discours qu'elle venait d'entendre, que le cher fils qu'elle regrettait tant pouvait vivre encore, elle se leva, embrassa très-étroitement Dame de beauté et son petit-fils Agib; et reconnaissant dans ce dernier les traits de Bedreddin, elle versa des larmes d'une nature bien différente de celles qu'elle répandait depuis si long-temps. Elle ne pouvait se lasser de baiser ce jeune homme, qui, de son côté, recevait ses embrassemens avec toutes les démonstrations de joie dont il était capable. « Madame, dit Schemseddin Mohammed, il est temps de finir vos regrets et d'essuyer vos larmes : il faut vous disposer à venir en Égypte avec nous. Le sultan de Balsora me permet de vous emmener, et je ne doute pas que vous n'y consentiez. J'espère que nous rencontrerons enfin votre fils, mon neveu ; et si cela arrive, son histoire, la votre, celle de ma fille et la mienne, mériteront d'être écrites pour être transmises à la postérité. »

« La veuve de Noureddin Ali écouta cette proposition avec plaisir, et fit travailler dès ce moment aux préparatifs de son départ. Pendant ce temps-là, Schemseddin Mohammed demanda une seconde audience ; et ayant pris congé du sultan, qui le renvoya comblé d'honneurs, avec un présent considérable pour le sultan d'Égypte, il partit de Balsora, et reprit le chemin de Damas.

« Lorsqu'il fut près de cette ville, il fit

dresser ses tentes hors de la porte par laquelle
il devait entrer, et dit qu'il y séjournerait trois
jours, pour faire reposer son équipage, et
pour acheter ce qu'il trouverait de plus curieux
et de plus digne d'être présenté au sultan
d'Égypte.

« Pendant qu'il était occupé à choisir lui-
même les plus belles étoffes que les principaux
marchands avaient apportées sous ses tentes,
Agib pria l'eunuque noir, son conducteur,
de le mener promener dans la ville, disant
qu'il souhaitait voir les choses qu'il n'avait pas
eu le temps de voir en passant, et qu'il serait
bien aise aussi d'apprendre des nouvelles du
pâtissier à qui il avait donné un coup de pierre.
L'eunuque y consentit, marcha vers la ville
avec lui, après en avoir obtenu la permission
de sa mère, Dame de beauté.

« Ils entrèrent dans Damas par la porte du
palais, qui était la plus proche des tentes du
visir Schemseddin Mohammed. Ils parcouru-
rent les grandes places, les lieux publics et
couverts où se vendaient les marchandises les

plus riches, et virent l'ancienne mosquée des Ommiades *, dans le temps qu'on s'y assemblait pour faire la prière d'entre le midi et le coucher du soleil. Ils passèrent ensuite devant la boutique de Bedreddin Hassan, qu'ils trouvèrent encore occupé à faire des tartes à la crême. « Je vous salue, lui dit Agib : regardez-moi; vous souvenez-vous de m'avoir vu? » A ces mots, Bedreddin jeta les yeux sur lui; et le reconnaissant (ô surprenant effet de l'amour paternel !) il sentit la même émotion que la première fois : il se troubla; et au lieu de lui répondre, il demeura long-temps sans pouvoir proférer une seule parole. Néanmoins ayant rappelé ses esprits : « Mon petit seigneur, lui dit-il, faites-moi la grâce d'entrer encore une fois chez moi avec votre gouverneur; venez goûter d'une tarte à la crême. Je vous supplie de me pardonner la peine que je

* Nom des califes de Damas, qui leur vint d'Ommiah, un de leurs ancêtres.

vous fis en vous suivant hors de la ville; je ne
me possédais pas, je ne savais ce que je faisais; vous m'entraîniez après vous sans que
je pusse résister à une si douce violence... »

Scheherazade cessa de parler en cet endroit,
parce qu'elle vit paraître le jour. Le lendemain
elle reprit de cette manière la suite de son
discours :

CXVIᵉ NUIT.

« COMMANDEUR des croyans, poursuivit
le visir Giafar, Agib, étonné d'entendre ce
que lui disait Bedreddin, répondit : « Il y a
de l'excès dans l'amitié que vous me témoi-
gnez, et je ne veux point entrer chez vous que
vous ne vous soyez engagé par serment à ne
me pas suivre quand j'en serai sorti. Si vous
me le promettez et que vous soyez homme de
parole, je vous reviendrai voir encore demain, pendant que le visir mon aïeul achètera

de quoi faire présent au sultan d'Égypte. »
« Mon petit seigneur, reprit Bedreddin Hassan, je ferai tout ce que vous m'ordonnerez. »
A ces mots, Agib et l'eunuque entrèrent dans
la boutique.

« Bedreddin leur servit aussitôt une tarte à
la crême, qui n'était pas moins délicate ni
moins excellente que celle qu'il leur avait présentée la première fois. « Venez, lui dit Agib,
asseyez vous auprès de moi, et mangez avec
nous. » Bedreddin s'étant assis, voulut embrasser Agib pour lui marquer la joie qu'il
avait de se voir à ses côtés ; mais Agib le re-
poussa en lui disant : « Tenez-vous en repos,
vôtre amitié est trop vive. Contentez-vous de
me regarder et de m'entretenir. » Bedreddin
obéit, et se mit à chanter une chanson dont il
composa sur-le-champ les paroles à la louange
d'Agib. Il ne mangea point, et ne fit autre
chose que servir ses hôtes. Lorsqu'ils eurent
achevé de manger, il leur présenta à laver, et
une serviette très-blanche pour s'essuyer les
mains. Il prit ensuite un vase de sorbet, et

leur en prépara plein une grande porcelaine où il mit de la neige * fort propre. Puis, présentant la porcelaine au petit Agib : « Prenez, lui dit-il ; c'est un sorbet de rose, le plus délicieux qu'on puisse trouver dans toute cette ville; jamais vous n'en avez goûté de meilleur.» Agib en ayant bu avec plaisir, Bedreddin Hassan reprit la porcelaine et la présenta aussi à l'eunuque, qui but à longs traits toute la liqueur jusqu'à la dernière goutte.

« Enfin Agib et son gouverneur rassasiés, remercièrent le pâtissier de la bonne chère qu'il leur avait faite, et se retirèrent en diligence, parce qu'il était déjà un peu tard. Ils arrivèrent sous les tentes de Schemseddin Mohammed, et allèrent d'abord à celle des dames. La grand'mère d'Agib fut ravie de le revoir; et comme elle avait toujours son fils Bedreddin dans l'esprit, elle ne put retenir ses

---

* C'est ainsi que l'on rafraîchit la boisson dans tout le Levant, où l'on a l'usage de la neige.

larmes en embrassant Agib. « Ah! mon fils,
lui dit-elle, ma joie serait parfaite, si j'avais
le plaisir d'embrasser votre père Bedreddin
Hassan, comme je vous embrasse. » Elle se
mettait alors à table pour souper; elle le fit
asseoir auprès d'elle, lui fit plusieurs questions sur sa promenade; et en lui disant qu'il
ne devait pas manquer d'appétit, elle lui servit
un morceau d'une tarte à la crême qu'elle avait
elle-même faite, et qui était excellente, car
on a déjà dit qu'elle les savait mieux faire que
les meilleurs pâtissiers. Elle en présenta aussi
à l'eunuque; mais ils en avaient tellement
mangé l'un et l'autre chez Bedreddin, qu'ils
n'en pouvaient pas seulement goûter....»

Le jour qui paraissait, empêcha Scheherazade d'en dire davantage cette nuit; mais sur
la fin de la suivante, elle continua son récit
dans ces termes:

CXVII^e NUIT.

« AGIB eut à peine touché au morceau de tarte à la crême qu'on lui avait servi, que, feignant de ne le pas trouver à son goût, il le laissa tout entier; et Schaban (c'est le nom de l'eunuque) fit la même chose. La veuve de Noureddin Ali s'aperçut du peu de cas que son petit-fils faisait de sa tarte. « Hé quoi ! mon fils, lui dit-elle, est-il possible que vous méprisiez ainsi l'ouvrage de mes propres mains ? Apprenez que personne au monde n'est capable de faire de si bonnes tartes à la crême, excepté votre père Bedreddin Hassan, à qui j'ai enseigné le grand art d'en faire de pareilles. » « Ah ! ma bonne grand'mère ! s'écria Agib, permettez-moi de vous dire que si vous n'en savez pas faire de meilleures, il y a un pâtissier dans cette ville qui vous surpasse dans ce grand art : nous venons d'en manger chez lui une qui vaut beaucoup mieux que celle-ci. »

« A ces paroles, la grand'mère regardant l'eunuque de travers : « Comment Schaban ! lui dit-elle avec colère, vous a-t-on commis la garde de mon petit-fils pour le mener manger chez les pâtissiers comme un gueux? » « Madame, répondit l'eunuque, il est bien vrai que nous nous sommes entretenus quelque temps avec un pâtissier, mais nous n'avons pas mangé chez lui. » « Pardonnez-moi, interrompit Agib, nous sommes entrés dans sa boutique, et nous y avons mangé d'une tarte à la crême. » La dame, plus irritée qu'auparavant contre l'eunuque, se leva de table assez brusquement, courut à la tente de Schemseddin Mohammed, qu'elle informa du délit de l'eunuque, dans des termes plus propres à animer le visir contre le délinquant, qu'à lui faire excuser sa faute.

« Schemseddin Mohammed, qui était naturellement emporté, ne perdit pas une si belle occasion de se mettre en colère. Il se rendit à

l'instant sous la tente de sa belle-sœur, et dit
à l'eunuque : « Quoi! malheureux, tu as la
hardiesse d'abuser de la confiance que j'ai en
toi! » Schaban, quoique suffisamment convaincu par le témoignage d'Agib, prit le parti
de nier encore le fait. Mais l'enfant soutenant
toujours le contraire : « Mon grand-père, dit-
il à Schemseddin Mohammed, je vous assure
que nous avons si bien mangé l'un et l'autre
que nous n'avons pas besoin de souper : le
pâtissier nous a même régalés d'une grande
porcelaine de sorbet. » « Hé bien, méchant
esclave! s'écria le visir en se tournant vers
l'eunuque, après cela, ne veux-tu pas conve-
nir que vous êtes entrés tous deux chez un pâtissier, et que vous y avez mangé. » Schaban
eut encore l'effronterie de jurer que cela n'é-
tait pas vrai. « Tu es un menteur, lui dit alors
le visir, je crois plutôt mon petit-fils que toi.
Néanmoins si tu peux manger toute cette tarte
à la crème qui est sur la table, je serai persuadé que tu dis la vérité. »

« Schaban, quoiqu'il en eût jusqu'à la gorge,

se soumit à cette épreuve, et prit un morceau
de la tarte à la crême; mais il fut obligé de
le retirer de sa bouche, car le cœur lui sou-
leva. Il ne laissa pas pourtant de mentir encore, en disant qu'il avait tant mangé le jour
précédent, que l'appétit ne lui était pas encore
revenu. Le visir, irrité de tous les mensonges
de l'eunuque, et convaincu qu'il était coupable, le fit coucher par terre, et commanda
qu'on lui donnât la bastonnade. Le malheureux poussa de grands cris en souffrant ce
châtiment, et confessa la vérité. « Il est vrai,
s'écria-t-il, que nous avons mangé une tarte à
la crême chez un pâtissier, et elle était cent
fois meilleure que celle qui est sur cette table.»

« La veuve de Noureddin Ali crut que c'é-
tait par dépit contre elle et pour la mortifier,
que Schaban louait la tarte du pâtissier; c'est
pourquoi s'adressant à lui : « Je ne puis croire,
dit-elle, que les tartes à la crême de ce pâtissier soient bien meilleures que les miennes. Je
veux m'en éclaircir : tu sais où il demeure; va
chez lui et m'apporte une tarte à la crême tout

à l'heure. » En parlant ainsi, elle fit donner
de l'argent à l'eunuque pour acheter la tarte,
et il partit. Étant arrivé à la boutique de Bedreddin : « Bon pâtissier, lui dit-il, tenez,
voilà de l'argent, donnez-moi une tarte à la
crême; une de nos dames souhaite d'en goûter. » Il y en avait alors de toutes chaudes;
Bedreddin choisit la meilleure, et la donnant
à l'eunuque : « Prenez celle-ci, dit-il, je vous
la garantis excellente, et je puis vous assurer
que personne au monde n'est capable d'en
faire de semblables, si ce n'est ma mère qui
vit peut-être encore. »

« Schaban revint en diligence sous les tentes avec sa tarte à la crême. Il la présenta à la
veuve de Noureddin Ali, qui la prit avec empressement. Elle en rompit un morceau pour
le manger; mais elle ne l'eut pas plus tôt porté
à sa bouche qu'elle fit un grand cri et qu'elle
tomba évanouie. Schemseddin Mohammed,
qui était présent, fut extrêmement étonné de
cet accident : il jeta de l'eau lui-même au visage de sa belle-sœur, et s'empressa fort à la

secourir. Dès qu'elle fut revenue de sa faiblesse : « O Dieu ! s'écria-t-elle, il faut que ce
soit mon fils, mon cher fils Bedreddin, qui
ait fait cette tarte.... »

La clarté du jour, en cet endroit, vint im-
poser silence à Scheherazade. Le sultan des
Indes se leva pour faire sa prière et aller tenir
son conseil ; et la nuit suivante, la sultane
poursuivit ainsi l'histoire de Bedreddin Hassan :

CXVIII^e NUIT.

» Quand le visir Schemseddin Mohammed
eut entendu dire à sa belle-sœur qu'il fallait
que ce fût Bedreddin Hassan qui eût fait la tarte à la crême que l'eunuque venait d'apporter,
il sentit une joie inconcevable ; mais, venant
à faire réflexion que cette joie était sans fonde-
ment, et que, selon toutes les apparences, la
conjecture de la veuve de Noureddin devait

être fausse, il lui dit : « Mais, madame, pourquoi avez-vous cette opinion ? Ne se peut-il pas trouver un pâtissier au monde qui sache aussi bien faire des tartes à la crême que votre fils ? » « Je conviens, répondit-elle, qu'il y a peut-être des pâtissiers capables d'en faire d'aussi bonnes ; mais comme je les fais d'une manière toute singulière, et que nul autre que mon fils n'a ce secret, il faut absolument que ce soit lui qui ait fait celle-ci. Rjéouissons-nous, mon frère, ajouta-t-elle avec transport, nous avons enfin trouvé ce que nous cherchons et désirons depuis si long-temps. » « Madame, répliqua le visir, modérez, je vous prie, votre impatience, nous saurons bientôt ce que nous en devons penser. Il n'y a qu'à faire venir ici le pâtissier : si c'est Bedreddin Hassan, vous le reconnaîtrez bien ma fille et vous ; mais il faut que vous vous cachiez toutes deux, et que vous le voyiez sans qu'il vous voie ; car je ne veux pas que notre reconnaissance se fasse à Damas : j'ai dessein de la prolonger jusqu'à ce que nous soyons de retour au Caire, où je me propose de vous donner un divertissement très-agréable. ».

« En achevant ces paroles, il laissa les dames sous leur tente, et se rendit sous la sienne. Là, il fit venir cinquante de ses gens, et leur dit : « Prenez chacun un bâton, et suivez Schaban qui va vous conduire chez un pâtissier de cette ville. Lorsque vous y serez arrivés, rompez, brisez tout ce que vous trouverez dans sa boutique. S'il vous demande pourquoi vous faites ce désordre, demandez-lui seulement si ce n'est pas lui qui a fait la tarte à la crême qu'on a été prendre chez lui. S'il vous répond qu'oui, saisissez-vous de sa personne, liez-le bien et me l'amenez; mais gardez-vous de le frapper ni de lui faire le moindre mal. Allez, et ne perdez pas de temps. »

« Le visir fut promptement obéi; ses gens, armés de bâtons, et conduits par l'eunuque noir, se rendirent en diligence chez Bedreddin Hassan, où ils mirent en pièces les plats, les chaudrons, les casseroles, les tables, et tous les autres meubles et ustensiles qu'ils trouvèrent, et inondèrent sa boutique de sorbet, de crême et de confitures. A ce spectacle, Bedreddin Hassan, fort étonné, leur dit d'un ton de voix pitoyable : « Hé, bonnes gens, pourquoi me traitez-vous de la sorte ? De quoi s'agit-il, Qu'ai-je fait ? » « N'est-ce pas vous, dirent-ils, qui avez fait la tarte à la crême que vous avez vendue à l'eunuque que vous voyez ? » « Oui, c'est moi-même, répondit-il; qu'y trouve-t-on à dire ? Je défie qui que ce soit d'en faire une meilleure. » Au lieu de lui repartir, ils continuèrent de briser tout, et le four même ne fut pas épargné.

« Cependant les voisins étant accourus au bruit, et fort surpris de voir cinquante hommes armés commettre un pareil désordre, demandaient le sujet d'une si grande violence ; et Bedreddin encore une fois dit à ceux qui la lui faisaient : « Apprenez-moi, de grâce, quel crime je puis avoir commis, pour rompre et briser ainsi tout ce qu'il y a chez moi. » « N'est-ce pas vous, répondirent-ils, qui avez fait la tarte à la crême que vous avez vendue à cet eu-

nuque ? » » Oui, oui, c'est moi, repartit-il;
je soutiens qu'elle est bonne, et je ne mérite pas
le traitement injuste que vous me faites. » Ils
se saisirent de sa personne sans l'écouter ; et
après lui avoir arraché la toile de son turban,
ils s'en servirent pour lui lier les mains derrière
le dos; puis, le tirant par force de sa boutique,
ils commencèrent à l'emmener.

« La populace qui s'était assemblée là, touchée de compassion pour Bedreddin, prit son
parti, et voulut s'opposer au dessein des gens
de Schemseddin Mohammed ; mais il survint
en ce moment des officiers du gouverneur de
la ville, qui écartèrent le peuple et favorisè-
rent l'enlèvement de Bedreddin, parce que
Schemseddin Mohammed était allé chez le gouverneur de Damas pour l'informer de l'ordre qu'il avait donné, et pour lui demander
main-forte ; et ce gouverneur, qui comman-
dait sur toute la Syrie au nom du sultan d'É-
gypte, n'avait eu garde de rien refuser au visir de son maître. On entraînait donc Bedreddin malgré ses cris et ses larmes.....

Scheherazade n'en dit pas davantage à cause du jour qu'elle vit paraître; mais le lendemain elle reprit sa narration, et dit au sultan des Indes :

~~~~~~

CXIXᵉ NUIT.

SIRE, le visir Giafar continuant de parler au calife :

« Bedreddin Hassan, dit-il, avait beau demander en chemin aux personnes qui l'emmenaient, ce que l'on avait trouvé dans sa tarte à la crême, on ne lui répondait rien. Enfin il arriva sous les tentes, où on le fit attendre jusqu'à ce que Schemseddin Mohammed fût revenu de chez le gouverneur de Damas.

« Le visir étant de retour, demanda des nouvelles du pâtissier; on le lui amena. « Seigneur, lui dit Bedreddin les larmes aux yeux, faites-moi la grâce de me dire en quoi je vous ai offensé. » « Ah! malheureux, répondit le visir, n'est-ce pas toi qui as fait la tarte à la crême que tu m'as envoyée? » « J'avoue que c'est moi, repartit Bedreddin. Quel crime ai-je commis en cela? » « Je te châtierai comme tu le mérites, répliqua Schemseddin Mohammed, et il t'en coûtera la vie pour avoir fait une si méchante tarte. » « Hé, bon Dieu, s'écria Bedreddin, qu'est-ce que j'entends! Est-ce un crime digne de mort d'avoir fait une méchante tarte à la crême? » « Oui, dit le visir et tu ne dois pas attendre de moi un autre traitement. »

« Pendant qu'ils s'entretenaient ainsi tous deux, les dames, qui s'étaient cachées, observaient avec attention Bedreddin, qu'elles n'eurent pas de peine à reconnaître, malgré le long temps qu'elles ne l'avaient vu. La joie qu'elles en eurent fut telle, qu'elles en tombèrent évanouies. Quand elles furent revenues de leur évanouissement, elles voulaient s'aller jeter au cou de Bedreddin; mais la parole qu'elles avaient donnée au visir de ne se point montrer, l'emporta sur les plus tendres mouvemens de l'amour et de la nature.

Comme Schemseddin Mohammed avait résolu de partir cette même nuit, il fit plier les
tentes, et préparer les voitures pour se mettre
en marche; et à l'égard de Bedreddin, il ordonna qu'on le mît dans une caisse bien fermée, et qu'on le chargeât sur un chameau.
D'abord que tout fut prêt pour le départ, le
visir et les gens de sa suite se mirent en chemin. Ils marchèrent le reste de la nuit et le
jour suivant sans se reposer. Ils ne s'arrêtèrent qu'à l'entrée de la nuit. Alors on tira
Bedreddin Hassan de sa caisse pour lui faire
prendre de la nourriture; mais on eut soin de
le tenir éloigné de sa mère et de sa femme; et
pendant vingt jours que dura le voyage, on la
traita de la même manière.

« En arrivant au Caire, on campa aux environs de la ville par ordre du visir Schemseddin Mohamed, qui se fit amener Bedreddin, devant lequel il dit à un charpentier qu'il
avait fait venir : « Va chercher du bois et
dresse promptement un poteau. » « Eh, seigneur, dit Bedreddin, que prétendez - vous

faire de ce poteau. » « T'y attacher, repartit le visir, et ensuite te faire promener par tous les quartiers de la ville, afin qu'on voie en ta personne un indigne pâtissier qui fait des tartes à la crême sans y mettre de poivre. » A ces mots, Bedreddin Hassan s'écria d'une manière si plaisante, que Schemseddin Mohammed eut bien de la peine à garder son sérieux : « Grand Dieu, c'est donc pour ne pas avoir mis de poivre dans une tarte à la crême, qu'on veut me faire souffrir une mort aussi cruelle qu'ignominieuse !..... »

En achevant ces mots, Scheherazade, remarquant qu'il était jour, se tut, et Schahriar se leva en riant de tout son cœur de la frayeur de Bedreddin, et fort curieux d'entendre la suite de cette histoire, que la sultane reprit de cette sorte le lendemain avant le jour :

CXXᵉ NUIT.

SIRE, le calife Haroun-al-Raschild, malgré sa gravité, ne put s'empêcher de rire quand le visir Giafar lui dit que Schemseddin Mohammed menaçait de faire mourir Bedreddin pour n'avoir pas mis de poivre dans la tarte à la crême qu'il avait vendue à Schaban.

« Hé quoi, disait Bedreddin, faut-il qu'on ait tout rompu et brisé dans ma maison, qu'on m'ait emprisonné dans une caisse, et qu'enfin on s'apprête à m'attacher à un poteau ; et tout cela parce que je ne mets pas de poivre dans une tarte à la crême ! Hé, grand Dieu, qui a jamais ouï parler d'une pareille chose ? Sont-ce là des actions de musulmans, de personnes qui font profession de probité, de justice, et qui pratiquent toutes sortes de bonnes œuvres ? » En disant cela, il fondait en larmes ; puis, recommençant ses plaintes : « Non, reprenait-il, jamais personne n'a été traité si injustement ni si rigoureusement. Est-il possible qu'on soit capable d'ôter la vie à un homme pour n'avoir pas mis de poivre dans une tarte à la crême ? Que maudites soient toutes les tartes à la crême, aussi bien que l'heure où je suis né ! Plût à Dieu que je fusse mort en ce moment ! »

» La désolé Bedreddin ne cessa de se lamenter ; et lorsqu'on apporta le poteau et les clous pour l'y clouer, il poussa de grands cris à ce spectacle terrible : » O ciel ! dit-il, pouvez-vous souffrir que je meure d'un trépas infâme et douloureux ? Et cela pour quel crime ! Ce n'est point pour avoir volé, ni pour avoir tué, ni pour avoir renié ma religion ; c'est pour n'avoir pas mis de poivre dans une tarte à la crême ! «

» Comme la nuit était alors déjà assez avancée, le visir Schemseddin Mohammed fit remettre Bedreddin dans sa caisse, et lui dit : Demeure là jusqu'à demain, le jour ne se passera pas que je ne te fasse mourir. » On emporta la caisse, et l'on en chargea un chameau qui l'avait apportée depuis Damas. On rechargea en même temps tous les autres chameaux; et le visir étant monté à cheval, fit marcher devant lui le chameau qui portait son neveu, et entra dans la ville, suivi de tout son équipage. Après avoir passé plusieurs rues où personne ne parut, parce que tout le monde s'était retiré, il se rendit à son hôtel, où il fit décharger la caisse, avec défence de l'ouvrir que lorsqu'il l'ordonnerait.

« Tandis qu'on déchargeait les autres chameaux, il prit en particulier la mère de Bedreddin Hassan et sa fille; et s'adressant à la dernière : « Dieu soit loué, lui dit-il, ma fille, de ce qu'il nous a fait si heureusement rencontrer votre cousin et votre mari! Vous vous souvenez bien apparemment de l'état où était votre chambre la première nuit de vos noces : allez, faites-y mettre toutes choses comme elles étaient alors. Si pourtant vous ne vous en souveniez pas, je pourrais y suppléer par l'écrit que j'en ai fait faire. De mon côté, je vais donner ordre au reste. »

« Dame de beauté alla exécuter avec joie ce
que venait de lui ordonner son père, qui commença aussi à disposer toutes choses dans la
salle, de la même manière qu'elles étaient lorsque Bedreddin Hassan s'y était trouvé avec le
palefrenier bossu du sultan d'Égypte. A mesure qu'il lisait l'écrit, ses domestiques mettaient chaque meuble à sa place. Le trône ne
fut pas oublié, non plus que les bougies allumées. Quand tout fut préparé dans la salle, le
visir entra dans la chambre de sa fille, où il
posa l'habillement de Bedreddin avec la bourse
de sequins. Cela étant fait, il dit à Dame de
beauté : « Déshabillez-vous, ma fille, et vous
couchez. Dès que Bedreddin sera entré dans
cette chambre, plaignez-vous de ce qu'il a
été dehors trop long-temps, et dites-lui que
vous avez été bien étonnée en vous réveillant
de ne pas le trouver auprès de vous. Pressez le
de se remettre au lit, et demain matin vous
nous divertirez, votre belle-mère et moi, en
nous rendant compte de ce qui se sera passé
entre vous et lui cette nuit. » A ces mots, il

sortit de l'appartement de sa fille, et lui laissa la liberté de se coucher.....

Scheherazade voulait poursuivre son récit, mais le jour qui commença à paraître l'en empêcha.

FIN DU TOME DEUXIÈME.

TABLE

DU TOME DEUXIÈME.

FIN DE LA TABLE DU TOME DEUXIÈME.

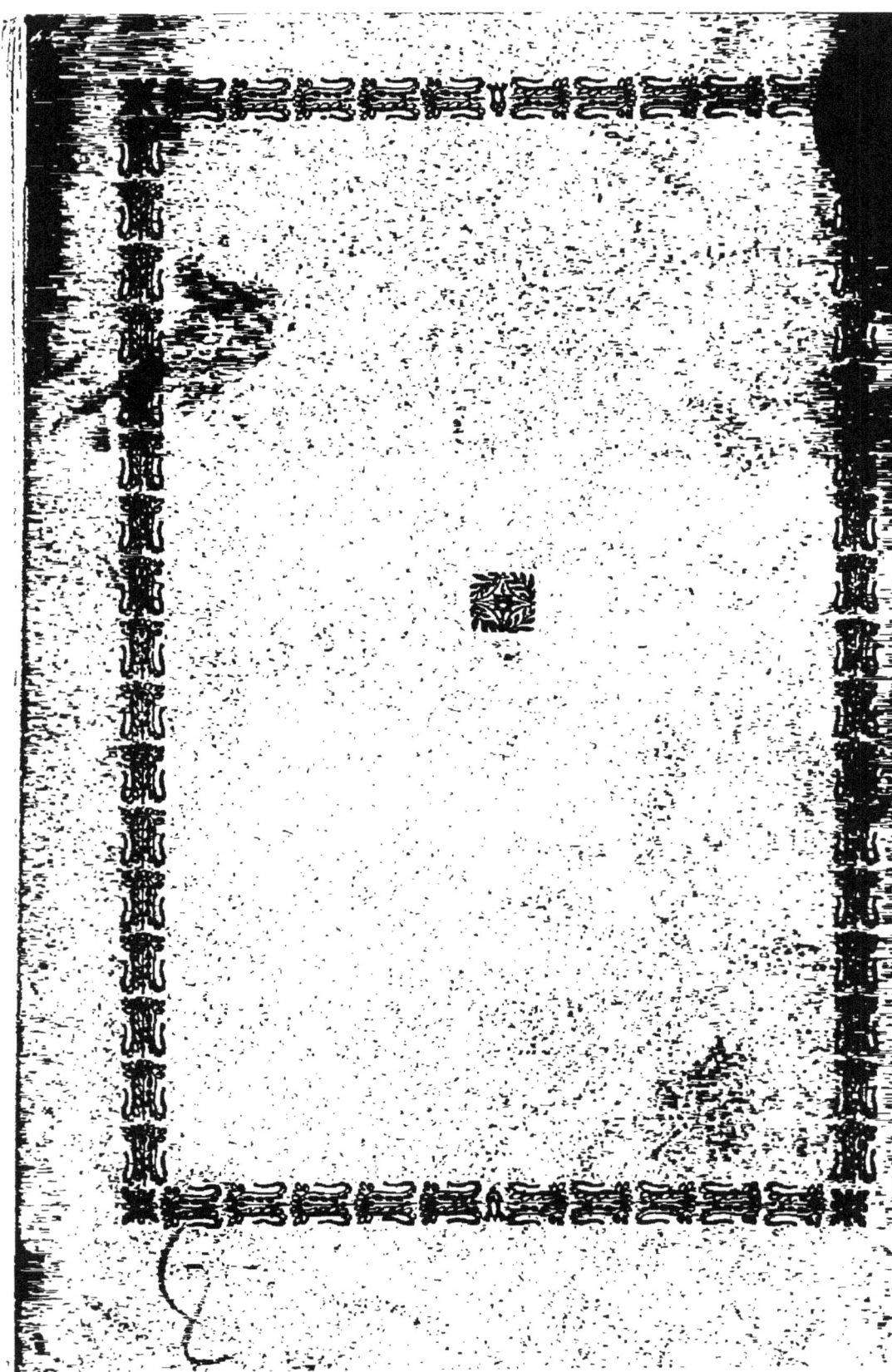

www.ingramcontent.com/pod-product-compliance
Lightning Source LLC
Chambersburg PA
CBHW050309030726
47505CB00003B/635